멀리 보이는 마을

멀리 보이는 마을

최하림 산문집

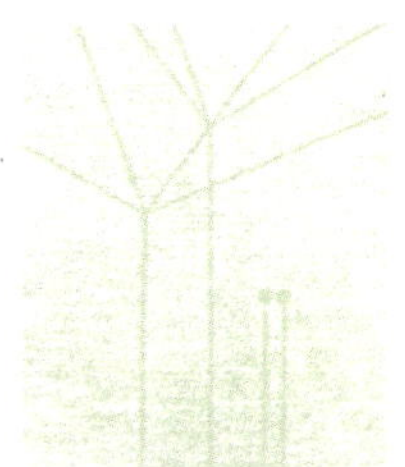

작가

수필집을 엮으면서 돌아보노라니, 무던히도 나는 수필을 좋아했던 것 같다. 수필에 대해 다음과 같이 쓴 적이 있었다.

오랜 시간을 두고 띄엄띄엄 읽어도 수필은 부담이 되지 않고 편안해서 좋다. 수필은 잠 아니 오는 밤에 읽어도 좋고, 한낮에, 무료한 시간에, 흔들의자에 앉아 소리내어 읽어도 좋으며, 열차간에서 낯선 사람들 틈에 끼여, 창 너머로 새롭게 전개되는 풍경에 눈을 주며 읽어도 맛이 살아난다. 특히 피천득 선생님의 수필이나 중국의 김성탄의 수필은 언제 읽어도 우리를 행복에 젖게 하고 흐뭇한 감흥을 일으킨다.

나이 들어가면서 절감하는 바지만 한 잔의 커피를 아침상에 놓고 있는 일이란 얼마나 여유로운가. 마당의 햇빛은 얼마나 찬란하고 저녁 창의 붉은 불빛은 얼마나 따뜻한가. 그런 여유와 찬란하고 따뜻함이 글에 있어서의 수필이라고 나는 생각한다. 때문에 수필 청탁을 받은 때 나는 즐겁고, 수필을 쓸 때 나는 흥이 나고, 흥이 나서 쓴 글은 향기롭다.

새해 들어 나는 '흥이 나서' 쓴 수필을 대여섯 편 쓰고 싶다. 저 깊은 산과 물들을 보며 쓰고 싶다. 지난해에 느낀 여러 가지 일들에 대하여, 아이들과 남편의 뒷바라지를 하러 서울로 광주로 호탄리로 오갔던 아내에 대하여, 아이들에 대하여, 그리고 여행지에서 맛본 즐겁고 괴로웠던 일들에 대하여, 또 내가 읽은 여러 권의 책과 내가 감동한 여러 그림들에 대하여. 그런 글들은 나를 반성케 할 것이고, 나를 정진케 할 것이고, 무어라 했으면 좋을까, 나를 어떤 느낌과 열의에 충만케 할 것이다. 그 충만한 감정에 의지하여 나는 몇 날 며칠 오솔길과 아스팔트를 헤매게 될 터이다.

그러나 그런 글을 나는 쓰지 못하고 늘 청탁을 받아 써왔다. 여기 모은 수필도 대여섯 편을 제외하고는 대부분 청탁에 의해 쓴 것이다.

카잔차키스는, 글은 '아름다움을 위한 것이 아니고 구원을 위한 투쟁'이라고 말한 바 있다. "진실한 작가는 구원을 추구하나 고통스럽게 투쟁하는 사람이어서 미사여구를 늘어놓거나 리듬을 맞추는 데서 기쁨을 맛보지 못한다"고 했다. 그는 글에서 의미를 취하고 있는 것이다.

정도의 차이는 있겠지만 작가들은 의미를 취하는 편이다. 글이란 모두 교화적 측면을 가지고 있다. 청탁을 받아 쓴 나의 수필들도 조금은 의미를 취하고 있다고 해야 할 것이며, 역사와 문화에 뿌리를 둔 상식을 중히 여긴다고 해도 될 것이다.

나는 어지간히 역사에 호기심이 동하는 사람인 듯하다. 추사의 経緯史라는 편액을 좋아했던 것도 그런 데에 까닭이 있었던 것 같다. 나는 우리 역사와 동아시아의 역사책들을 즐겨 읽었다. 거기에는 상식이 똬리를 틀고 있었으며 심리적 인간들이 등장하고 퇴장했다. 나는 그들의 등장과 퇴장을 욕심과 야망으로 읽었다. 욕심과 야망은 소유에서 비롯된다. 미하일 숄로호프의 한 소설을 읽으면 '욕심이란 것도 그렇게 나쁜 것만은 아니구나'라는 생각이 든다. 2차대전 직후, 소를 집단농장에 몰수당한 러시아 농부들은 저녁마다 언덕에 올라가 그들의 소가 저녁여물을 먹는지 못 먹는지 소막을 걱정스레 보고 있다. 그들은 '그들의 소'라는 소유욕을 버리지 못한다. 나는 그런 농부들이 가엾다. 소유욕은 나쁜 것도 그릇된 것도 아니다. 그것은 인간적이고 매우 인간적인 것이다.

때때로 나는, 시란 그런 소유와 무소유 사이에 있으리라는 생각이 든다. 그러고 보면 시란 거처가 불확실한 것이다. 그리고 확실히 가여운 것이다. 이번 수필집에 수록된 글들도, 시를 쓰는 사람의 글이어서인지 가여움을 담고 있다. 대부분 1990년대에 쓴 것들이고, 30여 편은 70년대와 80년대, 그리고 2000년대에 들어서면서 썼다. 그 중에서 3부는 신문과 잡지에 칼럼으로 썼던 것들 가운데서 추렸다.

어쨌든 이번 수필집은 소유와 무소유 사이를 들락날락하면서도 상식과 같은 혜지慧智가 다져 있기를 바랐으되 생각의 가닥을 잡지 못하고 장수만 채우고 있다. 그런 글들을 모아주시고 그럴 듯하게 단장해주신 도서출판 작가의 손정순 사장님과 편집부 여러분께 부끄럽고 고맙다.

2003년 3월 5일

최하림

| 차 례 |

2부

1

모든 저녁은 아름답다고 말한다
강 건너 오두막에서 불이 켜질 즈음 저녁은 걸음을 떼지 못하고 서 있다

등불을 켜며

　이웃으로 이사하기도 힘들지만 수백 리 먼 곳으로 이사하기는 더더욱 힘들다. 수백 리라면 낙동강의 원류에서 하류까지의 거리에 해당하고 목포와 대전쯤의 거리가 된다. 옛날로 말하면 며칠은 가고도 남는 거리다.

　IMF가 나던 1998년 초, 아내와 나는 살림을 이삿짐 차에 싣고 3백 리는 족히 될 충청북도 오지 마을로 들어갔다. 그 마을에서 내가 처음 당면한 것은 마을 사람들에게 인사하는 일이었다. 허리를 45도 각도로 숙이고 "안녕하세요. 빌라로 이사온 사람이에요." 하고 말하면 마을 사람들은 '뭐 저런 쌍통이 있대냐' 는 듯 고개를 끄떡하고 지나가 버렸다. 무인고도에 떠밀려 온 로빈슨 크루소 같았다.

　나는 홀로 집을 나서서 논둑길과 강둑길을 거닐 수밖에 없었다. 인심과는 달리 앞강 물은 철철철 나를 거스르며 흘러가고 발걸음 소리에 놀란 방울새들은 공중으로 날아올라갔다. 나는 강가의 조약돌밭에 쉬기도 하고 소나무 그늘에 쉬기도 했다. 그런 순간에 문득

문득 떠오른 것은 친구들의 얼굴이었다.

얼마 전 잘 가라고 인사를 나누며 헤어진 광주 친구들고 보고 싶고 서울의 시 쓰는 친구들도 보고 싶었다. 산천도 다르고 풍속도 다른 오지 마을에 들어와서 나는 비로소 친구가 무엇이며 왜 내가 그들을 보고 싶어하는지 알게 되었다. 나는 그들과 술을 마셨고, 떠들었고, 싸우면서 힘든 시대를 보냈다. 함석헌 선생은 십 년 만에 만나도 옛날 같은 것이 친구라고 했다지만 그것은 함 선생 같은 분에게나 가능한 일이고, 나 같은 사람에게는 늘 함께 숨쉬고 걸어가는 자여야 했다. 나는 혼자 살 수 없기 때문에 친구를 필요로 했다.

아마도 그런 '함께 숨쉬고 걸어가고자' 하는 바람 때문에 나는 4년을 땀 흘리며 자리잡은 오지 마을을 뿌리치고, 어느 날 양수리로 다시 이사 오게 되었을 것이고, 이 친구 저 친구에게 "나 양수리로 왔다"고 전화를 걸게 되었을 것이다. 몇몇 친구들이 다녀가고 후배들이 왔다 갔다. 그리고 여름이 가고 가을이 왔다.

눈이 내리던 12월 말경에는 이유경 시인이 전화를 걸고 왔다. 언제 보아도 정이 소리 없이 흐르는 이유경은 무슨 말 끝에였던지 "우리 참 나이 많이 먹었제요?" 했다. 우리는 어느덧 60을 넘어섰다. 우리는 시 이야기, 세상 이야기를 나누었다. 이유경을 보내고 집으로 돌아온 밤에, 나는 이유경에 대해 곰곰이 생각했다.

그 동안 이유경과 나는 각별한 우정을 나눈 적이 없었고, 그날도 각별한 이야기를 나눴던 것 같지는 않았다. "고향에는 종종 가유?" "아이들은 결혼했수?" 하고 접속사와도 같은 질문들을 툭툭 던졌을 뿐이었다. 그럼에도 그 밤에 나는 이유경을 오랫동안 생각했다. 이유경은 늘 내 가슴속에서 깊이 자리잡고 있었던 듯했다.

많은 시간이 남아서인지는 몰라도 요즘 나는 친구들을 요모조모로 더듬고 생각한다. 친구들과의 거리를 재편하기도 한다. 옛날에 아주 가까이 술을 나누었던 친구들이 까닭 없이 뒤로 밀리는가 하면, 별 대화 없이 덤덤하게 지냈던 친구들이 앞에 와 선다. 특별한 까닭이 있는 것이 아니다. 별 대화 없이 지냈기 때문에 대화를 나누고 싶어서인지도 모른다.

노벨문학상을 받은 사무엘 베케트는 자신의 한 희곡에서 세상의 눈물은 일정한 분량밖에 없기 때문에 어떤 사람이 울기 시작하면 울던 사람은 울음을 그치게 된다고 한 적이 있다. 그렇듯이 친구들과의 우정도 일정한 분량밖에 없으므로 어느 친구를 새로이 생각하자면 다른 친구들은 뒤로 밀리게 되는지도 모른다. 아니 어쩌면 우정이라는 것에도 신진대사가 필요한지도 모른다.

하여튼 아침에 일어나 나는 해질 때까지 십여 시간을 보내야 하고, 이 친구 저 친구를 떠올리며 낙조를 기다린다. 나는 이유경의 '하남시편'을 꺼내 읽으려다 그만두고, 이성부와 박의상과 김종해의 시집을 읽으려다가 그것들도 그만둔다. 나는 해가 산 너머로 떨어져 가기를 기다린다. 밤이 내려 마을이 어둠에 잠기면 나는 거실에 불을 켠다. 건넛마을 사람들이 우리 집 불빛을 물끄러미 볼 일을 생각한다. 우리 집 불빛이란 내가 이 지상에 숨쉬고 있다는 것이고, 친구들을 그리워한다는 신호이리라.

두 강이 만나는 마을에서

지난 20여 년 동안, 나는 여러 번 이사를 다녔다. 그때마다 봄철이었고 유난히 6월인 경우가 많았다. 서울에서 광주로 내려간 것도 6월이었고(1988), 광주에서 호탄리로 이사간 것도 6월이었고(1998), 호탄리에서 양수리로 이사한 것은 4월이었다. 또 뇌졸중으로 쓰러진 것도 6월(1991)이었고, 내가 태어난 것은 3월(음력)이었다. 봄날들은 나를 부르고 봄물은 나를 유인했다. 내 마음은 물살보다도 먼저 달리는 듯했다. 광주에서 호탄리로 옮길 때, 소리쳐 나를 불렀던 것은 순전히 마을 앞으로 흐르던 금강 상류라 할 수 있으며, 양수리로 짐을 싸들고 가게 한 것도 남한강과 북한강이 만나는 두물머리의 넘치는 물과 갈대 때문이라 할 수 있다.

양수리로 이사한 뒤 나는 일 주일에 한 번쯤은 핸들을 잡고 가평으로 홍천으로 달린다. 어떤 날은 양평으로 여주로 원주로 달린다. 물을 보면서 달리면 마음이 평화롭고 불안과 초조 같은 것들이 가라앉는다. 문단에 나온 1960년대 말, 나는 '마음이 심하게 흔들리기 시작했으므로 진정하여야겠다'고 노래한 적이 있었다. 마음이 얼마나 흔들렸던지 기억에 없지만 아마도 60년대라는 가난하고 억압적인 시대가 나를 상당히 힘겹게 했던 것 같다. 요즘에는 가난이나 억압에 상처를 받는다고 할 수는 없겠지만, 그래도 아직, 우리가 경험했던 그것들이 마음 한 구석에 남아 있어서 나는 물을 부르고, 물을 따라 달리는지도 모른다. 확실히 물에는 그런 면이 있는 것 같다. 차를 타고 달리면서 물을 보면 마음이 가라앉고 맺힌 데가 풀리고 아픈 데가 사라진다.

나의 드라이브는 양평과 가평을 넘어 홍천과 철원으로 펼쳐진다. 나는 자연의 망망대해로 나아간다. 유태교 신학자들은 알파벳을 숫자로 읽는 독법이 있다고 한다. 예컨대 A를 1로 읽는 것이다. 그에 따르면 '자연'은 '하나님'이 되고 '사랑'은 '하나'와 동수라 한다. 나의 드라이브도 자연과 하나가 되고 시詩와도 이어지고 있는 면이 있다.

나는 자연에게 문학을 배웠다고 해도 된다. 자연은 내게, 자연에 감응하는 법과 '왜'라는 질문방법을 가르쳐 주었다. 나는 왜? 왜? 하며 거리를 돌아다녔고, 바다와 새들과 나무들과 구름을 보면서도 왜? 왜? 하고 물음을 던졌다. 나는 "왜 쓰는가?"라는 물음도 가지게 되었다. '왜 쓰는가'라는 물음은 단순한 것이 아니었고 분명한 것도 아니었다. 그 물음은 사회와 역사의 신화에로 뿌리를 뻗어내려 갈 수 있으며, 하늘과 바람과 별에게로 확산되어 갈 수 있다. 문학이, 특정한 시대와 환경에서 성장한 작가들이 세계와 접촉하면

서 가지게 되는 사회적 관계와 조건 속에서 씌어지는 것이라 한다
면 그중에서도 시는, 그보다 조금 더 깊이 들어가고 조금 높이 올라
갈 수 있는 어떤 것이다. 시는 존재 그 자체이자 그 증거이며 물음
일 수 있다.

그러나 내가 여기서 '문학을?'이라고 했을 때는 그런 어려운 차
원의 것이 아니다. 나는 작고 사소하면서도 나에게 소중한 의미가
있을 수 있는 차원에서 문학을(시를) 이야기해보고 싶을 뿐이다.
1960년대 말, 4월혁명이 좌절되고 5·16이라는 군사문화가 저벅
저벅 거리를 누비고 있을 때, 명동이나 무교동, 관철동 일대의 뒷
골목에서는 밤마다 젊은이들이 막걸리를 마시며 열변을 토하고 있
었다. 술에 취한 소리들이었고 어두운 소리들이었으며 낭만적인
소리이기도 했다. 그런 소리들 속에서 시를 쓰는 젊은이들도 목청
을 높이고 있었다. 누군가가 '왜 시를 쓰는가'라고 젊은 시인들에
게 물었다. 젊은 시인들은 돌아가며 한마디씩 했다. 그들이 무어라
고 했던지 기억에 남아 있는 것이 없지만 내가 '극기克己'라고 했던
것은 희미하게 떠오른다. 내 말이고 내 문제였기 때문에 기억에 남
아 있었던 모양이다. 그러나 내가 왜 '극기'라고 했던지에 대해서
는 캄캄절벽이다. 아마도 60년대를 살기가 너무 힘들었고 70년대
역시 막막했기 때문에 나를 이기고 나를 추스르지 않으면 안 된다
는 생각에 '극기'를 떠올렸으며, 그러므로 시에 있어서도 '극기'가
화두가 되었던 듯하다.

　그 무렵 나의 삶에는 '극기'가 화두로 등장할 만도 했다. 해방이 된 지 3년 만에 아버지는 지병으로 돌아가셨고, 6·25 다음해에 우리 집은 폭삭 망했다. 나는 등록금을 내지 못했다(그때 나는 학생이었다). 나는 학교에 가지 않는 날이 많았다. 나는 오거리와 해안통 거리를 날마다 배회했다. 사리 때 해안통 거리를 걸을라치면 중선배의 돛대들이 베르나르 뷔페의 직선처럼 수도 없이 하늘로 솟아 있었고, 갈매기들이 날고 있었고, 술에 취한 선부들이 배에서 서너 명씩 내려와 사창가 골목으로 비틀거리며 들어갔다. 불현듯이 시 같은 것이 떠올랐다가 사라졌다. 나에게 시 같은 것을 가르쳐준 것은 국어 선생님도 아니었고 문예반도 아니었고 선배들도 아니었다. 사리 때의 해안통 거리였다. 더 정확히 말하면 등록금도 낼 길이 없이 빈한했던, 언제나 뱃속에서 쫄쫄쫄 소리가 흐르는 굶주림이 시 같은 것을 떠올리는 풍경에로 나를 인도했고, 나는 시 같은 것에서 시에로, 시의 길로 들어가게 되었다. 즉 나에게 시를 가르쳐 준 것도 '극기'를 가르쳐 준 것도 굶주림이었다.

　그렇다고 해서 그 무렵, 굶주림이 극기와 같이 비등한 화두로 내게 등장했던 것은 아니다. 굶주림은 '극기'를 가르쳐주었을 뿐 그것 자체가 문제로 등장하지는 않았다. 굶주림은, 혹은 가난은 조선시대 지식인들에서와 같이 한 문화로 작용하고 있었다.

　그 무렵 우리 주위에는 굶주림이 지천으로 널려 있었다. 청계천 다리 밑은 말할 것도 없고 김승옥이나 이성부, 조태일, 원동석에게도 굶주림은 꼬리처럼 붙어 다녔다. 나는 아침이나 혹은 저녁을 굶었다. 굶주림은 그다지 고통스러운 것으로 여기지도 않았다. 나는 그것에 무릎을 꿇거나 지치지도 않았다. 그것이 나를 소외의 방으로 점점 밀어낸다는 사실을 조금 의식하고 있었을 뿐이었다.

나는 뜨거운 열정으로 시를 쓰고 또 썼다. 그러던 어느 날, 뜻밖에도 나는 나의 말[言]들이 우리의 말이어야 하며 가난한 사람들의 말이어야 하며 고통의 말이어야 한다는 사실을 깨달았다. 그 가난과 고통은 나의 굶주림과 다른 것이 아니었다. 이와 같은 인식은 70년대 말의 민주화운동과 맞물리면서 나를 뜨겁게 달구고 폭발처럼 터져 올랐다.

매우 내성적이었던 나는 내성적이었던 만큼 내 안에서 몸부림치고 소용돌이쳤다. 나는 '나'를 접어두고 '우리'로 시를 썼다. 70년대와 80년대 초의 모든 시들은 '우리'라는 인칭대명사로 씌어졌고, 우리는 경제적 평등이라 할까 민주주의라 할까 후천개벽과 같은 새 세상을, 적어도 오늘보다는 나은 세상을 열어갈 수 있으리라 믿었다. 나는 역사 발전을 믿었다. 레비-스트로스는 현대가 고대보다 휴머니스틱하다고 한 것은 당대적 가치와 기준 때문이라고 했지만(그는 고대인들이 히로시마와 나카사키의 원폭투하를 보았다면 탄식했을 것이라고 했다), 일반서민들은 그제보다는 어제가 나았고 어제보다는 오늘이 나았다고 생각한다고 나는 보았다. 나는 역사는 느리게 우여곡절을 거치면서 발전해 간다고 보았다.

그런데, 그런 발전의 행보 속에서 5월광주라는 끔찍한 사건을 나는 만났고, 5월광주는 나를 어둠의 구렁텅이로 내던져버렸다. 앞도 뒤도 보이지 않았다. 세상이 캄캄하고 캄캄했다. 나는 두 손을 허우적거리면서 지옥과도 같은 암흑 속으로 기어갔다. 나는 암흑의 벽에 부딪쳐 뇌졸중을 일으키며 쓰러졌고, 병원에 입원했고, 한 달 뒤쯤에는 다시 일어나 봄날의 햇빛과 돌담 새의 풀꽃들을 보았다. 아름다웠다. 몹시 아름다웠다. 내 두 눈에서는 나도 모르는 새에 눈물이 흘러나왔다. 그 눈물이 새롭게 나를 부활시켜 주었다.

그 눈물에는 의심도 회의도 부정도 개입할 틈이 없었다. 눈물은 사랑이었다. 눈물은 시였다. 눈물은 병든 내 마음을 쓰다듬어 주고 연민의 시선으로 물끄러미 오래오래 나를 보아주었다. 나는 눈물을 씻고 일어섰다. 나는 하늘을 보고, 나무들을 보고, 강을 건너 들로 나갔다. 새들이 날아가고 다람쥐와 청설모들이 경쟁이라도 하듯이 리드미컬하게 벼랑을 타고 올라갔다. 해가 져갔다. 무섭게 빠른 속도로 산 그림자가 달렸다.

나는 산 너머 하늘 너머 마을과 어머님의 둥근 무덤이 있다는 사실을 깨달았으며 그 고향과 무덤에는 서남해 바다가 금빛으로 타고 있다는 것을 알았다. 나의 시들은 그 마을과 무덤과 바다로 향해 가고 있었다. 그러고 보니 뱃속에서 쪼르륵거리는 굶주림의 소리를 들으며 해안통의 거리를 걸을 때도, 빈자들의 유랑의 시를 쓸 때도, '속이 보이지 않는 심연으로'의 시를 쓸 때도 나의 시들은 다같이 머리를 서남해로 두고 있었다. 서남해는 내 시의 뿌리 은유이자 뿌리 상징이었다.

뽕나무밭이 변하여 바다가 된다고 옛사람들은 말했다지만 실제로 세월 속에서는 세상도 사물도 말들도 변해가는 모양이다. 20여 년 동안 짐을 싸들고 서울에서 광주로 영동으로, 양수리로 이사다니는 동안 서남해는 색조가 변하고 모습이 바뀌어져 금강이나 북한강 정도의 강물이 되었다. 옛날에는 크고 높고 찬란했던 것들이 이제는 그렇고 그런 정도의 것들이 되었다. 서남해도 강과 같이 되었다. 요즘 나는 아침에 또는 저녁에 햇빛을 받고 반짝이는 서남해 같은 강물을 따라 차를 타고 달리면서 물을 생각한다.

　나에게 저 물은 무엇인가? 저 아름다운 산들에서 흘러내리는 빗물들을 모아 강을 이루면서 흘러가는 그것은 나에게 무엇인가? 어째서 물은 아침에 다르고 저녁에 다르고 밤에 다르며, 어째서 어제도 흘러갔고 오늘도 흘러가고 내일도 흘러갈 것인가? 이런 별 내용도 없고 쓸모도 없는 질문들을 하다보면, 그 물 아래, 질문들 아래 물끄러미 무엇인가를 보고 있는 붉은 얼굴의 아이가 떠오른다. 그 아이는 내 어린 얼굴을 하고 있는 것도 같고 나와는 아무 상관이 없는 먼 나라의 아이인 것도 같다. 나는 요즘 그 아이의 얼굴을 보고 있다. 나는 그 아이가 '극기'와는 어떤 연관이 있으며, 내가 보고 있으되 과연 나와 상관이 있는지, 내가 저만큼 물 속으로 밀어낸 얼굴인지, 다만 물 속에 떠오른 얼굴에 지나지 않는 것인지 틈틈이 생각해보고 있는 중이다. 그 '생각'은 글쓰기에 대한 물음이 이렇다 할 답을 얻지 못했듯이 그것도 생각에 그치고 말겠지만, 그러나 생각을 거듭하면서 사는 일은 아름다운 일이리라. 사람다운 위의 같은 것이 서리리다.

법정스님의 사라짐과 돌아옴

사진작가 주명덕의 작품 중에 「추수 뒤」와 「창」이라는 아름다운 작품이 있다.

「추수 뒤」는 가을걷이를 끝낸 논에 볏짚단들이 흡사 설치예술처럼 여기저기 쌓여 있고, 그 뒤 소나무들 사잇길로 스님이 밀짚모자를 쓰고 바랑을 메고 바삐 간다. 어스름이 내리고 있어서인지 풍경은 어둡고 쓸쓸하다. 스님의 걸음걸이도 쓸쓸하고 허전해 보인다. 침묵과 인내만이 서리를 틀고 있는 동안거冬安居로 들어가는 일이 무서워서일까.

또 하나, 「창」도 매우 인상적인 작품이다. 출입구로 쓰이는 문이 가운데 배치되어 있고 양옆으로 붙박이창이 하나씩 있다. 그 작품은 방 안쪽에서 셔터를 눌러 벽은 까맣고 창들은 눈부시게 밝아, 어떤 정신적 세계라 할까, 극락 같은 곳에서 저런 빛이 비춰 나오려니 생각된다. 그만큼 그 빛은 밝고 눈부시다.

나는 그와 같은 모양의 창을 송광사로 법정스님을 찾아갔다가,

그 분이 거주하는 불일암에서 보았다. 내가 찾아갔을 때는 봄이 난만할 무렵이어서 뻐꾸기들이 산을 흔들며 울어댔고, 밤에는 조계산 너머로 달이 두둥실 떠올라 창을 비췄다. 아마도 스님은 저런 달빛을 받으며 선행禪行을 하리라. 선이 구체적으로 무엇인지 잘 모르지만, 범속하게 말해서 세상을 바르게 살아가는 길을 직관적으로 깨우치는 것이라고 할 때, 그 깨우침은 달빛을 받으면서 하고 있으면, 그 '함' 자체가 '깨우침'이 되고 '참'이 되는 것이 아닐까.

그 무렵 스님은 불일암에 홀로 계셨다. 사미승도 불목하니도 없었다. 스님 홀로 나무하고 밥짓고 설거지하고 빨래하고 마당을 쓸었다. 내가 찾아갔을 때는 점심참이어서, 스님은 손수 막국수를 지어 내놓으셨다. 스님과 나는 일반사가의 사랑채에 해당하는 곳에서 막국수를 훌훌 먹고 손을 씻고 본채로 들어갔다. 차가 나왔다. 알맞게 따가운 막사발그릇을 오른손에 받치고 있으려니 창문 앞에 놓인 서안이 서서히 눈에 들어오고, 서안 위의 2백 매쯤 돼 보이는 원고지 뭉치가 들어왔다. 스님은 저 서안 위에서 글을 쓰는 모양이었다.

글 이야기가 나왔으니 하는 말인데, 불일암에는 전국 각지에서 스님의 글을 읽고 찾아오는 독자들이 십여 명은 넘는다. 여선생님들이 방학을 이용하여 올 때도 있고, 휴가길에 군인들이 올 때도 있다. 스님은 즐거울 때면 내방객들에게 노래를 청한다. 내방객들은 스님을 위하여 쑥스러움을 무릅쓰고 노래를 부른다. 스님의 얼굴에는 노래를 듣는 기쁨이 서리기보다 어떤 때는 외로움이 묻어난다.

어느 산문에서 법정스님은 폭설에 갇혀 오도가도 못하는 산사 이야기를 한 적이 있다. 허리께까지 빠지는 폭설 속에서 스님은 어디로 운신해 볼 수 없었다. 그저 눈과 나무들과 하늘을 보고 있을 수밖에 없었다. 그런 막막함이 뼈를 뚫고 들어왔던지 스님은 시름시름 앓기 시작했고, 미음도 못 마시고 드러눕게 되었다. 그런 차에 수연이라는 이름의 스님이 산사를 찾아왔다. 수연스님은 입술에 백태가 낀 스님의 모습을 보고 그 밤으로 수십 리 눈길을 뚫고 읍내 약국을 찾아갔고, 다시 수십 리 눈길을 뚫고 산사로 돌아왔다. 수연스님이 찾아오지 않았더라면 스님은 죽었을지도 모르고 아름다운 산문들을 우리는 읽지 못했을지 모른다. 스님의 문장 속에는 그런 무서운 고독과 막막함이 보이지 않게 서려 있다. 사람이란 존재는 속세에서나 속세를 벗어나서나 그런 고독과 막막함을 벗어날 길이 없는 모양이다.

고독이나 막막함은 빛깔로 치자면 흰색이거나 검은색일 것이다. 모든 색들을 합하면 검은색이 되고 모든 빛들을 합하면 흰색(무색)이 된다. 고독 속에서 일생을 살았던 김현승의 '절대고독'도 흰색이거나 검은색에 속할 것이다.

창을 통해 들어오는 저 환한 빛! 아니 창이란 형식 자체가 빛과 어둠과 공기가 들고나는 환기통 역할과 출입문 구실을 겸한다. 이것은 주택의 역사와 관계된다. 고대 한국인들은 토굴을 파고, 그 위에 창을 내어 들고났으며 공기를 바꿨다. 조선시대의 한 사설시조도

　　창 내고자 창 내고자 이내 가슴에 창 내고자

　　고모장지 세살장지 들장지 열장지에 안돌쩌귀 수톨쩌귀 배목걸이

크나 큰 장도리로 뚝딱박아

　　이내 가슴에 창 내고자

라고 읊었다. 답답한 가슴에 고모장지, 세살장지, 들장지, 열장지
들을 내어 시원하게 활짝 한번 열어젖히고 싶다는 것이다. 이때의
답답함은 마음의 것이고 울화의 것이다. 따라서 그 창은 소극적이
고 내면적인 것이며 적극적으로 열어젖히고 밖으로 나가고 싶다는
의미를 창 혹은 문은 얼마쯤 담고 있다 할 수 있다.

　한국인의 창에 대한 의식에서 우리가 극복해야 할 것은, 위의 사
설시조의 창이나 주명덕의 창이나 모두 안에서 비춰지고 있다는 사
실이다. 안에서 창을 비추고, 안에서 밖으로 열고 나가려 한다. 안
은 그리움과 열화가 타는 곳이고 밖은 그것을 해소시켜 줄 수 있는
곳이다. 인간의 행동이 세계인식을 통한 실천행위라고 볼 때, 안의
그리움이나 외로움은 행위로서 나타나는 것이 아니며, 그러므로 실
재하지 않는 것이다. 이것은 우리 한의 정서와도 관계된다. 우리는
세계와의 관계를 객관화시키려 하지 않는다. 내면화시켜 해소하려
한다. 객관화가 문제적 의식을 밖으로 밀어내어 싸워 극복하는 것
이라면 내면화는 그것을 수용하여 정서화하려는 것을 뜻한다. 1930
년대에 시인 앙리 미쇼가 서울에 들러 기생집에서 판소리를 듣다가
'무시무시한 소리'라고 외쳤던 것도, 그 소리가 내면에 쌓이고 쌓

여 울한의 포장을 찢고 터져 나오는 폭발음이라고 감지했기 때문이었을 것이다.

　이야기가 옆길로 새나간 감이 있지만, 이렇듯 한국인들은 내 안에서, 집 안에서 살아왔으며, 그리하여 집의 구조도 안을 중심으로 꾸며져 있다. 중국의 창이 밖에서 창호지를 바른 데 반해 우리는 안에서 창호지를 바른다. 방 안에 있는 주인의 시선에 의해 의미가 주어지고 아름다움이 감지되므로 안쪽을 단장하는 것이다. 방 안에서 주인은 창호지를 뚫고 들어오는 햇살을 느끼며 일어나 오늘 하루를 생각하고 인간사의 이것저것을 저울질하고 시간을 기다린다. 어쩌다 주인이 문을 열고 마당으로 나가 후원을 걷든지 마을길을 걷는다 해도 그것은 같은 의미의 일이다. 마당이나 마을은 여전히 그의 '안'이다. 한국인의 세계 인식은 우려할 만큼 내면중심적이다.

　아름다운 산문을 쓰기로 법정스님에 못지 않았던 고故 최순우 선생님은 "시골을 여행할 때마다 차창 밖으로 언뜻언뜻 지나치는 촌가의 창살에 마음이 끌리게 되고, 어쩌다가 지나쳐버린 아담한 촌가의 아름다운 문창살을 못 잊어서 마을 이름을 되물으며 다시 찾아오기를 기약한 일이 한두 번이 아니었지만, 한 번도 뜻을 이루어보지 못했다"고 탄식한 적이 있다. 그가 탄식한 것은 촌가의 창살들이 매우 단순하면서도 정갈하고 조용할 뿐 아니라 고향 시골집의 격자창살을 연상시켜 주고 있었기 때문이다. 그의 고향은 개성이었다. 갈 수 없는 땅이었다. 그리움의 열화가 탈 수밖에 없었다. 그런 그리움을 다스리려고 그랬던지 선생은 사랑채 뒤쪽에 시누대를 심었다. 어느 해 초겨울 출판일로 선생댁을 찾아간 적이 있었다. 선생은 싸리비를 들고 마당을 쓸고 계셨다. 뒤쪽으로 대나무숲이 보였다. 서울에서 대를 보다니 놀랍다고 했더니, "서울에서는 대를 기르기가 어려워요. 댓잎의 푸른 맛이 없어요" 했다. 대나무는 바람따지에서 자라야 제맛이 난다고 말하려다 입을 다물었다.

　주명덕이 그의 작품 「추수 뒤」에 나오는 스님은 법정스님이라고 했던 말을 들은 적이 있다. 법정스님은 가을걷이가 끝난 길 위에서 저녁으로 들어가고 있었으며, 겨울로 들어가고 있었으며 무로 들어가고 있었으리라. 스님은 '무소유' 조차도 느끼지 않으며 깊이 깊이 '무' 속으로 들어가고 있었으리라. 사람들은 원하든 원치 않든 모두 어느 날 죽음의 '무' 속으로 들어간다. 그런데, 다른 한편으로 생각하면, 몸의 탈을 쓰고 있는 사람이 어떻게 '무' 속으로만 들어갈 수 있겠는가. '무'를 돌아나와 '유' 속으로, '삶' 속으로 가려고 하지 않겠는가. 어떻게 법정스님은 산 속에만 있을 수 있겠는가. 스님은 산을 내려와 서울로 광주로 길을 떠났다. 의자마다 손님이 가득 들어찬 다방 구석에서 차를 마셨다.

　그런 어느 날 법정스님은 불일암에서 홀연 자취를 감추어버렸다. 강원도 두메산골로 간다는 한마디를 남기고 사라졌다. 이 소식을 신문을 통해 처음 들었을 때 나는 충격을 받았다. 나는 그것을 신문이 전해주는 것처럼 종교적 은신으로 보지 않았다. 과장스러울

지 모르지만 그것은 우리에게는 매우 센세이셔널한 현대적 실종사
건이었다. 실종의 사전적 의미는 종적을 잃은, 또는 사람 소재나 생
사가 불명함 정도다. 스님이 자의적으로 우리 사이에서 실종한 것
일지라도 그 사건으로 인하여 스님과 우리의 관계는 끊어졌고 실제
로 스님의 소재를 우리는 모른다. 그의 글도 모르게 되고, 그의 밀
짚모자도 모르게 되며, 고무신도 모르게 된다. 우리는 점점 그를 모
르게 되고, 아주아주 모르게 된다. 그와 우리 사이에는 모르는 시간
이 겹겹이 쌓이게 되고, '모르는 시간' 의 담이 쳐지게 된다.

그런 어느 날 갑자기 스님은 또 《동아일보》 지상에 나타나 나에
게 제2의 충격을 주었다. 이제 스님의 메시지는 아름다움의 말이
아니었다. 여전히 언어들은 정갈하고 조용했으되 뼈아프게 매질하
는 것이었으며 광야에서 외치는 요한의 음성과 같은 것이었다. 스
님은 과생산 과소비를 질책하고 검소와 질박을 외쳤으며 더 이상
환경파괴적 사고를 해서는 안 된다고 경고하였다. 스님은 김지하나
박경리와 매우 가까운 거리로 다가서 있었다. 물론 이전의 스님 목
소리가 아름다운 것만은 아니었다. 그는 유신을 비판하고 5공을 매
도했다. 그러나 그 비판과 매도는 아름다운 글발에 싸인 대안對岸적
인 것이었다. 그런데 이제 스님은 우리 가까이 다가왔고 목소리가
거칠고 커졌다. 그 목소리는 우리가 반성하는 삶을 살지 않는 한 더
욱 더 커져갈 것이고 강산을 쩌렁쩌렁 울릴 것이다.

스님의 목소리는 언제까지, 얼마나 더 크게 울릴 것인가.

은은한 희망

　시간이 무섭다. 엊그제만 해도 단발머리를 하고 학교로 달리던 아이들이 어느 새 성장하여 하이힐을 신고 블루진을 입는가 하면 발소리도 톡톡톡톡 보도를 울린다. 나를 보던 눈과 몸가짐도 예전과는 사뭇 다르다. 분명히 예전과는 다르다. 그것이 무엇이라고 꼬집어 말하기는 어려우나 중학교 3학년 때와 다르고 입시생 때와도 다르다. 그것이 그들과 나의 거리를 만들고, 점점 그들을 나에게서 객관적인 존재로 만들어간다.

　아이들이 객관적이라니―. 그러고 보니까 그들에게서 커다랗게 변화를 보인 부분이 입술인 것 같다. 살짝 루즈라도 칠한 것일까, 보이뗀테이크의 글을 보면 여자들의 입술이 붉은 것은 바깥으로 그들의 내면을 열기 위해서라고 한다. 여자들의 입술이 두꺼우나 엷으나, 빨갛냐 파랗냐에 따라서 능동과 수동, 탐욕과 절제를 읽는 것도 그런 데서 연유하는 것 같다. 그러나 은근하게, 또는 정열적으로 남자를 유혹하는 붉은 입술이 세계를 변화시켰다는 이야기를 나는 들어보지 못했다. 입술이 여성미의 결정소가 되지 못해서일까. 그렇지는 않을 것이다. 입술이 클레오파트라를 만나지 못해서였다고 하는 편이 타당할 것이다.

여성의 코가 클레오파트라 때문에 유명하기는 해도, 그 코가 인품이라든가 그 여자의 매력포인트라는 말은 들어보지 못했다. 그러니까 여성의 코는 여성의 미적 표적이라기보다는 그 미에 대해서 남성들이 반응하는 기관이라고 하는 편이 어울릴지 모른다. 그렇다면 여성에게서 가장 매력적인 부분은 어디일까.

황순원의 소설을 보면 여성미의 표적은 눈으로 그려져 있다. 우리가 '여성' 할 때, 뒤에서는 몸매를 보게 되겠지만 앞에서 들어오는 부분은 단연 눈이라는 것이다 그리고 그 눈이 아름다우냐 미우냐에 따라서 그 여성의 첫인상은 결정된다는 것이다.

여성은 역사를 창조한다고 말하지 않는다. 여성의 눈 때문에 망한 남자들이 수없이 많다. 모든 남성들은, 모든 페미니스트들은 망할 준비를 단단히 하고서 여성의 눈을 그리고 있다고 해도 지나친 말이 아니다. 남성들은 여성으로부터 태어나 여성에 의해 길러지고 여성에게 사랑으로 봉사하다가 숨을 거둔다. 따라서 남성에게 여성은 대지이며 바다이고 역사를 가능케 한 우주이다. 남자들이 밭에다 씨를 뿌린다는 우리의 옛말은 그 면에서 매우 뛰어난 비유라고 할 수 있다. 이 정도면 '바다는 달과 여자에게 영향을 미친다' 는 서양속담에 조금도 뒤지지 않는다. 이 말은 '여자는 바다와 달에게 영향을 미친다' 고 바꾸어 놓아도 된다. 바다와 달과 여자는 동일

정조를 지니고 있다.

달과 바다를 끌어당기고 남자를 자유자재로 조종하는 여성의 눈은 도스토예프스키의 표현과 같이 '무시무시한' 마력을 지니고 있는 것은 아니다. 여성의 눈은 호수와 같이 고요히 열려 있으되, 무엇을 보고 있다고 하기보다 그 무엇을 담고 있다고 하는 편이 옳을지 모른다. 남성들은 그 눈에 담겨진 세계에다 색칠을 하고 의미를 부여한다. '그대의 푸른 눈이여'라고 약관에 시를 쓴 적이 있었다. 아니다. 보다 정확히 말하자면 발레리 풍으로 그런 시를 썼다가 푸른빛이란 단어가 아무래도 실감이 나지 않아서 지워버렸었다. 그리고는 다시 그런 표현을 쓰려고 시도해본 적이 없었다. 시로 쓸 만큼 여자를 사랑하지 못했기 때문인지도 모른다. "20대에 연애시를 쓰지 못한 시인은 얼마나 불행한가"라고 정지용은 말했다지만, 그 점에서 나는 불행한 사람이고, 나뿐만 아니라 이 세상에는 불행한 존재들이 득시글득시글하다고 해야 할 것이다. 어떤 시인이 저녁놀을 눈동자에 대입한 것을 본 적이 있는데, 나라면 그런 표현은 절대로 하지 않겠다. 거짓말이라도 동해바다 정도는 대입하겠다. 왜냐하면 여성의 눈은 깊고 푸르고 신비로우며, 무엇인지는 모르되 그 비밀스러운 무엇을 꿈꾸는 눈이기 때문이다.

여성의 눈이 비밀스러움을 간직하고 있다면 그 눈의 비밀스러움을 장식하여 주는 것이 여인의 치렁치렁한 머리칼이다. 미켈란젤로 안토니오니의 「정사」를 보면 여주인공이 무인도에서 무표정한 표정으로 먼 바다를 보는데, 바닷바람에 머리칼이 휘날려 여인으로 하여금 자주 머리칼을 추스르게 한다. 그 모습이 그녀를 보고 있는 남자의 마음을 산란하게 한다. 머리칼이 유혹의 손길이 되고 있는 셈이다. 그래서 비구니가 되려는 여인들은 머리를 자르고 산문을 들어서고, 수녀들도 흰 보자기로 머리를 감쌀 터이다. 어느 수녀원에서는 머리칼을 보였다고 해서 파문하는 일이 있을 정도이다.

머리칼과 정절의 관계는 여인에게 엄격하였던 조선조의 경우에서도 잘 보인다. 조선조의 여인들은 머리칼이 흐트러지지 않도록 단정히 뒤로 빗어넘겨 비녀로 매야 했다. 머리칼이 풀린다는 것은 곧 여인의 정절이 흐트러진다는 것을 뜻했다. 이 점은 춘향전에서 약여하게 드러난다. 춘향은 광한루에서 그네를 뛰다가 이도령을 처음 만났는데, 이도령을 보는 순간 춘향의 비녀는 땅에 떨어져 땡그렁땡그렁 소리를 울리게 되고, 춘향은 비녀! 비녀! 하고 외치게 된다. 춘향의 마음이 이도령에게 그렇게 열리고 있는 것이다.

여성의 여러 기관 중에서 머리칼보다 더 선정적인 것은 무엇일까. 자궁이라든가 둔부 같은 약간 상스런 부분들을 제외하고 선정적인 것은 역시 입이 아닐까. 그 입으로부터 나오는 소리가 아닐까. 「말세리노 빵과 포도주」라는 영화를 보면, 마누엘의 어머니가 들판에서 "마누우엘, 마누우엘" 하고 아들을 부르는 장면이 나온다. 그 소리가 하도 높고 청명하게 들판을 울려서 말세리노는 한 번도 얼굴을 본 적이 없는 마누엘을 친구로 삼는다. 반전가수 존 바에즈도 맑은 소리로 시위군중을 이끌었으며, 잔느 모로의 비음이 섞인 권태로운 목소리는 남성들을 대번에 휘어잡아 버린다. 태초에 말씀이 있었다는 바이블의 구절을 끌어오지 않더라도 확실히 소리는 인간의 가장 확실한 표현양식이고 가장 인간적인 것이다. 즉 소리는 인간이 사물과 세계에 대하여 교섭하는 가장 구체적이고 확실한 교응 방식인 것이다.

나는 시를 쓰는 사람으로, 시인은 시에 대해 서너 편의 에피소드를 가지고 있어야 된다고 생각하는 사람이다. 그런데 불행히도 내게는 에피소드다운 에피소드가 없다. 대신 친구의 에피소드를 내 것인 양 소중히 간직하고 있다. S대 불어교육학과 교수로 있는 내 친구는, 우리 시를 불어로 번역한 뒤, 그걸 교열 받으려고 충청도 두메에 사는 프랑스인 수사를 찾아간 적이 있었다. 수사는 우리말에는 물론 프랑스 시에 정통하다는 평이 나 있었다.

그날 밤은 수도원에서 자고 다음 날 새벽, 수사의 기침소리가 나자 일어나 뒤뜰의 변소로 발을 옮겼다. 변기에 앉아 평소의 습관대로 불어시를 낭송했다. 한참 낭송하고 있으려니 밖에서 시를 따라 낭송하는 소리가 들렸다. 멈출 수 없었다. 계속했다. 밖에서도 계속 따라하고 있었다. 더 이상 변기에 앉아 있을 수만도 없어서 변소문을 열고 나왔더니 뒤안에 늙은 수사 한 사람이 싸리비를 들고 웃고 서 있었다.

그 이야기를 들으면서 순간 나는 그 늙은 수사가 수녀였더라면 어쨌을까, 새벽의 낭랑한 여성음과 남성음의 황홀한 접음이 이뤄지지 않았을까 생각했으나, 뒤에 다시 생각해보니 늙은 수사 편이 더 나은 것 같았다.

만약 그 수사가 수녀였더라면 그들의 목소리는 불과 물과 같이, 상승과 하강과 같이 하늘과 땅을 오르내리며 변화를 부렸을 것이고, 유형무형의 사건을 일으켰을지 모른다. 그 사건을 공기의 움직임이라 해도 될 것이고 역사라 해도 될 것이다. 그러나 그곳에는 불꽃은 있을지라도 우리를 감싸주는 그늘이 없게 될 것이다. 그 그늘을 사상이라 해도 될 것이다.

늙수그레한 수사가 빗자루를 들고 그를 향하여 웃고 있었기 때문에 그는 그 이야기를 내게 말해줄 수가 있었을 것이며, 귀중한 것은 함부로 내보이지 않는다는 속담 말마따나 나는 그 이야기를 이렇게 소중히 가슴에 끌어안고 있을 것이다. 그 이야기는 내게 저 북유럽의 자작나무 숲 속에 반쯤 몸을 벗고 있는 호수처럼 은은하고 향기롭다. 우리에게 소중한 것은, 이렇듯 드러날 듯 말 듯한, 여성적이라 할 수도 있는 향기로운 은은함인 것이다.

그것이 희망인 것이다.

바람은 왜 부는지

세상의 모든 일은 적정한 시간을 필요로 한다. 적정한 시간이 소요되지 않고서는 이루어지는 일이 없다. 암탉이 알을 낳는 데는 하루가 필요하고, 갓난애가 응애응애 울고 태어나려면 10개월이 걸리고, 아침이 오려면 밤을, 봄이 오려면 겨울을 지내야 한다. 우리도 마찬가지다. 중고등학교와 대학을 일정 기간 거친 뒤 사회로 나가게 된다.

이와 같은 시간들은 대나무와도 같이 매듭을 하나 둘 만들면서 새로운 단계로 나아간다. 세상의 모든 일들은, 그것이 이뤄질 수 있는 시간을 기다려야 하며, 그 시간의 도래를 참고 견뎌야 한다. 독일 시인 라이너 마리아 릴케는 시를 지망하는 청년에게, 한 편의 시가 씌어질 때까지 몇 날이고 몇 밤이고 기다리라고 했는데, 이 때의 '기다림'은 세상의 모든 일들이 이뤄지는 데 필요한 적정한 시간이라고 봐야 할 것이다. 세상사와 시는 별다름이 없다. 그것들은 모두 시간과 기다림과 소망과 인내 속에서 어렵사리 태어난다.

태어남(혹은 이루어짐)은 소중한 것이다. 그것이 생명 있는 것의 경우든 사물이나 사건에 속한 것이든 다름없다. 세상이 복잡하지 않았던 고대에는 태어남의 의미를 각별하게 여겼다. 고대인들은 태어나지 않고서는 존재할 수 없다는 사실을 거의 본능적으로 확실하게 감지하고 인식했다. 그래서 태어남을 매우 신성시했다. 단군이나 고주몽에게 신화가 만들어진 것도 그 때문이다.

이런 받들고 모심 때문에 고대적 시간은 매우 느릿느릿 진행된다. 귀하고 소중한 것을 받들고 모신다는 것은 시간이 오래 걸릴 수밖에 없다. 고대사에서 단군이 몇 백 년을 통치했다는 것은 실제로 단군 통치가 몇 백 년 계속되었다기보다 고대 사람들이 받들어 모시는 마음이 몇 백 년 계속되었다고 봐야 한다.

내가 왜 이런 이야기를 하고 있느냐 하면, 고대적 시간과 오늘의 시간을 비교하고 성찰해보기 위해서이다. 오늘의 관점에서 보면 고대에는 답답할 만큼 시간이 느릿느릿 흘러갔다. 경복궁에서 종묘에 가려 해도 반나절 이상이 걸렸다. 그런데 오늘 우리는 1초를, 1백분의 1로 나누는 극미의 시간을 산다. 그 시간에는 목표를 달성해야 하는 야망과 야망의 다툼이 흐르고 있다. 왜 목표를 달성해야 하는지 까닭을 알기 어렵다. 아니, 까닭을 생각해볼 틈이 없다. 우리는 일류대에 들어가기 위해, 고시에 패스하기 위해, 대기업에 들어가기 위해, 돈을 벌기 위해 쉼 없이 달린다.

파리나 뉴욕에서 허겁지겁 달리는 사람이 있어서 돌아보면 열에 아홉은 한국인이다. 현대가 속도의 시대라지만 그 중에서도 한국인은 정신 없이 달린다. 그들은 '근대화'를 뛰어넘어 '오늘 날'까지도 하루아침에 넘어서려고 한다. 그들은 50년 만에 문이 열린 금강산의 비경도 하루에 보아버리고 만다. 그들은 그저 보고 지나갈 뿐 무엇을 보았으며, 무엇이 더 인상깊었던지 음미하며 보지 않는다. 앞에서도 말했지만 세상 모든 일들이 필요로 하는 일정시간을 요즘 우리나라 사람들은 개의하려 하지 않는다.

1980년대 초 우리 사회에서는 '꼴찌에게 보내는 갈채를'이라는 말이 유행한 적이 있는데, 이때의 '꼴찌에게 보내는 갈채'란 나와 꼴찌의 간격을 알고 그 거리를 받아들여야 한다는 뜻에 다름 아니다. 꼴찌라 할지라도 사회 속에서는 나와 동등한 권리를 가지고 있으며 인격을 가지고 있다. 그것은 존중되어야 한다.

한 한봉업자가 토종 꿀벌들이 설탕을 먹어본 뒤에는 아카시아꽃이나 깨꽃의 꿀을 먹으려 하지 않는다고 말한 것을 들은 적이 있다. 생명 있는 것들은 모두, 보다 좋은 것, 값진 것, 맛있는 것, 아름다운 것을 탐한다. 그것을 억제하는 것이 남을 존중할 수 있는 지혜와 사랑이다. 요즘 젊은이들은 그러한 의미의 지혜와 사랑을 중하게 여기지 않는다. 그들은 한 번 맛본 달크작작한 설탕을 원한다.

최근 유행가 가사들은 전부 연인을 얻고 버리는 내용으로 되어 있다. 그렇게 쉽게 얻고 버리는 것은 사랑이 아니다. 우리는 거리를 걸어가면서, 그 거리에서 사람들이 어떻게 사는지를 보아야 하며 가로수 이파리들이 어떻게 푸르러가는지 보아야 하며 바람은 왜 이 파리들을 날리는지, 구름은 왜 흘러가는지, 보고 생각해야 한다. 우리는 세상과 자연에게서 여러 가지를 배워야 한다. 그럴 때 우리는 시간에 쫓긴 존재만이 되지 않고 자기 삶을 누리는 존재로 되어갈 것이다.

할머니의 웃음

산골마을은 문을 열고 나서면 사방이 산이고 전후좌우로 오솔길이 나 있다. 또 크고 작은 차이는 있겠지만 산골마을에는 거개 시내라든가 개울이 흐르고 있어서 뚝방길을 따라 한두 시간 산책할라치면 공기는 향그럽고 새들이 날고 벌레들이 울고 잡초들이 길을 막는다. 어떤 띠풀은 구두 발목을 잡고 늘어진다. 나는 "띠풀아, 띠풀아" 하고 달랜다.

산골은 사람이 얼마 살고 있지 않아 고요한 것 같으되 귀기울이고 보면 소리로 가득 차 있다. 사방에서 새소리, 바람소리, 산비둘기소리, 벌레소리들이 계속 들려온다. 십여 년 전 나는 고혈압으로 쓰러진 적이 있었다. 병원에서 퇴원하는 날 담당의사는 "선생님은 가슴에 다이너마이트를 안고 있으니 술 조심하시고, 음식 조심하시고, 성질 죽이고, 날마다 산을 오르세요" 당부하고 당부했다. 다음 날부터 나는 북한산에로 올라갔다. 집에서 백여 미터밖에 되지 않는 산이어서 산행하기에는 편했다. 북한산에는 어느 길에나 노인들이 있었다. 그 분들은 열에 아홉쯤은 말을 걸었다. "어디 편찮으시우? 고혈압이우? 고혈압에는 내처 걷는 것이 최고예요. 계속 걷다보면 어느 틈에 고혈압은 줄행랑치고 없다우" 했다. 또 어떤 노인은 식이요법을 가르쳐주고 또 어떤 노인은 마음을 비우라고 했다. 말〔言〕들을 피해 다른 길들을 찾으면 그곳에도 어김없이 노인들이 기다리고 있었다.

그런데 산골의 오솔길에는 노인들이 없었고, 말들이 없었다. 나는 말이 없는 것보다 말이 있는 것이 낫다는 사실을 이제야 알게 됐다. 하긴 인간이란 말 자체가 사람인人과 사람인人 사이를 뜻한다. 사람만이 아니고 생명 있는 것들은 모두 유유상종한다. 유유상종하므로 우리는 도덕과 윤리 같은 불문율을 만든다.

60여 년을 살면서 내가 깨달은 것은, 어렸을 때 부모님과 선생님들이 가르쳐 주었던 소박한 교훈들이 모두 진리라는 사실이다. 그분들은 두고두고 올바르게 살아라, 열심히 살아라, 검소하게 생활해라, 순리를 따라라, 항상심을 길러라 하고 가르치셨다. 우리는 어른들의 가르침대로 살기가 힘들었다. 우리는 욕심이 넘쳤고 꿈에 불타는 청년들이었다. 그러나 꿈 많던 청년기를 보내고 나니 어른들이 어째서 바르게 검소하게 열심히 살라 했던지를 알게 되었다. 이순을 넘으면 학식도 미모도 고향도 사라진다는 말이 있다. 이순을 넘으면 모든 사람들이 죽음을 앞에 두게 되고 평등해진다는 뜻이리라.

그렇다고 해서 노인들에게 노인다운 역할과 임무가 사라지는 것은 아니다. 노인들은 아들의 아버지로서, 손자들의 할아버지로서, 집안의 어른으로서 사회의 향로로서 줏대를 세우고 격을 갖추어야 한다. 향로이며 어른이라 해서 반드시 지하철의 경로석에 앉아야 하며 버스에 먼저 탈 수 있는 것은 아니다. 그와 같은 우대와 양보는 사회가 베푸는 것이지 노인들이 주장할 수 있는 것만은 아니다. 만원인 지하철에서 젊은이들이 "할아버지, 여기 앉으세요" 하며 자리를 비켜줄 때 노인들은 "젊은이, 고맙소" 답례를 하고 앉아야 한다. 젊은이와 노인 사이에 예의가 갖추어질 때 그 양보와 우대는 아름다운 것이며 격이 서린다.

중국의 고사들은 씹을수록 맛이 나는 면이 있다. 새옹지마塞翁之馬라는 고사성어도 그렇다. 모든 것이 변하고 변해 무상하므로 인간의 길흉화복은 예측할 수 없다는 이 말은, 예측할 수 없으므로 받아들인다는 뜻만이 아니고, 힘껏 열심히 일한 뒤에 받아들인다는 뜻으로 읽어야 한다. 그런 면에서 '새옹지마'는 '진인사대천명'과 그다지 다른 말이 아니다. 60여 년을 살아본 사람들은 대개 아는 바지만, 인간이란 일을 벗어날 수 없다.

일을 위해서 태어나고 일을 위해서 살아간다고 해도 된다.『장길산』의 작가 황석영은 한 소설에서 다음과 같은 은유적인 이야기를 한 적이 있다.

어느 여름날 스님이 길을 가다가 쟁기질을 하고 있는 농부를 만났다. 농부는 머리가 새하얗게 쉰 노인이었다. 농부는 땀을 뻘뻘 흘리면서 이랴이랴 소를 몬다. 소도 지치고 노인도 지친다. 나무 그늘에 잠시 쉬었다 하면 좋으련만 노인은 쉴 생각 없이 계속 이랴이랴 소를 몬다. 딱하다는 생각이 든 스님은 "제가 쟁기를 잡을 테니 잠시 그늘에 쉬시지요" 하고는 쟁기를 잡고 소를 몬다. 그런데 어떻게 된 셈인지, 노인은 어디로 사라져버리고 스님이 농부가 되어 이랴이랴 소를 몰지 않으면 안 되게 된다. 스님은 땀을 뻘뻘 흘리면서 해가 저물도록 소를 몬다. 어느덧 세월이 흘러, 스님은 머리가 새하얀 노인이 되고, 노스님은 젊은 사람이 와서 쟁기를 잡아주기를 기다리지만 젊은이는 나타나지 않는다. 이 이야기는 쟁기질이란 일은 인간에게 운명적인 것이다, 그 일을 면하는 것은 죽음(백발)뿐이라는 사실을 말해 준다. 이 경우, 일은 '죄와 벌'에 가까운 것이라 할 수 있다.

그런데, 일을 황석영과는 달리 보는 사람도 있다. 톨스토이가 그다. 톨스토이는 일을 하느님이 내려준 대지에 씨를 뿌리고 거두는 신성한 사랑이라고 본다. 씨를 뿌리고 거두는 농업만이 신성한 사랑이 되는 것은 아니다. 모든 일은 신성한 것이다. 거기에는 근면과 성실과 겸허가 깃들어 있다. 또 일은 젊은이만 하는 것이 아니다. 어린이는 어린이대로, 노인은 노인대로 그들에게 알맞은 일을 해야 한다. 무엇이 알맞은지는 각자가 각자의 나이와 건강을 살펴서 정해야 한다. 집안에서 요구하고 불평불만을 늘어놓다가는 집안에서 외로운 존재가 될 수밖에 없다. 방을 쓸고 마당을 청소하고 대문 앞의 담배꽁초를 주워야 한다. 놀아서는 안 된다. 노는 것은 죄악이다.

사람들은 지나간 시간들을 돌이켜보면 뜻밖에도 많은 사람들에게 사랑을 받았다는 사실을 알게 될 것이다. 나는 중학생이었을 때, 시골 외할머니댁에 갔다가 붕어빵을 구워 팔던 할아버지께 사랑을 받은 적이 있었다. 비가 억수로 쏟아지는 날이었다. 나는 버스정류장의 추녀 아래서 비를 피하고 있었다. 옷이 점점 젖어왔고, 추웠고, 배가 고팠다. 정류장 옆에서 붕어빵을 굽던 할아버지가 "학생" 하고 불렀다. 가까이 갔더니 붕어빵 세 개를 헌 신문에 싸 주었다. 나는 할아버지를 잊지 않을 것이라고 기억에 입력하고 또 입력했다.

호탄리라는 마을로 이사오던 날에도 키가 자그맣고 얼굴도 작은 할머니가 동구 길에서 나를 보고 활짝 웃어주었다. 낯선 마을에서 대한 할머니의 웃음은 어머니의 웃음과 같았고, 그 마을을 고향과 같이 느끼게 했다. 할머니는 낯선 사람에게 뜻깊게 웃어주었고, 싱싱한 채소들을 갖다 주었다. 그뿐이었다. 그러나 그 웃음과 채소는 나에게로 와서 뜨거운 사랑이 되었고 추억이 되었다. 나는 그 할머니를 생각할 때마다 김춘수의 「꽃」을 떠올린다.

> 내가 그의 이름을 불러주었을 때
> 그는 나에게로 와서
> 꽃이 되었다.

우리는 모두 웃고, 웃음으로 남들을 불러야 한다. 그럴 때 세계는 살 만한 세계가 된다.

길

　병과 여행은 우리에게 지혜를 길러준다고 누가 말했는지 기억이 희미하다. 헤르만 헤세였던 것 같지만 릴케였는지도 모를 일이다. 이 두 작가는 문학청년 시절 동류항同類項 같은 것으로 붙어다니면서 내게 많은 문학적 영향을 미쳤다. 그러니 기억을 혼미시킬 만도 한 일이다.

　하긴 '여행은 지혜'란 말을 한 것이 헤세여도 릴케여도 이제는 별 상관이 없다. 중요한 것은 '여행은 지혜를 가져다 준다'는 사실이고, 그 여행은 길을 통하여 이루어진다는 점이다. 전국 각지에 길이 나 있지 않은 곳이 없다. 산간 벽지에도 아스팔트 길이 나 있어서 마음만 먹으면 여행객들은 '1일 여행'을 할 수 있다. 그런데 어느 때부터인지 '여행'에 '관광'이라는 말이 잠식해 들어오기 시작했다. 예컨대 중국으로 소동파 유적을 보러간다고 할 때도 중국 여행이라 하지 않고 중국 관광이라 한다. 사전에 찾아보면 '관광'은 '보러 감'으로 풀이되어 있고 여행은 '볼일이나 유람의 목적으로 다른 고장이나 외국에 가는 일'이라고 되어 있다. 뜻이 별로 다를 것이 없다. 그런데도 역사적 인간인 우리는 여행이라고 할 때 향수와 낭만과 자유가 감도는 사색의 시간들을 떠올리지만 관광에는 그런 분위기가 없다. 관광은 관광회사의 모집 스케줄에 따라 나이아가라로 떼로 몰려가는 부녀자들과 정력에 좋다는 코브라와 곰을 찾아 동남아로 향하는 기름기가 번질번질한 중년 사내들의 모습을 떠올리게 한다. 그러고 보면 비슷한 말이라도 시대와 공간에 따라 내용이 바뀌는 모양이다.

최근 광주 전남에서도 관광이라는 말을 자주 듣는다. 지방당국자들은 남도문화와 남도 지역을 묶어 관광객을 적극 유치해야 한다고도 하고, 비엔날레와 올림픽을 연계시켜야 한다고도 하고, 담양의 가사 문화권을 적극 개발, 홍보해야 한다고도 한다. 그런 정책적 프로그램들이 일 년에도 수십 차례 발표되지만 프로그램들이 구체적인 모습으로 실행되고 있다는 말은 들리지 않는다. 탁상공론만이 난무할 뿐이다.

그 바람에 땅값이 뛰어오르고 인심이 각박해져 간다. 어느 봄에는 산수유꽃을 보러 구례군 산동면으로 간 적이 있었다. 며칠 전에 비가 내렸던지 마을 앞 내에는 맑고 찬 물이 바위 틈새를 뚫고 철철철 흘러내리고, 숨을 크게 쉬면 떨어져 버릴 것 같은 산수유꽃이 골짜기를 물들이고 있었다. 우리 일행은 산수유를 따라 천천히 발을 옮겼다. 볼거리가 있으면 자연 걸음은 늦어지는 법이다. 의식적이든 무의식적이든 산수유가 우리 눈으로 들어오고, 그러면 감각과

뇌수는 산수유의 아름다움을 맛보고 해석하는 미적 활동을 전개하게 된다. 걸음이 늦어질 수밖에 없는 일이다. 그런 흥 속으로 한 아주머니가 불쑥 끼어들어왔다. "빈 집 사지 않으려우? 물소리가 듣기 좋은 집이 났어라우." 아주머니는 우리를 집 보러 온 사람들로 인식한 모양이었다. 흥이 깨질 수밖에 없었다.

이를테면 땅값을 뛰게 하고 인심을 해치는 이런 관광정책은 멀리 내다보면서 차근차근 추진되어 나가야 한다. 화원관광단지라고 하면, 화원의 경관 속에 위락단지를 세우고 길을 닦아 사람들을 부르는 것이 아니라, 다도해와 어울리는 작은 집들, 동백꽃들, 밭사래들이 주민의 순박한 삶과 어울리는 화원반도의 전체상을 존중하면서 산기슭 틈틈이 빌라가 들어서고 또는 호텔이 들어서는 것이 되어야 한다. 또 광주나 목포에서 화원으로 가는 길도 사람들이 찾아올 수 있는 특성이 있는 길로 만들어야 한다. 지금 화원으로 가는 서정-옥천간은 4차선 도로로 확장중인데 길만 확장된다고 해서 사람들이 오는 것이 아니다. 그 길을 아름답게 만들어야 한다. 전주-군산간 벚꽃나무 길처럼 광주-화원간 목포-화원간 길을 벚꽃나무 길이거나 메타스퀘어 길로 만들어 볼거리를 이루게 되면 돈들여 홍보하지 않더라도 전국의 관광객들은 차를 타고 절로 몰려들 것이고, 관광객이 몰려들면 화원관광단지는 자연 성황을 이루게 될 것이다.

주명덕의 한 사진을 보면 어둑어둑한 길로 삿갓을 쓴 스님이 바쁘게 걸어가는 모습이 잡혀져 있다. 스님의 건너편으로 키 큰 느티

나무들이 줄지어 서 있고 그 안쪽으로 추수를 끝낸 논에 볏짚단들이 쌓여 있고 구불구불한 길이 있다. 그 사진 안에는 느티나무를 당산나무로 모시던 마을문화와 볏짚단이 말해주는 농경생활, 그리고 스님의 종교적 세계가 길을 통하여 서로 연결되고 펼쳐져 있다. 스님의 걸음걸이는 빠른 것 같지만 이 문화적 풍경 속에서는 결코 빠를 수가 없다. 그 걸음걸이에는 천년문화가 당겨지고 끌려가고 있다. 이렇듯 문화가 길에 있을 때 그 길 풍경은 생각하는 공간이 되고 창조적 세계로 이어질 수 있다. 무작정 관광단지를 조성한다고 해서 관광객이 오고 돈을 벌 수 있는 것은 아니다. 진정한 볼거리는 문화가 가담해야 하고, 문화가 있는 풍경은 사람들을 소박하게 만든다.

길은 문화에 있어서 핏줄이라 할 수 있다. 길이 이끌어주지 못하면 문화는 퇴락한다. 사원의 아름다움은 길로부터 비롯된다고 해도 된다. 송광사나 백양사에 가려면, 예전에는 터널을 이룬 나무숲과 이끼 긴 바위와 이름 모를 벌레 울음소리로 이루어진 마음 깊은 길을 걸어야 했다. 그 길은 사원과 스님들의 삶에 위의를 얹어주었다.

그런데 어느 때부터인가 관광객들을 위하여—그들이 타고 오는 차를 위하여—숲은 베어지고 이끼는 제거되고 벌레 울음소리는 자취를 감추었다. 생각하는 길들은 사라졌다. 자동차의 소음과 관광객의 천박한 노랫소리, 잡담소리들이 산을 울리며 종교적 분위기를 파괴해 버렸다. 사원도 그에 맞서기보다 그에 응하는 편이라고 해야 한다. 대웅전의 규모가 거대해지고 오색찬란한 단청이 입혀지고 탑이 올라가고 연못이 파진다. 작은 것을 귀하게 여겼던 고행승들의 정신이 사라지고 있다. 이러고서야 어떻게 사원이 구원의 지팡이를 들어 보일 수 있겠는가.

크고 화려한 사원들은 역사에 남을 수는 있겠지만 지혜의 산실이 되기는 어렵다. 길의 문화를 육성해야 한다. 길에는 섭리가 있다는 말이 있다. 길에는 신이 있다는 뜻이다. 우리가 그 길에서 방향을 잃었을 때도 그것이 고초가 아니라 놀랍고도 기억할 만한 체험으로 변용되는 것은 그 때문이다.

시간의 풍경들

별스럽다고 할 만큼 나는 봄을 탄다. 서울에 다녀오는 주말을 제외하고는, 직장에서 돌아오자마자 나는 조지 윈스턴의 「디셈버」 같은 피아노 곡을 틀어놓고 이불 속으로 들어간다. 소리들은 봄날의 아지랑이와도 같이, 딱따구리가 긴 부리로 나무를 쪼아대는 소리와도 같이 나른하고 절도 있게 뇌리 속으로 스며 들어온다. 아내가 나를 찾아 바삐 층계를 밟고 오는 하이힐 소리와도 같이 들린다. 나는 소리들에 싸여 어떤 때는 한두 시간, 어떤 때는 두세 시간 푹 잔다.

눈을 뜨고 일어나면 얼굴과 손이 붓고 눈꺼풀이 무겁다. 뇌졸중의 후유증이리라. 아니 뇌졸중 때문이라고 할 것이 없다. 나는 십대 후반, 문학에 신들려 거리를 쏘다닐 때부터 쓰고 자고, 쓰고 자고를 반복했다. 지금 생각해 보면 문학에 대한 열정과 광기에 나가떨어졌거나 그런 광기를 재우려고 그렇게도 여러 시간을 잠에 떨어졌으며, 그것들이 햇빛을 눈부시게 했을 것이다. 나는 아름답다 아름다워라고 가만히 중얼거리며 대문을 열고 골목으로 나갔다.

때때로 나는 두 마리 양을 몰고 골목을 빠져나가는 뒷집 소녀를 만났다. 뒷집 소녀는 양을 끌고 나가는 일이 부끄럽기라도 하는 듯이 얼굴을 붉히며 빠른 걸음으로 골목을 빠져나갔다. 아버지를 일찍 여의고 어머니와 양아버지와 함께 조그만 초가에서 살고 있었던 소녀는 오후 두세 시 경이면 어김없이 두 마리 양을 몰고 언덕으로 올라갔다. 골목을 빠져나가는 양의 울음소리가 오래오래 귀를 울렸고, 배가 고팠고, 무언지 모를 근원적인 그리움 같은 것들이 밀려들었다.

소녀는 어느 날 내 누이동생에게 말했다.

"너네 오빠는 왜 그렇게 잠자지?"

"몰라."

"비타민이 부족해서 그럴까?"

"……"

"내가 우유를 주어도 될까?"

나는 소녀가 내게 관심을 조금 가지고 있는 것 같아서 겸연쩍었다. 그러면서도 달콤짭짤했다. 얼굴이 가무잡잡하고 다리가 짧은 그녀를 좋아하지 않았으면서도, 그녀의 나에 대한 관심은 달콤했고, 그녀의 양을 좋아하게 되었고, 고삿길을 빠져나가는 그 양에, 아기 예수가 태어났다는 천사의 말을 들은 베들레헴의 양치기들, 한겨울 밤하늘을 보고 있는 영양들의 이미지가 덧붙여져 가면서 볼륨이 부풀어 갔다. 나는 새 아기 예수를 처음 보는 사람이고 싶었다. 고삿길을 빠져나가서 성덕원이라는 고아원이 있는 언덕에 올라 하늘을 보며 배고픈 듯이 메에메에 울고 있는 양들 곁에서 아기 예수가 태어났다는 소식을 듣는 목동이 되고 싶었다. 나는 그런 행복을 깊이 맛보고 싶었다.

이제는 하도 많은 세월이 흘러, 소녀가 그 뒤로 어떻게 되었는지, 어느 마을로 시집가 아들 딸 낳고 잘 살고 있는지, 교회에 다니는지, 허리통은 얼마나 뚱뚱해졌는지 알지 못하지만, '양들' 하면 나는 뒷집 소녀를 떠올리게 되고 프란츠 카프카를 떠올리게 된다.

카프카는 한 단상에서 유태 마을로 가 목수가 되고 싶다고 했다. 그는 예수를 낳고 싶었던 것이고, 그의 소설들은 그것을 꿈꾸고 있었다고도 할 수 있다. 그의 「심판」이나 「성」은 예수를 꿈꾸는 사람의 절망과 회의와 비탄의 기록이라고 해도 된다. 그런데 나는 문학을 한다고 하면서도 그런 '큰 꿈'을 가져본 적이 여직 없다. '큰 꿈'을 위한 축대가 나에게는 없었던지도 모른다.

어느 때부터인가 양과 소녀와 프란츠 카프카라는 생각 위에 하얀 물 그림자가 드리워졌다. 어째서 그런 생각 위에 물이 섞여 들어갔던지 나는 모른다. 어떤 것에나 섞이기를 좋아하는 물의 성질 때문에 그랬던지, 유년의 기억의 무후성 때문에 그랬는지도 모른다. 물과 유년의 기억은 유사한 면이 있기는 있다. 그 둘은 끝없는 호기심으로 어느 기슭에나 들판에나 골목으로 흘러 들어간다. 그 앞에 어떤 위험과 음모가 도사리고 있는지 계산하지 않는다. 그것들은 한없이 열린 세계에로 전진해 간다. 참으로 내 유년의 추억은 몇 컷밖에 남아 있는 것이 없다. 그 하나는 김 양식을 하였던 아버지가 사다가 헛간에 둔 검고 긴 장화를 신고 봄햇빛에 녹은 얼음물이 찰랑찰랑한 논으로 한 걸음 한 걸음 걸어 들어갔던 일이다. 얼굴에 내리는 햇빛은 따갑고, 장화를 통해 느끼는 물은 간지러웠다. 나는 '대식'이라는 이웃집에 사는 친구의 이름을 부르며 물 속으로 걸어갔다. 얼마쯤 갔을까. 십여 미터쯤 갔을까. 골목에서 숨넘어가는 소리로 손주를 부르는 할머니의 목소리가 들렸고, 봄날의 나른한 감각이 부르는 손짓과 할머니의 소리 사이에서 나는 오도가도 못했다. 지금 생각해보면, 그때 나는 계속 나아가고 싶었을 것이고, 나르시즈의 신화와도 관계될 수 있는 물의 원초적 감각이 나를 흔들어 주고 있었을 것이고, 할머니의 소리가 그것에 중지명령을 내렸을 것이다.

이같이 부드럽고 간지러운 먼 물, 내 얼굴이며 손발을 어루만져 주었던 물이 양의 이미지와 어울려 은연중에 강 하류의 혼탁한 물과도 같은 생각들을 양성했던 것도 같다.

어느 물리학자의 전기를 보면 그는 네다섯 살 적에 자침을 보고 놀라운 느낌을 받는다. 자침이 지니고 있는 자력이 쇠붙이를 일정 방향으로 끌어당기는 것을 보고, 저 현상은 무엇 때문일까, 무엇이 저것들을 끌어당기는 인력을 생겨나게 했을까라고 놀라움 속에서 질문을 해 들어갔는데, 그 질문이 이후에 그를 물리학의 천재로 성장시켰을 것이라고 그 전기작가는 쓰고 있었다.

그에 비하면 나는 질문이 지니는 명백한 인식력보다는 이것과 저것이 어울리는 조화감각을 주시했을 것이라는 생각이 든다. 나는 명백한 것이 싫다. 나는 흔들리는 것, 반짝이는 것, 두 개 이상의 감정과 색상이 섞여 조영하는 어떤 느낌을 좋아한다. 이런 성격이 아마도 내 감정 속에 양과 물을 혼거하게 했을 것이고, 거기에서 자애自愛의 시를 구하려고 했을 것이다.

이런 불명확한 성격은 성년기를 넘어서도 계속되었다. 나는 명확치 못한 성격과 사촌이라 해도 되는 우유부단이 저지르는 나락에 점점 깊이 빠져들어 갔다. 나는 좋아하는 여인이 있었는데도 그에게 좋다고 말하지 못했다. '좋다'라는 말이 수반해야 할 열정과 그 모든 책임사항들을 나는 감당할 수가 없었다. 그러는 새에 그 여자는 외국으로 날아가 버리고 우기가 몹시도 오래 계속되었던 그 여름을 나는 술과 정훈희의 「안개」라는 히트곡을 흥얼거리며 보내야 했다.

참, 그 무렵 시계를 유난히도 자주 들여다보았던 기억이 떠오른다. 그 여자를 기다리기 위하여, 그 여자를 보내기 위하여, 그리고 그 여자와 관계된 이러저러한 일들을 위하여 나는 시계를 보고 또 보았다. 한번은 일요일 오후 2시에 광교의 한 다방에서 그녀를 만나기로 한 일이 있었다. 비가 폭풍우처럼 쏟아지는 날이어서 버스가 물을 가르며 길을 달렸다. 나는 자색 바바리를 걸치고 다방 구석 의자에 앉아 밖을 보고 있었다. 얼굴을 아는 레지가 앞으로 왔다.

"선생님, 차는?"

"문을 두드리면 열릴 것이요 젖을 달라면 짜줄 것이다."

그녀의 성은 문이었던 것이다. 젊음만이 해낼 수 있는 그런 치기 어린 대화를 주고받으면서도 나는 시계를 보고 또 보았다. 이런 폭우 속을 그녀는 올 수 없을 것이다, 못 온다는 것이 당연한 일일 것이다. 그런데도 나는 시계를 보고 있었고, 약속시간이 2시간 경과되었는데도, 아서 밀러가 어떠니 테네시 윌리암스가 어떠니 하며 논쟁을 벌이고 있었다. 약속시간이 3시간 넘었을 때야 떠들 힘도 없어서 명동으로 갔다. 모든 거리는 비에 젖어 반들거렸다. 행인들은 바바리 코트에 검정우산을 쓰고 술취한 듯 비틀거리며 성당언덕으로 올라갔다. 그들의 걸음에 암시라도 받은 듯 나는 백병원을 지나서 장충단공원 쪽으로 걸었다. 비가 몸에 젖어들었고 하얀 입술이 덜덜 떨렸고 열이 오르는 것 같았다. 다음 날 나는 또 '화니'(다방 이름)의 문을 열었다. 미스 문이 나를 보고 달려와 어제 선생님이 나가신 뒤 얼마 안 되어 여자분이 찾아왔었다고 하며 접힌 메모지를 전해 주었다. 거기에는 다음과 같은 짧은 글이 적혀 있었다.

'친구분들과 같이 있었다니 다행이에요. 김.'

그런 일이 있은 뒤로 나는 시계 혹은 시간 보기와 인연이 멀어져 갔다. 시간 보기를 의식할 시간이 없었기 때문일지도 몰랐다. 아니 시계가 의미하는 약속으로부터 해방되어, 나는 자유스러워지고 싶었는지도 모른다. 나는 지각을 밥먹듯이 했고 친구들과의 약속을 번번이 저버렸고, 약속을 지킨다고 하는 경우에도 약속장소에 한두 시간 뒤에 나타나기가 예사였다. 나는 그것이 '나'나 '남'에게 부도덕한 것이라는 생각을 별반 하지 않았다. 그런 세월을 20여 년 거쳐서, 직장을 지방으로 옮기는 바람에 나는 또 다시 시계를 들여다보게 되었다. '직장을 지방으로 옮겼다' 지만 집까지 옮긴 것은 아니었다. 아이들이 고등학교에 다니고 있어서 나만 지방으로 내려가 일 주일에 엿새는 그곳에, 그리고 남은 하루는 서울에서 보내야 했다.

토요일 오후면 여축없이 나는 고속버스에 몸을 실었다. 차창 밖의 산과 들은 시간의 뒤로 사라졌다. 순간적인 것 같은데 실은 그렇지가 않았다. 마음이 여유로울 때면 풍경은 오래도록 망막에 남는다. 특히 과수원에 도화桃花가 피어 일대가 핑크빛으로 물들 때쯤이면 마음은 흐뭇하다 못해 아득해진다. 허나 빛깔로 말하면 과수원의 도화보다 4월 말에서 5월 중순에 절정을 이루게 되는 녹음을 들어야 한다. 연두와 진초록이 섞여 연출하는 녹음의 퍼레이드는 우리 동공을 확장시킴은 물론 세상이 살 만한 곳이라고 절감케 한다.

어느 영화에서 정치권력의 앞잡이로 테러와 고문과 사건조작을 통해 반체제인사들을 죽음으로 몰아가던 정보기관원 남편에게 아내가 말한다. "그들에게 빌으세요. 울면서 빌으세요. 여전히 아침 공기는 상큼하고 새소리는 종소리처럼 울리잖아요." 그렇다. 아침도 낙원이지만 5월 녹음철의 아침은 극상낙원이다. 남산파 시인들처럼 우리는 오오, 5월이여! 녹음이여! 아름다워라, 라고 예찬해야 한다.

그러나 여름이 가고 계절이 겨울로 바뀌면, 그리고 고속버스가 남도를 벗어나 중부지방으로 달리면 세상은 무거워지고 답답해지고 지루해진다. 나는 시계를 연신 보게 된다. 차는 조치원을 지났는

데도 시계는 7시 15분 또는 20분쯤에 머물러 있다. 서울의 아이들을 생각하고, 다시 집 앞 목련나무를 생각하고, 피아노를 생각하다가 다시 보아도 시침은 겨우 10분쯤 나아갔을 뿐이다. 나는 하품을 연신 하고 의자를 뒤로 젖힐 수 있는 데까지 젖히면서 토요일마다 서울로 가는 차를 타야 하는 내 신세를 한탄한다. 그러는 새에 잠이 깜빡 든다. 눈을 뜬다. 시계를 본다. 그런 시계 속에 어느 날은 비가 억수로 쏟아지는 광교 풍경이 떠오르고, 할머니가 부르는 소리가 들리고, 다리 짧은 양치는 소녀의 모습이 다가온다. 배고픈 듯이 양은 길게 오랫동안 울고, 소녀도 길게 누구인가의 이름을 부르고 있다. 지루한 시간 속에서 그리운 시간들이 재구성되고 있다. 차중에서 창 밖 풍경을 보며 '아무리 복잡한 곡선이라도 수많은 작은 직선들로 이뤄져 있다는 것을 깨달았을 때 세계가 그의 모습을 비로소 내게 드러내 보여주었다'라고 여느 수필에 쓴 바 있는 일본의 유가와 히데끼 교수의 말이 문득 떠올랐다.

책을 그리워하며

1960년대에는 무던히도 책을 읽으며 보냈다. 시집과 소설, 역사 책들을 닥치는 대로 읽었다. 그 책들이 담고 있는 세계가 명료하게 들어오지 않을 경우에도 나는 말과 말이 이어지면서 펼치는 파노라마에 취한 듯이 쫓아갔다. 어떤 때는 친구의 하숙방에서 끼니를 거르며 읽었고 어떤 땐 책방에 서서 읽었다. 요즘 사람들은 얼른 이해되지 않겠지만 그때에는 책방에서 책 읽는 사람들이 더러 있었다. 나는 그들 틈에 끼어 주인의 눈총에도 불구하고 염치없이 읽어댔다. 어느 날은 서서 책을 읽는 내가 안됐다고 생각했던지 주인이 앉았던 의자를 갖다 주었다. 나는 고맙다는 눈인사를 하고 읽던 곳으로 얼른 눈을 가져갔다.

이 같은 독서습관은 이후에도 계속되어, 나는 책을 손에 잡지 않는 날이 거의 없었다. 하루라도 책을 읽지 않으면 입 안에 가시가 낀다고 옛사람들은 말했지만 나는 그런 말의 무서움 때문에 책을 읽은 것이 아니라 거의 버릇처럼 읽어왔다. 그래서 70년대 말엔 문학이면 문학, 역사면 역사, 이념이면 이념을 대충은 따라가며 읽거나 들을 수 있었다. 내가 이런 이야기를 하는 것은 독서량을 자랑하기 위해서가 아니다. 오히려 그 반대다. 70년대에는 그럭저럭 읽어온 편이었는데, 최근엔 거의 책을 손에 들지 못해 사고의 폭이 점점 줄어들고 사물에 대한 이해가 단순화되어 간다는 사실을 고백하기 위해서이다.

최근에 내가 손에 든 것은 1노3김의 정치게임을 좇아 《시사저널》을 읽는 것과 아가사 크리스티의 추리소설을 읽는 것 정도다. 글쎄, 《시사저널》과 추리소설을 읽는 것도 독서라고 해야 할지 모르겠지만, 그것들은 매주 빠뜨리지 않고 읽는다. 그것들은 즐겁다. 정치의 변수놀음도 즐겁고 추리소설의 작가와 독자가 속이고 속는 게임도 즐겁다. 빈트겐쉬타인은 추리소설을 읽으면 뇌세포가 활성화된다고 친구들에게 권했다지만, 그 경우에는 추리소설의 재미가 머리를 움직인다는 뜻이지 사고를 심화시킨다는 뜻은 아닐 것이다. 그런 책들은 TV나 컴퓨터처럼 우리를 즐겁게 할 수 있을 뿐 우리 삶을 객관화시켜 성찰하게 해주지는 못한다. 따라서 그곳에는 괴로움도 없고 슬픔도 없다. 괴로움과 슬픔이 없다면 즐거움도 기쁨도 없다. 주어진 이야기를 염소처럼 뜯어먹고 있을 뿐이다.

어쨌든, 하루라도 책을 안 읽으면 입에 가시가 낀다는 말대로라면, 아마 내 입에는 지금쯤 가시가 잔뜩 끼여 잠자는 공주의 정원쯤은 조성되었을 것이다. 어떤 진리와 사상의 무장을 하고 오는 왕자라고 해도 내 입 안의 가시 울타리를 쉽사리 뚫고 들어오지는 못할 것이다. 이렇게 겹겹이 가시 울타리가 내 입에 끼게 되기까지에는 나의 타고난 게으름이 작용한 바 크겠지만, 그밖에도 경희의료원의 의사들과 간호사들, 그리고 내 아내와 아이들이 작용하는 바도 적지 않다. 그들은 이구동성으로 소금과 설탕, 닭고기, 돼지고기, 비늘 없는 생선 등을 먹지 말 것이며, 술을 마시지 말 것이며, 책도 가급적이면 멀리하라고 경고하였다. 책을 읽는다는 것은 상당한 집중력을 요구하고 뇌세포를 긴장시키므로 멀리하는 것이 좋다는 것이다. 그래, 의사의 지시대로 나는 소금과 설탕, 닭고기, 돼지고기, 비늘 없는 생선을 먹지 않으며, 술도 마시지 않으며, 책도 읽지 않는다. 그런 지가 일 년하고도 반이 넘었다.

내가 책을 멀리해야 했던 것은 재작년에 일어난 6월 7일 사건 때문이었다. 나는 이 일을 '사건'이라고 말해야 한다. 그 일처럼 내 사고방식과 행동양식과 가능성들을 송두리째 앗아가고 짓밟아 버린 일은 없었다. 6월 7일 2시경, 점심을 먹는 중이었다. 봄이 난만한 철이어서 얼굴이라도 물들이려고 반주를 곁들였던 것인데, 한 잔을 마시고 두 잔째, 잔을 홀짝 입 안으로 부어넣는데 오른쪽 머리가 찡하니 울려왔다. 혀가 둔해지고 왼손이 이상했다. 오른손으로 왼손을 당겨보았다. 오른손으로 끄는 만큼 왼손이 당겨왔다. 나는 마을 병원에서 혈압이 위험수위라고 경고 받은 바 있었으므로 그 추상적인 경고의 실체와 대면하게 되는 것이려니 여겨졌으나 그 실체와 어떻게 대면해야 하는 것인지 떠오르지 않았다. 병원으로 조용히 옮겨지기만을 바라면서 벽에 등을 기대고 있었다. 얼마나 시간이 흘렀을까. 2~3시간은 지나갔을까. 그렇지는 않았을 것이다. 실제로는 10~20분을 넘지 못했을 것이다. 그런데도 내게는 그 10~20분이 하루 이틀은 넘는 것 같았다.

어쨌거나 나는 병원으로 옮겨졌고, 또한 뒤로 증세가 급격히 악화되어 산소호흡기를 써야 했고, 말도 하지 못했다. 살아 있는 것도 청신경뿐이었다. 무슨 소리들이 그렇게도 많이 들려왔던가. 귀뚜라미 소리, 라디오 소리, 껌 씹는 소리, 하이힐 소리, 신음소리…….나는 그 소리들을 듣다가 혼수 속으로 빠져들어 갔다. 모든 것이 뒤죽박죽이었다. 사건도, 시간도, 이해체계 같은 것도. 나는 그저 의사와 간호사가 지시하고 돌보아주는 대로 따를 뿐이었다.

나는 온종일 침대에 누워 하얀 창으로 빛이 들어오고 저물어 가는 것을 보며 간호사가 날라다 주는, 풀을 살짝 데친 것 같은 음식을 먹었다. 고역이었다. 그러는 새에 한 달이 지나갔고, 병세가 점점 호전되어 나는 일어섰고 휠체어를 타고 비둘기를 보러 병원 마당으로 나갔다. 새우깡을 한 봉지 사들고 나가 공중에 뿌리면 비둘기들이 수십 마리 날개를 퍼덕이며 날아와 내 휠체어에, 어깨에 내려앉았다.

다시 한 달이 지나 나는 아내와 아이들의 부축을 받으며 병원 문을 나섰다. 그 다음날부터 나는 날마다 우이동 뒷산으로 올라갔다. 고향산천 길로도 올라갔다. 도선사 쪽으로도 올라갔다. 왼발을 끄는 상태였으므로 조그만 돌부리에도 나는 걸려 넘어졌다. 그러나 나는 주저앉지 않았다. 넘어지면 일어서고 일어서면 걸었다. 그런

산행에서 나는 자연이 인간의 정복대상이 아니라 우주 속에서 너무나도 크고 위대하게 현존하는 존재임을 알았다. 나는 도선사의 옆구리에서 바위들이 천년 꽃으로 피어나는 것을 보았으며, 양치식물들이 바위를 감아 덮으며 사랑하는 것을 보았으며, 나뭇잎들이 땅에 떨어져 비명을 지르는 소리를 들었다. 어떤 때는 나무들의 비명소리가 골짜기에서 산마루로 우르르 이동하는 것도 보았다. 나는 자연의 소리와 변화를, 하는 일 없이 보았다. 가다가 힘들어 바위에 주저앉으면 자연의 변화가 저절로 눈에 들어왔다. 나는 오래오래 자연의 새로워져 가는 모습을 보고 또 보았다. 아마도 나는 그렇게 내 몸의 아픔과 앓음을 치유하려 했던 것 같고, 서서히 치유되어 갔던 것 같고, 다음해 봄부터는 직장이 있는 광주로 내려가게 됐을 것이다.

광주에 내려가기 전, 딸들이 아빠가 광주에서 홀로 지낼 것을 가엾어하며, 아가사 크리스티의 추리소설들을 20여 권 사주었다. 내용은 물론이고 표지나 지질조차도 마음에 들지 않았다. 심심파적은 될 수 있을지 몰라도 내게 책이란 것은 펄펄 살아서 나를 움직여주는 어떤 것이어야 했다. 나는 아가사의 책들을 기차를 타고 내려가면서 읽었고, 버스에서도 읽었고, 사무실에서도 읽었다. 그러나 대부분은 말을 나눌 상대가 없는 잠자리에서 읽었다.

이전에 내게 책들은 어느 곳에서나 읽을 수 있는 것은 아니었다. 나는 이불 속으로 들어가 모든 신경을 집중하고 한 자 한 자 씹어먹듯이 읽어야 했다. 그러고도 성이 차지 않는 곳은 두 번 세 번 반복해야 했다. 그렇게 읽어야만이 그 책 저자의 위대한 정신이라 할까, 혼이라 할까와 접선이 되는 것 같았다. 그런 내게 2천 원짜리도 못 되는 아가사의 책들이 마음에 찰 리 없었다. 좋은 책과 나쁜 책은 읽는 사람의 수용태도에 따라 달라진다지만 내 경우에는 그렇지가 못했다. 내게는 아가사의 책들이 혼을 좀먹는 벌레처럼 여겨졌다. 에르큘 포아르가 범인을 찾아내려고 열심히 머리를 굴리고 있는데도 나는, 내가 지금 무얼 하고 있지, 의사의 말을 듣고 있는가, 거역하고 있는가, 엉뚱한 생각을 하고 있었다. 병들기 전에 읽었던 카잔차키스의 『영혼의 자서전』의 한 대문이 떠올랐다.

카잔차키스는 아테네대학을 우수한 성적으로 졸업하고 유럽여행길에 오른다. 그는 독일로, 프랑스로, 이탈리아로 간다. 이탈리아의 오지에 갔을 때 인가를 찾지 못하고 하루종일 헤매다가 간신히 오두막을 찾아 들어선 것은 캄캄한 밤이었다. 할머니가 나와 저녁을 지어주고 잠자리를 펴주었다. 피곤했던 참이라 깊이 잠에 떨어졌다. 다음 날 떠나면서 고맙다고 인사를 하자, 할머니가 말했다.

"그런 말씀 마세요. 남편이 돌아간 뒤로 어젯밤같이 달게 잔 적은 없었는 걸요."

그렇다. 사람은 혼자 빈집에서 자면 잠이 오지 않는다. 사람은 사람을 원한다. 다른 사람이 그에게 말을 걸어오고, 웃음을 보내오고, 때로는 원망하고 증오하는 감정이 오고가기를 바란다. 할머니가 사람의 내왕이 드문 오지에 홀로 살면서 사람의 말을 간절히 바라다가 웬 젊은이가 찾아와 하룻밤을 자고 갔을 때, 그 젊은이의 유숙을 신이 보내준 자비로움이라고 어떻게 생각하지 않을 수 있겠는가. 외로울 때 좋은 시나 소설은 그런 자비일 수 있으며, 위로일 수 있다고 나는 생각한다. 책은 그런 손님과 같은 존재이다. 남과 세상을 생각하게 하는 존재이다.

독자란, 책을 읽으려고 하는 열성파와 책이 있었으면 하고 무료해하는 두 부류가 있다고 한다. 두 부류 중에서 볼 때, 나는 단연코 전자에 속한다. 아니 속하기를 바란다. 그러면서도 추리소설이나 읽으며 1년을 보냈던 것은, 되풀이하지만 의사의 경고에 의해서였다. 의사는 한 번 더 쓰러지면 정신활동을 하기 어렵다고, 당신은 지금 퇴원하지만 병이 나아 퇴원하는 것이 아니라고 몇 번이고 주의를 주었다. 의사의 말이 옳았다. 날마다 직장에 나가고 있다고는 하지만 나는 아직 투병기를 보내고 있다고 해야 한다. 나는 《시사저널》과 추리소설로 만족해야 한다. 그럼에도 불구하고 얼마 전에는 조사자료실에서 『의사 지바고』를 빌려 가지고 와 밤을 새며 이틀 동안 읽었다. 옛날에 한 번 읽은 것이었으나 다시 읽어도 재미있었다. 특히 지바고와 라라가 혁명의 불길을 피해 바르이키노 지방의 외딴 집에서 은거하는 장면은, 파스테르나크 특유의 시적 문체에 힘입어, 빛을 뿜었다. 사방이 눈으로 막힌 오두막에서 지바고가 장작을 패 난로를 데우며 시를 쓰는 장면은, 지금도 눈에 선하다. 그러나 그 소설이 나의 관심을 끌었던 것은 시적인 문체나 장면 때문이 아니고, 지식인 지바고가 전락하고 전락해서 마침내는 모스크바의 빈민가로 떨어져, 빈민들 사이에서, 빈민들의 손가락질을 받으며, 물통으로 물을 져 나르다가 죽는다는 결구 때문이었다. 물통으로 물을 져 나르는 일은 누구라도 한다. 지바고라고 못할 바 없다. 그러나 파스테르나크가 혁명의 와중에서 지바고를 물통 나르는 사나이로 전락시켰다는 것은 의미가 다르다. E. H. 카가 '새로운 사회'라고 했던 소비에트 러시아가 시인을 그만큼의 효용가치로밖에 인정하지 않았다는 뜻이 되는 것이다. 이것은 『고요한 돈』의 주인공이 적군과 반군 사이를 전전하다가 폐인과 같은 존재가 되어, 강가에서 아들을 눈물겹게 바라보는 정경과도 유사성을 갖는다. 『강철은 어떻게 단련되는가』와는 분명히 구별되는 시각이다. 같은 혁명기를 다루고 있으면서도 『의사 지바고』와 『고요한 돈』은 『강철은 어떻게 단련되는가』와 어째서 다른가. 내 생각에는, 숄로호프의 논리를 빌자면, 새로운 사회가 요구하는 피를 『강철은 어떻게 단련되는가』는 가지고 있었으나(노동자) 『의사 지바고』나 『고요한 돈』의 주인공들은 못 가졌기 때문으로 보인다. 지바고나 '돈'의 주인공은 농업적 사고방식을 가진 존재들이다. 그들은 농업이 경제의 토대가 되었던 시대에 알맞은 사람들이다. 노동가치가 임금으로 환산되는 사회에서는 그들은 효용성이 떨어진다. 혁명기에 『강철은 어떻게 단련되는가』의 주인공이 힘을 얻고 지바고가 시들 수밖에 없는 까닭이 거기 있다.

책들은 이렇게 하나의 현상을 여러 가지로 보게 한다. 진정한 책들은 진보에 대해서는 보수 역할을 하며, 보수에 대해서는 그것을 두들겨 부수고 열어젖히는 망나니 역할을 한다. 진보적인 책들은 거칠어 보인다. 그러나 사물과 관념을 무질서하게 배열해 놓고 있는 듯한 그러한 책들은, 논리의 혼란 때문에 그런 것이 아니고 경험의 생생함 때문으로 보아야 한다. 경험이 익지 않고 펄펄 살아 있기 때문으로 그런 책은 아름답지 않을지는 몰라도 무엇인가를 깊이 음미케 한다. 우리로 하여금 앞으로 나아가게 한다.

쓸쓸한 세계를 보며

수 년 동안 내 뇌리에서 맴도는 물음이 있다. '역사는 발전하는 가' 이다. 역사전개과정에서 볼 때, 역사의 외형이라든지 물량적인 규모로 볼 때 역사는 분명히 발전하고 있고 놀랄 만한 속도로 변화를 거듭하고 있는 것이 사실이다. 그 변화속도가 얼마나 대단한 것이었던지 세계는 이제 개인의 이해범주를 넘어서서 대범주, 예컨대 화성탐사라든지 해저개발계획, 정보고속도로 설치와 같은 엄청난 변화를 모색하고 있고, 그 변화계획은 착착 실행에 옮겨지고 있다. 그런데 과연 그 변화와 발전이라는 것이 인간을 위한 발전이라 할 수 있으며, 인간의 행복을 증진시켜 줄 수 있는가. 또 인간행복을 증진시켜 준다고 할 때, 행복의 기준은 무엇인가. 물량적인 것인가, 정신적인 것인가. 물론 이런 질문들은 세계의 엄청난 변화를 이해할 수 없고 적응하기 어려운, 변화를 두려워하는 마음 때문에 오는 것인지도 모른다.

나는 지금 '두려움'이라는 말을 썼다. 이 말에는 역사로부터 자신을 이탈시켜려는 허무주의적인 포즈가 어느 정도 배어 있다. 허무주의란 기본적으로 공동체에서 벗어나 인간관계의 의무를 저버리려는 데서 오는 것이고 인간의 본질규정을 중지하고자 하는 데서 나온 것이라 할 수 있다. 때문에 허무주의자들은 우리 속에 있으되 '있으려 하지 않는' 다.

프란츠 카프카의 한 우화가 생각난다. 쥐 한 마리가 있다. 쥐는 천천히 한길을 달린다. 쥐는 사방을 기웃거리며 해찰을 할 수도 있고, 꿈꿀 수도 있고, 그만쯤에서 전진을 중지할 수도 있다. 그런데 쥐는 앞길에 무엇이 있는지 궁금하여 전진을 멈추지 못한다. 길은 점점 좁아지고 모퉁이를 돌아서자 골목 끝에는 고양이 한 마리가 눈을 번뜩거리며 쥐를 기다리고 있다. 쥐는 오금이 떨려 돌아설 수 없다. 쥐는 고양이의 접근을 기다리고 있을 수밖에 없다. 벌써 전에 전진을 중단하였더라면 이 같은 비극은 피할 수 있었을 것인데, 길에 대한 기대와 관심이 그를 파국으로 몰고 간 것이다.

물론 이 우화는 카프카식의 비관주의적 세계인식에 지나지 않는 것일 수 있으며 나치시대의 극단적 상황인식이라 할 수도 있다. 우리들이 나아가고 있는 역사적 전개상황과는 다른 것일 수 있다. 그럼에도 불구하고 이 우화에서 우리가 주목하는 것은 카프카가 진보에 대하여 한 회의와 의문을 현대인들이 공감하고 있다는 사실이다. 카프카의 비관주의는 그의 시대 상황에서 배태한 것이었을 뿐 아니라 그 이전의 시대에도 흘러 내려오고 있었으며 오늘에도 이어지고 있다. 비관주의는 터무니없는 낙관주의에 대한 재검토의 요구라고 볼 수도 있다.

나의 진보에 대한 회의는 이러하다. 역사의 진보에 따른 인간의 물질적 향유는 엄청난 면이 있다. 우리는 절대빈곤의 문제를 해결했으며 갖가지 질병을 극복하고 노화를 방지하고 기계에 의한 노동력 창출 때문에 여가시간을 더 많이 가질 수 있게 되었다. 이제는 경제적 발전에 따른 생산량을 고르게 분배하고, 발전의 가속도를 컨트롤할 수 있는 시스템을 구축해야 하고, 그 시스템 구축에 대한 국민적 합의를 이룩해야 한다. 그런데 그 합의를 우리는 어떻게 이룩해 낸단 말인가. 사람은 많고 방법은 가지가지고 조작술 또한 극도로 발달되어 있다. 그것만이 아니다. 합의에는 큰 합의가 있고 작은 합의가 있다. 큰 합의는 쉽게 얻어낼 수 있을지 모르지만 작은 합의는 결코 쉽지가 않다. 왜냐하면 작은 합의는 개인의 특수성과 이기성이 다기다양하게 고려되지 않으면 안 되기 때문이다.

그런데 더욱 곤란한 것은 그 큰 합의와 작은 합의는 개별적인 것이 아니고 유기적 관계를 지니고 있다는 것이다. 따라서 자유로운 상태에서의 완전합의는 거의 불가능하다고 해도 된다. 합의는 강제되고 기술력으로 창출될 뿐이다.

예컨대 우리가 최근 십여 년 동안에 국민적 합의를 본 것은 6 · 20항쟁에서였다고 할 수 있다. 1987년 6월 20일 경부터 29일까지 학생들은 거리로 쏟아져 나왔고 시민들도 일손을 놓고 따라 나와 종로라든지 을지로, 청계천, 태평로를 가득 메웠으며, 경찰의 무차별 최루탄 발사에 못 이겨 학생이나 시민들은 부근 가게로 뛰어 들어갔다. 아주머니들은 대야에 물을 가득 떠 가지고 왔다. 아주머니들은 최루탄 가스를 씻어내도록 도와주었다. 그러면서 그네들은 경찰을 비난했다. 그것은 5·18 이후 처음 경험하는 학생과 시민들의 마음과 마음이, 눈과 눈이 맞아떨어지는 순간이었으며, 이 마음과 눈이 맞아떨어진 합의는 장기 군사독재를 퇴치하고 문민정치를 가져오게 할 수도 있을 것 같았다. 이 합의는 우리 현대사에 가로놓였던 그 많은 장애물들을 물리치고 넘어갈 수 있을 것 같았다. 그런데 실제로 민주화에로 진입하는 과정에서 개인과 계층간의 이해가 개입되자 정치인들은 분열하고 시민들 또한 중산층·노동자, 호남권·영남권으로 산산조각 나버렸다. 소국면의 합의에 도달하지 못한 것이다. 이것은 궁극적으로 사회적 인격체라고 할까 중심세력이라 할까가 개개 이익집단을 컨트롤할 수 있는 힘이 없었기 때문일 것이고, 사회적 인격체라는 것이 허상에 지나지 않는 것이었기 때문이었을 것이다.

러시아의 문호 도스토예프스키는 '민족은 민중의 인격이다' 라고 말한 적이 있다. 이 말을 변용해서 우리는, '국가는 민중의 인격이다' 라고 말할 수도 있을 것이다. 그런데 이제는 이 말이 국가주의자(민족주의자)의 말처럼 들린다. 건전한 의미에서의 국가는 민주적 절차에 의한 합의창출에 따라 사회를 관리하는 것이고 성원의 행복을 추구하는 것이다. 그 관리와 추구는 인간의 삶을 향상·발전시킨다는 면에서 진보적인 것이라고 할 수도 있다. 따라서 이때의 진보는 유토피아 건설이라는 의미보다 필요불가결한 것이라고 말할 수도 있다. 솔제니친같이 수용소군도를 경험한 사람은, 그러나 효율적으로 사회를 관리하고 추구하는 국가 또는 관리집단이 인간다운 도덕률을 지니고 있는가, 그것이 우리를 구원해줄 수 있는가라고 준열하게 묻는다. 그리고 그는 대안으로 종교를 내세운다. 이것은 거대사회 과대국가로부터 종교적이며 민족적인, 작고 심정적인 세계로의 귀환을 뜻한다.

이런 현상은 솔제니친과 동일한 것은 아니지만 거대국가 아래서 인간적인 것을 추구하던 사람들이 거의 모두 당면했던 문제점이고 희망이었다. 박정희 정권이 극에 달했던 1979년, 나는 한 반체제인사의 결혼식에 참석한 적이 있었는데, 풀이 잘 자란 마당에서 거행된 그 결혼식은 나에게는 박정권의 억압에 눌리고 상처입은 사람들이 모여서 사랑을 나누는 작은 축제와 같이 느껴졌다. 그 풀빛과 햇빛과 상호신뢰를 통한 밝고 따뜻한 미소는 한 소사회의 모습을 보여주었으며, 우리는 이 같은 따뜻한 사회를 이루고 살 수 없는가, 사람다운 삶이란 이렇게 사랑하는 사람들이 어깨를 마주하고 노래하며 사는 것 아닌가 하는 생각이 뜨겁게 머리를 들고일어났다. 내가 자랐던 시골 마을, 백여 호가 넘을까 말까 한 마을에서 살던 남정네들과 여인들, 노인들 그리고 당골네와 골목어귀에 겨울이면 새빨갛게 피어나던 동백꽃, 울타리 밑의 민들레가 떠올랐다. 그리고 여러 번 쓴 적이 있는 에피소드지만, 일본이 패전했을 때, 일본제국주의를 끝까지 거부했던 제7일 안식일 교인들이 떠올랐다. 그들은 이름도 없는 북해도의 작은 마을로 잠적해 들어갔다. 안식일 교인들은 북해도 마을이 아름다워서 간 것만은 아니다. 그들은 일본제국주의에 무릎을 꿇지 않았고 그들의 하느님과 교회를 배반하지도 않았다. 그들은 반천황주의자로 지목되어 마지막까지 감옥에 남았던 사람들이었다. 그런데 일제가 패망하고 미군이 진주하자 미국의 서부에 있는 안식일교회 본부에서는 바로 교회본부가 고통받고 승리한 것처럼 떠들었고, 세계 각국 교회에 그 같은 허위적인 메시지를 보냈다. 종교와 교단이 다른 얼굴로 나타난 것이다. 일본 안식일교인들은 교단의 메시지를 수용할 수 없었다. 그들은 북쪽 마을로 모습을 감췄다. 그 감춤은 역사에서 패배로 기록될지도 모른다. 하지만 그들의 입장에서 볼 때, 그 감춤은 하느님의 말씀을 따르는 것이었고 유토피아를 버리지 않으려는 것이었다.

나는 그런 서정적이면서 가려진 세계가 이전에 있었고, 지금도 있을 수 있다고 생각한다. 나는 그런 세계로 가고 싶다. 나의 시는 여기서 갑자기 홀로 서 있지 않으면 안 되었고, 어쩌면 영영 이야기로 사라져버릴지도 모르는 북쪽 마을을 쓸쓸히 돌아보고 있었다. 그 쓸쓸함이 내 혼을 울리는 것 같았다. 그래서 나는 종종 아무도 보이지 않는 한밤중이나 토요일 날에 방문을 걸어 잠그고 쓸쓸함의 소리를 귀기울여 듣는다. 그것의 발걸음 소리를 기다린다. 그러다가 보면 해가 지고 해가 뜨고 창 너머 나뭇잎들이 져내리고, 눈이 내리고, 난로 위 주전자에서는 물 끓는 소리가 똑딱선 소리처럼 가늘고 길게 울린다. 시간이 가고 또 가고 있는 것이다.

그런 정황 속에서 나는,

네가 가고 나면 들은 비워지리라

햇빛이 내려 나무숲은 고요하고

어떤 꽃도 다가서서 보는 이 없는

향기를 풀어내면서 져내리고

이제 우리는 세계가 평화롭다고도

생각할 수 없고 쉽사리 역사를

자유스럽다고도 말할 수 없으리라

돌아볼 수도 없으리라

라고 외쳤고, 그 쓸쓸함의 정도는 어느 때면 정치적 풍자를 통해 드러나기도 했다.

　나는 요즈음 그 쓸쓸함의 세계를 상당히 투명한 모습으로 보고 있다. 그것이 무섭기까지 할 정도이다. 그러나 그 쓸쓸함의 세계는 전진해갔기 때문에 돌아가야 할 것이고 투명한 만큼 혼탁해질 필요가 있을 것이고 투명하기 때문에 드넓은 공간 배경이 있어야 할 것이다. 그레고의 그림들은 건물과 음영과 굴렁쇠를 굴리고 가는 소녀로 단순화되어 있는데, 그 단순성 때문에 오래 보고 있으면 싫증이 난다. 그 단순성을 더욱 큰 단순성으로 만들기 위해서는 대립적 요소가 요구된다. 나와 같이 단순한 사람에게는 변화가 끊임없이 요구된다. 그리하여 단순성과 그에 대한 변화는 대립과 극복의 과정을 가지게 되고, 거기서 나의 세계는 변화운동을 갖게 된다. 그 변화가 정적이며 소극적이라는 것은 두말할 것 없지만 나와 세계를 얼마쯤은 정화하여 줄 것이다.

밀밭과 금빛머리

우리 아이들이 서너 살 적에 나는 날마다 두 편 이상의 동화를
지었다. 회사에서 돌아와 발을 씻고 방으로 들어오면, 아이들은 아
장아장 뒤따라와 "아빠 이야기" 하고 벌렁 방바닥에 드러눕는다.
나도 따라서 그들 가운데 누워야 한다. 이야기는 언제나 오돌톨이
코끼리와 토돌톨이 코끼리가 여행하는 데서 비롯되는, 이를테면 연
작동화인 셈이다.

'그날은 날이 맑아서……"라든지 '날이 흐려서 기분이 언짢은
코끼리들은……' 으로 시작되는 그 이야기는 대개 도깨비들을 만나
고, 싸움이 벌어지고, 승리하여 돌아온다는 식이다. 내용이 엇비슷
한 것들인데도, 아이들은 도깨비가 등장하는 장면이나 그들을 무찌
르는 데 이르면 숨도 크게 못 쉬고 긴장한다. 나는 생각한다. 이 긴
장은 그들의 상상력 탓이다. 그들에게는 개간되지 않은 무진장한
상상력의 숲이 있다. 그 상상력의 숲을 더욱 세차게 흔들어야
지…… 나는 목소리를 낮출 수 있는 대로 낮추어 그들의 청각을 집

중시킨 다음 소리를 갑자기 꽥 지르고 작은 그들의 몸뚱이를 흔든다. 그들은 놀라서 두 손으로 얼굴을 가린다.

왜 그런 기교를 나는 나의 사랑하는 아이들에게 부렸을까. 그들의 흥을 돋우기 위해서였을까. 이야기는 흥미가 있어야 된다는 문학개론적인 상식이 무의식중에 발휘된 것이나 아니었을까. 그런 면이 어느 정도 있는 것도 사실이겠지만 그보다는 더 좋은 동화를 쓰고 싶다는 평소의 바람이 아마도 그 이야기를 통해서 구현되고 있지 않았을까 생각된다. 그리고 이때의 '좋은 동화' 란 생떽쥐베리의 『어린 왕자』나 헤세의 '메르헨' 과 같은 것을 말한다. 그 중에서도 특히 생떽쥐베리의 『어린 왕자』는 국민학교에 다니면서 길러진 사랑에 대한 혐오감을 청소하는 데 나에게 크나큰 도움을 주었다. 나의 어린 날에 상당한 영향을 주었다고 생각되는 성결 교회의 전도사님은 일요일마다 유행가를 부르고 술을 마시고 싸움질을 하면 펄펄 끓는 지옥불에 떨어진다고 강조했다. 그런데 그 분이 말한 지옥의 두려움, 사랑의 수치, 불결의식은 『어린 왕자』를 읽으면서 놀랍게도 깨끗하게 씻어져 갔다. 성은 불결한 것이 아니라 아름다운 것이었고 사랑의 완결된 표현이었고, 봄날의 버들가지처럼 푸릇푸릇한 것이었다. 특히 어린 왕자와 여우의 말은 감명 깊었다.

"길들인다는 게 무슨 뜻이니?"
여우가 말했다.
"그건 '관계를 맺는다' 라는 뜻이야."

"관계를 맺는다."

"그래."

여우는 말했다.

"넌 아직까지 나에게는 다른 수많은 꼬마들과 똑같은 꼬마에 불과해. 그러니까 나에겐 네가 필요없지. 물론 너에게도 내가 필요없겠지. 네 입장에서는 내가 수많은 여우에 지나지 않을 테니까. 그러나 만일 네가 날 길들이면 우리는 서로를 필요로 하게 돼. 나에게는 네가 세상에 하나밖에 없는 꼬마가 될 거구. 너에게는 내가 세상에 하나밖에 없는 여우가 될 거야……."

"아, 이제 좀 알겠어."

어린 왕자가 말했다.

"나에겐 꽃이 하나 있었는데…… 그 꽃이 날 길들였나 봐……."

"그럴 수 있지."

여우가 말했다.

"지구에는 별의별 것이 다 있으니까……."

"아니야! 지구에 있는 게 아니야."

어린 왕자는 말했다.

여우는 호기심이 꽤 당기는 모양이었다.

"다른 별에 있어?"

"그래."

"그 별엔 사냥꾼이 있니?"

"아니."

"거 괜찮은데! 병아리는?"

"없어."

"완전한 건 하나도 없군."

여우는 한숨을 내쉬었다. 그러나 여우는 다시 제 이야기로 말문을 돌렸다.

"내 생활은 단조로와. 난 병아리를 쫓고 사람들은 나를 쫓지. 병아리는 전부 비슷하고 사람들도 전부 비슷비슷해. 그래서 약간 심심해. 하지만 네가 날 길들이면 내 생활은 환해질 거야. 여느 발자국 소리는 나를 땅 속으로 들어가게 하지만 네 발자국 소리는 음악소리처럼 나를 굴 밖으로 불러낼 거야. 그리고 저걸 봐! 저기 밀밭이 보이지? 난 빵을 먹지 않아. 나에겐 밀이 소용없는 거야. 밀밭을 봐도 난 떠오르는 게 없어. 그게 슬프단 말이야! 하지만 넌 금발이니까 네가 날 길들이면 기막힐 거야. 밀밭도 금발이니 네 생각이 나게 할 거야. 그렇게 되면 밀밭을 지나가는 바람소리를 좋아하게 될 거야……."

여우는 말을 그치고 오랫동안 어린 왕자를 바라보았다.

어린 왕자는 여우로부터 '나'와 '남'의 관계, 즉 나와 남이 사랑하는 법을 배운다. 관계, 즉 사랑을 하고 나면 오늘이 내일과 다르고, 이꽃이 저꽃과 다르고, 만나는 것이 기쁘고 함께 있는 것이 즐겁고 헤어지는 것이 슬퍼진다. 그러나 그보다 더 소중한 일은 사랑을 하면 눈으로 볼 때는 보이지 않던 사물의 본질이 보인다. 여우의 예를 들면 그에게 밀밭은 다만 밀밭이 아니라 이제 어린 왕자의 금발머리로 보이는 것이다.

이 동화의 아름다움은 그러나 사랑이라든가 금발이라든가 사물의 본질을 보는 법에 있는 것은 아니다. 사실 여우의 이야기는 어떻게 사는 것이 올바른 것인가라는 설교조를 내포하고 있다는 점에서 주일학교 선생의 설교와 그다지 다르지 않다. 그럼에도 불구하고 이 동화가 뭇 사람들의 가슴을 울려주는 것은 셍떽쥐베리의 문장과 이야기 방식이 설교를 조금도 설교가 아닌 것처럼 잘 감싸고 있기 때문이다. 여우에게 사랑을 배우고 비행기 조종사와 사랑을 나눈 어린 왕자가 그의 별로 돌아가는 장면, 어린 왕자는 몸을 가지고는 그의 별로 갈 수 없으므로, 물리기만 하면 30초 내에 죽어버린다는 노란 방울뱀에게로 간다. 그는 뱀이 있는 담 밑으로 한 발자국 내딛는다. 그때 "그의 발목께에서 노오란 빛이 반짝했다. 그는 잠시 동안 그대로 서 있었다. 그는 소리를 지르지 않았다. 그는 나무 쓰러지듯 조용히 넘어졌다. 모래 때문에 소리조차 나지 않았다." 그리하여 그 사막은 셍떽쥐베리에게 여우의 밀밭과 같은 잊을래야 잊을 수 없는 '이 세상에서 가장 아름답고 가장 쓸쓸한 풍경'이 되었다. 그는 그 풍경이 갖는 의미 때문에 살고 글을 쓴다. 그 풍경이 그를 기다리게 하는 것이다. 사랑하게 하는 것이다.

이 글을 쓰면서 나는 문득 나 자신에게 물어보고 싶은 욕망을 느낀다. 너는 무엇을 기다리는가. 기다릴 대상이 있는가. 몇 년 전 나는 국민학교 6학년이 된 아이들에게 '이걸 읽어라' 하고 『어린 왕자』를 책장에서 꺼내 주었다. 잘 읽고 그들이 어린 왕자와 같이 향기로운 존재가 되어 나에게 사랑을 이야기하여 주고 어느 때인가 그들의 별에게로 돌아가라고 나는 아마도 그 책을 그들에게 쓸쓸한 심정으로 내주었을 것이다. 그러므로 그때의 내 마음은 과장하자면 별빛이 내리비친 사막의 언덕과 흡사했을 것이다. 내 마음은 흔들리고 흔들렸을 것이다. 그런데 그 다음날 두 아이는 조금도 흔들리지 않는 목소리로 "아이 재미없어, 아빠 이것두 동화책이야"라고 내던지듯 말하고는 내 표정이 조금 굳어 있음을 보았던지

"아빠 이게 좋은 책이지?"

덧붙이는 것이었다. 힘없이 나는

"얼마쯤 읽었니?" 하고 물었다.

"두어 장밖에 안 읽었어."

"그래. 그럼 닐스보다 재미없었니?"

"닐스는 재밌잖아."

"돌리톨이나 톨스토이보다도?"

"아빠도 참, 돌리틀이나 톨스토이는 책이 닳을 정도로 읽었단 말야."

나는 '어렸을 때 내가 들려준 이야기도 재미없었니?' 하고 물으려다 입을 다물어 버렸다. 그렇다면 내가 너무 가여울 것 같아서였다. 그들은 그들 방으로 가고 나는 내 방에 남아, 중얼거렸다. 이 책을 너희들이 이해하기엔 아직 어린 모양이다. 너희에겐 수준이 높은 모양이다. 그런 독백을 하면서도 나는, 혹시 그들이 나를 사랑하지 않아서 이 책이 재미없는 것이나 아닐까라는 의문이 고개를 들었고, 그 의문이 무섭도록 나를 쓸쓸하게 했다.

집에 대하여

"시인들은 향기로운 에피소드를 대여섯 가지 가지고 있어야 한다"고 나는 종종 말해왔다. 술안주감으로 한 말이 아니다. 실제로 나는 그렇게 믿고 있는 사람이다. K교수의, 변소간에서의 시낭송이 그 예에 해당된다. 나는 이 이야기를 몇 번 한 적이 있다. 그럼에도 이 이야기는 퇴색되지 않는다.

어느 해 K교수는 우리 시를 불어로 번역해 달라는 유네스코 한국위원회의 부탁을 받고 수개월 동안 몇몇 시인들의 시를 꼼꼼히 30여 편 번역했다. 하지만 시를 번역한다는 것이 단어를 바꾸는 것으로 되는 일인가. 리듬이 살아 있어야 되고, 단어와 단어가 갖는 느낌이 살아서 울려야 되고, 무엇보다도 불어의 맛을 지녀야 한다. 그런 성과를 거두려면 한국인 불어교수로는 불가능하다고 해도 된다. 불어로 사고하고 불어로 꿈꾸고 불어로 살아온 사람이어야 된다. 그래서 K교수는 수십년 한국에 와서 선교활동을 하고 있는, 시를 매우 좋아하는 프랑스인 수사를 찾아가기로 했다.

그 수사는 충청도 두메에서 살았다. 몇 번 버스를 갈아타고 수도원에 이른 K교수는 첫날 밤을 낯선 곳에서 자고 새벽 일찍 일어났다. 그는 버릇대로 수도원 뒤뜰에 있는 변소를 찾아갔다. 바지를 걷어내리고 변기에 앉아 볼일을 보고 있는데, 산골 새벽과 수도원 분위기와 변소라는 공간이 어울려 시를 낭독하고 싶은 충동을 느꼈다. 그는 좋아하는 불어 시를 읊었다. 시를 중간쯤 읊고 있는데 밖에서 회답하는 소리가 들렸다. 멈추지 않고 계속 읊었다. 밖에서도 계속 읊고 있었다. K교수가 랭보에서 말라르메로 옮겨갈 때도 밖에서는 따라 옮겨갔다.

더 이상 화장실에 앉아 있기가 어려워 문을 열고 나왔더니 수도원 뒷담에서 늙은 수사가 싸리비를 들고 서 있었다. 그는 청소를 하던 중이었다. 그들은 마주 보고 웃었다. 웃을 수밖에 없었다. 이른 새벽 그의 소리와 수사의 소리가 시들을 화답하여 읊조리고 시들을 연출했는데 어떻게 웃지 않을 수가 있겠는가.

그 이야기를 K교수에게서 들은 뒤로 나는 K의 일거수일투족에서 수도원의 향기 같은 것이 묻어나는 느낌을 받았다. 그의 빠른 말씨나 웃음소리에서도, 그리고 그의 욕망과 외로움 속에서도 나는 수도원의 향기를 감지했다. 그리고 또 나는 엉뚱하게 그 향기는 산골의 신새벽과 수도원의 뒤뜰과 변소라는 한정된 공간 때문에 더욱 멀리, 진하게 퍼져나갈 수 있었다는 생각을 가지게 되었다. 왜 그런 생각을 가지게 되었는지 나는 합리적으로는 설명하기 어렵다. 어쩌면 변소라는 작은 공간이 중심이 된 그날 새벽 풍경은 K교수에게 매우 신선한 것이었으며 서정적인 것이었고 내면적인 것이었기 때문에 그런 생각을 하게 됐는지 모른다. 어쨌든 그 뒤로 그 공간은 나에게 작고 낡은 집, 헛간과도 같은 집으로 변모되어 갔다. 퀴퀴한 냄새가 나고 거미줄이 가로세로 쳐 있지만 뒤안 우물에서는 찬물이 콸콸콸 솟아오르는 집, 어머니가 하늘을 보는 집, 우리의 과거가 아직도 기억으로 흐르는 집, 그런 집을 생각하고 있을 때면 목구멍에서는 울음이 차오른다.

근원적으로 인간이란 집을 떠나서 유랑하며, 집을 그리워하다가 집으로 돌아오는 존재라 할 수 있다. 성당盛唐시대의 유니크한 시인이었던 한산寒山의 시들은 집과 절 사이를 떠돌았으며 두보도 객지를 떠돌고 릴케와 랭보도 이탈리아와 아프리카를 떠돌았다. 시인들은 모두 길을 떠돌았다.

20세기 초엽 에드바르 뭉크는 다리 난간에 홀로 서서 두 손을 귀에 대고 괴로워 소리지르는 사람을 그린 적이 있다. 그 소리지름을 어떤 이는 성적 충동 때문이라 했고 어떤 이는 알콜중독 때문이라 했다. 나는 그런 해석에 동조하지 않는다. 그 소리지름은 집으로 돌아가는 길을 잃어버렸거나 집을 잃어버린 데 대한 불안과 초조, 절망 때문이라고 본다. 제들마이어 식으로 해석하자면 '중심의 상실' 때문이라고 해도 된다. 뭉크는 어느 날의 일기에서 다음과 같이 적은 적이 있다.

두 친구와 길을 가고 있었다. 해가 저물었다. 나는 우울증을 느꼈다. 갑자기 하늘이 붉은 핏빛으로 변했다. 나는 우뚝 서 버렸다. 죽을 것같이 피곤해 난간에 기댔다. 그리고 검푸른 도시의 피오르드(바닷물이 육지로 들어오는 협만)에 피와 칼처럼 걸린 타오르는 구름을 보았다. 내 친구들은 걸어가고 있었다. 나는 그 자리에 서서 무서움에 떨었다. 그리고 나는 자연을 찌르는 크고 끝없는 절규를 하고 있었다.

뭉크가 적고 있는 '크고 끝없는 절규'는, 그의 앞길에 제1차 세계대전과 제2차 세계대전이 기다리고 있었으며 초현실주의라는 전대미문의 문화공격이 가해지고 있었다는 사실을 염두에 둔다면 능히 짐작되고도 남는 일이다. 예술가는 시대징후를 미리 예감하는 존재다. 그들은 눈사태가 나기 전의 양떼들과 같이 안전한 곳으로 도주하고 싶어하며, 숨고 싶어한다. 그런데 그 길이 보이지 않는다. 어머니의 태와도 같이 안전하고 안락한 집으로 돌아가는 길이 막힌 데 대한 두려움으로 뭉크는 절규하고 있는 것이다. 화면의 위쪽에 핏빛 구름이 악몽처럼 드리워진 것이나 소용돌이치는 강물, 휘어지는 사람의 허리, 부자연스런 다리 등은 그 절규의 파장이며 표상이라고 볼 수 있다.

왜 우리는 불안하고 초조한 그림을 그리고 있으며, 그려야 하는가. 뜨개질하는 애인이나 일하는 건장한 남자들을 그릴 수 없는가. 이 같은 질문에 대해 뭉크는 "나는 숨쉬고 느끼고 사랑하고 슬퍼하는 사람들을 그리고 싶다"라고 대답한 적이 있다. 슬퍼하고 흐느끼고 나면 사람들은 고통이 풀리고 다소 안온함이 찾아온다. 그래서 모든 예술가들은 풍자나 비판보다 사랑과 슬픔을 그리려고 한다. 그런 사랑과 슬픔으로 세상을 색칠하려고 한다.

그런 색칠 행위 가운데는 자연으로 돌아가거나 자연정서를 끌어들이는 일이 으뜸을 차지한다. 최근에 나도 내 시를 자연 속으로 들어가게 한다. 자연 속으로 가서 나무와 시냇물과 새울음소리 속에 섞이면 암울한 도시가 가져다 주는 불안이 가신다. 그런 의미에서 그것은 불안에 대한 도피행위라고 할 수도 있다. 아니다. 그렇게 말해서는 안 된다. 그것을 도피라고 했을 때는 무어라고 분명히 꼬집어 말하기는 어렵지만, 중대한 착오가 저질러질 수 있다. 모든 불안과 초조의 감정은 본질적으로 어머니를 그리워하고 있으며 집으로 돌아가고자 한다. 집에 돌아가면 불안과 초조가 해소되기 때문이기도 하겠지만 생명 있는 것들의 귀착점은 고향의 집이며 죽음이기 때문이다.

동양사상에서 자연과 고향과 집은 한 울타리 안에 있으며 유기적인 관계를 지니고 있다. 실제로 동양에서의 집은 산 아래 자리잡고 있으며 산을 후원으로 여긴다. 사람들은 자연〔無〕을 떠나 세상에 왔으면서도 자연의 치맛자락을 꽉 잡고 놓치려 하지 않는다. 노자가 '길을 간다는 것 / 간다는 것은 멀리 간다는 것 / 멀리 가는 것은 되돌아오는 것 / 따라서 길은 至高(지고) / 인도 지고 / 천天

또한 지고이니라' 라고 했던 것도, 인간이란 존재가 자연의 모서리에 있으며, 결국에는 자연으로 돌아가는 존재라는 일원론에 지나지 않는다.

1970년대 중엽, 주택계량사업이 한창일 때 《조선일보》 주필이었으며 소설가였던 선우 휘는 일본의 작가 이노우에 야스시와 대담하다가 "이제 한국에서는 가난의 상징이었던 초가집이 사라져가고 있습니다." 했다. 그러자 이노우에는 "아니지요." 했다. "귀국의 초가집은 가난의 상징이 아니고 자연 속의 자연친화의 건물입니다." 이것은 이노우에가 초가집을 의도적으로 예찬한 것이 아니다. 실제로 초가집은 자연친화의 건물이다. 해거름에 산 아래 초가집 굴뚝에서 가는 연기가 피어오를 때, 아침해가 떠오르고 눈이 내릴 때, 그 건물은 자연을 해치기보다 자연 속으로 들어가 자연을 보완해주고 자연을 완성시킨다.

서양건물은 이와 다르다. 서양건물은 집이 중심이 되고, 나무와 들과 산은 집을 장식해 준다. 베르사이유 궁전이나 고딕성당에서 보이듯이 집은 자연을 거느린 중심적 존재로서 하늘 높이 솟아오른다. 집은 하늘의 빛을 향해 머리를 들고 두 손을 든다. 하늘과 집은 수직을 이룬다. 정원과 들과 산은 집을 위하여 그들의 모습을 왜곡하고 굴절시킨다. 이런 서양 건축에 1909년 혁명적인 일이 일어났다. 미국 건축가 프랭크 로이트 라이트에 의해서였다. 그는 미국 중서부 광활한 초원에 들녘처럼 옆으로 길게 뻗은 집들을 지었다. 흡사 산 밑에 조용히 자리잡은 초가집 같은 집이라고 할 수 있었다. 프랭크 로이트 라이트의 초원의 집들은 벽난로를 중심으로 방과 복도가 배치되었다. 장작불이 바알갛게 타오르는 벽난로 앞에서 가족이 둘러앉아 대화를 나눌 수 있도록 내부구조를 설계한 것이다. "그 벽난로 앞에는 어머니가 있다"고 누군가는 말한다. 또 "그 어머니 옆에는 아이들이 있다"고 누군가는 말한다. 생각해보라. 어머니가 중심에 있고, 아이들이 떠들고, 아버지가 신문을 보거나 마도로스 파이프를 물고 있는 모습을. 생각만 해도 정겹고 즐거운 풍경이다. 그런 정경이 살아 숨쉬도록 그 건물에는 기둥도 장식도 생략되어 있다. 또 이 층으로 가는 복도도 층계를 올라 유리창 너머로 나무숲을 한참 보며 가도록 되어 있다. 집과 숲이 닫혀 있지 않고 열려 있으며 어우러져 있다. 하지만 프랭크 로이트 라이트의 집들은 바람에도 타지 않게 초원에 납작 붙어 있으되 규모면에서는 베르사이유가 그렇듯이 광대한 들을 점령하고 있다. 그 점에서 서구적이다.

베르사이유나 베드로 성당을 보고 온 사람들은 우리 건물의 초라함을 떠올리며 한숨짓는다. 우리 건물은 넓이도 없고 높이도 없고 꿈도 없고 야망도 없다. 공학도 없는 것 같다. 베르사이유 궁전과 베드로 성당을 보았을 때, 나도 그랬다. 절로 한숨이 새나왔다. 그러나 잠시 뒤에, 내 머리 속에는 비원의 한쪽에 숨어 있는 작은 목조건물이 떠올랐다. 연경당이었다.

연경당은 너무도 작다. 하지만 그 건물에는 야나기 무네요시가 한국미의 특질이라고 했던 무작위의 기교가 흐르고 있으며, 무소유

의 철학이라고도 할 수 있는 생각이 깃들어 있다. 나는 아름답다고
나직이 탄식하지 않을 수 없다. 한 나라와 한 민족은 그들에게 알맞
은 집을 짓는다. 나도 연경당과 같은 집을 짓고 싶다. 그런 시를 쓰
고 싶다.

나의 집

어느 공간에서도 아이들의 재잘거리는 소리가 종소리처럼 울리는 집을 짓고 싶었다. 집이 작아도 좋고 언덕빼기여도 괜찮다. 아이들의 말소리가 만종처럼 울려퍼지는 그런 곳이면 된다.

내가 왜 그런 집을 원하게 되었는지 까닭을 확실히 밝히기는 어렵겠지만, 대충 말한다면 내가 아이들을 유난히 좋아하고 또 회사로 가는 출근버스가 장장 50여 분은 족히 되는 거리에 살고 있는 탓이라고 할 수 있을 터이다. 그리고 또 하나를 추가한다면 마음에 드는 집에서 살지 못했던 가난한 과거의 꿈 때문이라고 할 수 있을 것이다.

정말 우리는 가난하게 살았다. 허나 가난 때문에 집 꿈을 꾼다고 말하기는 힘들며, 버스 때문이라고도, 아이들 때문이라고도 하기 힘들다. 아이들을 좋아하지 않는 사람이 어디 있으며, 꽃을 좋아하지 않는 사람이 어디 있겠는가. 집을 좋아하지 않는 월급쟁이가 또 어디 있겠는가.

다른 사람들보다도 유난스럽게 내가 집 탐을 하는 까닭은 글을 쓰는 사람이기 때문이 아닐까 하고 나는 종종 생각해볼 때가 있다. 글을 쓰면 말이 많은 여인네들처럼 넋두리가 생기고, 그 넋두리들은 지워지지 않고 차곡차곡 쌓여서 책이 된다.

책 속에는 오죽 슬프고 고통스러운 말들이 담겨 있는가. 그런 책을 만드는 '슬프고 고통스러운 말들'을 써내려 가자면 조용하고 아늑한 방이 필요해진다. 글 쓰는 사람들은 집 꿈을 꾸기 시작하게 된다.

현대 건축의 아버지라고 하는 르 고르뷔지에는 활활 타오르는 난로가에 가정이 있으며, 그 가정의 중심부에 주부가 있다고 말한 적이 있다. 그는 가정을 담는 그릇으로서의 집을 주부와 식당으로부터 출발시키고 있는 것이다.

이것은 아이들의 말소리에 중심을 주는 '내' 집과는 일견 사상이 다른 것 같다. 그러나 그렇지 않다. 아이들 말 소리를 사랑이 충만한 청신경으로 듣는 것이 어머니이며 어머니가 서 있는 곳이 부엌이다. 따라서 아이와 어머니, 아이들 방과 주방은 위치가 다를 뿐이지 동일 장소거나 동일 이미지다. 적어도 나에게는 그렇다. 그래서 나는 온 식구들이 아침 저녁으로 모여서 먹는 즐거움과 행복을 나누는 아늑한 식당(주방)을 무엇보다 바란다.

나는 나의 식당에 하얗고 조금 낮은 둥근 식탁을 둘 것이고, 그 식탁에 조금은 어울리는 나무의자를 둘 것이다. 식구들이 창 밖의 마당과 나무들과 하늘을 보면서 식사할 수 있도록 남서쪽으로 훤하게 창을 틀 것이고, 식구들이 황혼을 보고 아침을 보고 비를 보고 바람을 보게 할 것이다. 바람이 보이도록 마당에 일년초와 한두 그루 잡목들을 심을 것이다.

그리고 그 다음, 조금 욕심을 허락한다면 동양적 선미禪味를 맛볼 수 있는 마루를 동남쪽도 좋고 서북쪽도 좋으니, 시야가 시원한 곳에 배치하여 자연을 끌어들이고 싶다. 그곳에 앉아 신문을 읽고 햇볕을 즐기고 멀리 떨어져 사는 형제들을 생각하고, 인연이 닿았다가 끊어졌던 여인들의 추억도 이따금 되살려 보고 싶다. 추억은 역사, 역사가 없는 사람은 가난뱅이보다도 더 가난하다.

아마도 이런 행복한 공간을 창출해내기 위해서는 가능한 한 다른 기능적인 공간들을 축소해야 할 것이다. 슈마허의 『작은 것이 아름답다』는 책 제목과 같이 화장실도 줄이고 안방도 줄이고 복도도 줄여야 할 것이다.

이 '줄인다'는 생각을 나는 《전남일보》 창간 작업차 제정구씨와 인터뷰할 때 가지게 되었는데, 그는 욕망이란 고무줄 같은 것이어서 늘이려면 얼마든지 늘어나고 줄이려면 한없이 줄어든다고 했다.

그는 말했다. 큰 방이 있으면 여러 가구들이 있어야 하고, 가구들이 있으면 그에 어울리는 옷과 장신구, 신발, 우산 등이 있어야 하고, 그런 것들이 일단 구비되어 조화를 이루면, 그 조화는 머잖아 권태를 가져와서 다른 조화, 보다 더 크고 호화로운 조화를 원하게 된다. 욕망은 끝없이 팽창되는 것이다. 따라서 주인이 집에서 편하게 살려면 집이 되도록이면 작아야 된다는 것이다.

제정구씨로부터 그 말을 들은 이후 내 머릿속에는 식당과 마루를 제외하고는 모두 축소작업이 행해졌다. 그렇게 알맞게 축소해 놓은 복도를 지나서 헤르만 헤세의 「황야의 이리」에 나옴직한, 마호가니 냄새가 아직도 풍기는, 내 상상의 방인 다락방으로 나는 올라간다.

다락방의 문을 열면 천장으로부터 쏟아져 들어온 광선이 시야를 눈부시게 한다. 일정 시간이 지나서, 그 광선에 익숙해진 뒤에야 45도 각도로 경사져 있는 왼쪽(오른쪽이라 해도 된다) 벽이 보이고 그 아래 작은 책상 위의 책들이 보이고 오른쪽으로 침대가 보인다.

나는 그 침대에 누워 하늘을 보고 달을 보고 별들을 본다. 나는 그곳에서 나의 성장 시절과 내가 살지 못했던 시절들을 본다. 그 점에서 그 천장은 나의 시며 그림이다. 허나 실제의 집은 꿈꾸는 공간이 아니라 범상한 사람들이 범상하게 사는 집이어야 하며 주부가 중심이 되는 보금자리여야 하리라.

그런 집을 올해는 꼭 한 채 짓고 싶었다. 그래서 몇 날 며칠 건축사와 씨름을 하며 설계를 하고 은행으로 쫓아가 융자 신청을 해놓았는데, 어느날 갑자기 아내는 전화로 정치 군인들의 흉내라도 내는 듯이 청전벽력으로, 집이란 경제적으로 편안해야 행복한 법이라고, 당신 계획대로 하면 삼천오백만 원 이상 빚을 지게 된다고 내 집짓기에 깽판을 놓아 버렸다. 건축사에게도 이미 통고를 했단다.

광주에 있지 않으면(당시 나는 광주에 직장을 가지고 있어서 광주에 떨어져 살고 있었다) 불끈 쥔 주먹으로 얼굴을 때리지는 못하겠지만 마룻바닥을 칠 수는 있었을 것인데, 그것도 못하고 물먹은 얼굴을 하고 있다. 새집 새방을 그리던 내 아이들도 같은 얼굴을 하고 있을 것이다.

화 있을진저, 실제적 사고여, 그리고 몸이 퉁퉁해지기 시작하는 50에 들어선 여인들이여!

다시 나의 집

산 아래 있으면서도 지붕이 나지막하고 볕이 잘 드는 집이 좋아 보인다. 차를 타고 씽씽 달리다가도 그런 집이 보이면 나는 잠시 브레이크를 밟는다. 그 집이 내 눈을 행복하게 한다. 나는 한숨짓는다. 1970년대 말 무렵, 버스를 타고 집으로 돌아오는 저녁마다 나는 소음을 피할 겸 장차 내가 지을 집을 구석구석 머릿속으로 그리곤 했다. 다락방이 있고 마루가 마당으로 이어지는 집이었다. 나는 그늘이 짙게 서린 뒤안도 그리고 서재도 내 식으로 그리고 뜯어 고쳤다. 그렇게 몇 번 하다 보면 어느덧 버스는 우이동 종점에 멈추어서곤 했다. 그때 우리는 종점 부근에 살고 있었다.

버스에서의 공상 산물로 마침내 나는 지붕이 낮고 볕이 잘 드는 집을 건축 설계사 K에게 부탁한 적이 있었다. '한 집이 고요하니 만 가지 연분이 적막타'는 탄연의 시 한 구절도 적어주었다. K가 어떤 집을 어떻게 설계했던지, 설계도면을 읽을 줄 모르는 나는 모른다. 어쨌든 나는 K가 준 설계도면을 건축업자에게 넘겨주고 '잘

지어달라'고 부탁한 뒤, 광주로 내려갔다. 그때 나는 광주에 머물고 있었다. 직장이 광주에 있었다.

청천벽력과도 같은 사건은 그 며칠 뒤에 터졌다. 정오쯤이었을까, 저녁 무렵이었을까, 아내에게서 전화가 따르릉따르릉 걸려왔다. 집 계약을 취소했다는 것이었다. 우리에게는 돈이 부족하고, 돈 쓸 데가 많고, 또 지금 집으로도 부족함이 없다는 것이었다. 나는 수화기를 집어던졌다. 그것으로도 울화가 풀리지 않아서 저녁 내내 마루를 왔다갔다하다가, 밤에는 나의 집짓기를 요모조모 되생각해 보았다. 아내의 말대로 돈이 너무 부족했고, 돈 쓸 데가 우리는 너무 많았다. 또 대지에 비해 건물이 너무 컸다. 여러 면에서 비실용적이었다. 아내에게 욕을 퍼부을 것이 아니고, 나 자신에게도 욕을 퍼부어야 마땅하다고 나는 생각되었다.

남성들의 집에 대한 생각은 거개 비실용적이다. 산 아래 집을 지으려 하면서 나는 거실 창으로 자연을 끌어들인다고 했는데, 거실 창으로 자연이 얼마쯤 들어오는지 구체적으로 검토해 본 적이 없었다. 막연하게 '자연을' 하고 생각했을 뿐이었다. 또 북향창도 그러하다. 그것은 한양에 계신 임금님에로 향하는 조선선비의 마음이다. 한 사회, 한 시대는 그들에게 알맞은 성격의 집을 지으려고 한다. 남성중심사회였던 조선시대는 남성에게 편리한 집을 지었다. 조선조 선비들은 그들이 행감을 치고 앉아 책을 읽거나 손님을 맞이하기 좋게 한옥을 설계했으며 그들이 좌정하고 있는 모습을 본뜨고자 했다. 남성중심적인 이와 같은 집구조에 조선여인들의 불만이 없을 수 없었고, 그 불만을 내 아내라고 해서 이어받지 않을 리 없었다.

강조할 필요도 없이 여인들의 마음은 언제나 집으로 향하고 있었으며, 그 집에 사는 것은 여성들이었다. 그녀들은 모처럼 동창생들을 만나거나 계꾼을 만나 수다를 떨다가도 문득문득, 집에 막내아이가 학교에서 돌아오지 않았을까, 남편이 전화해 오지 않았을까, 시어머니가 이맛살을 찌푸리고 있지 않을까 염려하고, 핸드백을 집었다 놓았다 하며 집으로 돌아갈 채비를 했다. 그녀들은 마루의 가구들과 싱크대가 번쩍번쩍 빛이 나야 얼굴이 환해지고 마당이 깨끗이 쓸려 있어야 마음이 헹맑다. 그녀들은 그런 주방과 마당에서 그들의 남편이 승진하고 그들의 아이들이 우등상을 받아오기를 기다렸다. 그녀들은 북향창을 좋아하지 않았다. 북향창은 겨울의 찬바람이 새들어오고, 아이들의 기침을 유발할 수 있다. 아이들에게 기침은 만병의 근원이다.

보봐르는 이런, 집으로 돌아가려는 여성심리를 남성사회로부터 길러진 것이라 했으며, 최근 머릴 드러내고 있는 프랑스의 엘리자베스 바텡데르 교수는 그러한 길러지는 여성관 자체가 남성사회의 콤플렉스로부터 길러진 것이라고 반박했다. 바텡데르 교수는 '여자는 길러진다'는 보봐르의 명제를 '남자가 길러진다'로 바꾸어 버렸다. 남성은 유아기에는 여성적이었으나 성장하면서 중성으로, 남성으로 변모된다는 것이다. 그는 여성과 남성이 각각 여성적인 면과 남성적인 면을 공유하고 있다고 본다. 그런데 성장과정에서 문화적 훈련을 받아 남성들은 점차 남성처럼 보이기 위해 람보로, 터미네이트로 변모된다는 것이다. 보봐르의 생각이 옳은지 바텡데르 교수의 생각이 옳은지 나는 모른다. 또 별로 관심도 없다. 내가 관심하는 바는, 여성의 '집에로의 마음'의 현상적 측면이다. 여성의 그 마음은, 집을 잘 돌보려는 데서 비롯하여 급기야는 집을 좌지우지하려는 전제적인 면으로 발전하여 간다는 것이다. 『토지』(박경리의 대하소설)의 윤씨 부인이 그렇고, 윤씨 부인의 손녀인 최서희가 그렇다. 그녀들은 처음 곳간의 열쇠를 관장하는 데서 시작하여, 최씨 집안의 막대한 경제력을 배경으로 머슴들을 부리고, 소작인들을 부리고, 마을까지도 부린다. 윤씨 부인 혹은 최서희의 한마디면 악독하기로 소난문 일본제국주의 헌병들도 "하이" 하고 오른손을 모자 끝에 올려 붙였다.

한 집안에서 그들 욕망은 끝나지 않는다. 한 집안에서 한 나라로 세계로―기울어져 가는 대영제국을 일으켜 세우려는 마가렛 대처도 최서희의 확대판이라 할 수 있다. 때문에 집안에서 공방을 가지고 일하는 남자들은 대개 자신들의 여자들과 불화한다. 여자는 사소한 것들을 기록으로 남기지 않으므로 알 수 없지만, 틀림없이 톨스토이 부인도 그의 집을 들락거리는 농부들이나 일꾼들, 그리고 신분을 알 수 없는 사람들을 싫어했을 것이고, 날마다 셔츠를 갈아 입히고 상의를 어떤 것으로 걸치도록 지시했을 것이고, 담배를 어느 시간에, 어떤 장소에, 심지어는 헤어스타일까지도 이렇게 저렇게 지시하고자 했을 것이다. 그 위대한 작가를 파김치가 되도록―

그리하여 위대한 작가는 집을 나서서, 어느 겨울 간이역에서 행려병자가 되어 숨을 거두게 되었을 것이다. 모르긴 하지만 얼마쯤은 내 친구들의 마나님들도 친구들에게 이것저것 지시할 것이고, 다정하기로 소문난 안수길 선생님의 사모님이라 할지라도 어김없이 선생님에게 지시했을 것이다. 지시를 나쁜 의미로만 해석하지 말기 바란다. 관계 속에서의 지시는 삶의 한 형태이고, 사랑이 배어 있는 행위이기도 하다.

사실 모든 삶은 알게 모르게 남에게 자기 의사를 강요하거나 지시한다. 불경이나 바이블이 그렇고 사상서들이 그렇다. 심지어는 가난하고 볼품없는 내 어머니, 내 아내, 내 아이들까지도 내가 글 쓸 때나 아파 누웠을 때, 내 눈 가장자리에서 아른거리는 그들이 내게 얼마나 많이 지시했던가. 이만하면 지금 내가 지시에 저항하고 있는 것이 아니라, 그것에 순응하고 있음을 독자들은 알 것이다. 그리고 생각이 깊은 독자들은 이 글을 읽고 느낀 바 있어서, 내 아내가 내 방을 글쓰기에 알맞게 마련해 주지 않았을까 생각할지도 모르겠는데, 나는 전혀 그런 생각을 가지지 않는다. 아내는 그런 사람이 아니다. 아내는 파시스트와 같이 명령하고 지시하지 않는다. 아내는 사랑을 지시한다. 나는 아내의 사랑을 사랑한다.

얼마 전 아내는 막내아들에게, 아빠와 엄마는 서로 자전거를 타고 가다가 이 골목에서 만나고 또 저 골목에서 만나고 또 다른 골목에서 만나 사랑하고 결혼하게 되었다고 이야기해 주었다고 했다. 이 골목과 저 골목은 있지 않았다. 아내는 거짓말 사랑을 막내에게 이야기해 준 셈이었지만 그 거짓말 사랑이 나는 싫지 않았다. 귀를 감미롭게 긁었다. 나는 아내의 '나의 집'에 대한 일방적이고도 강압적 파기를 없었던 일로 하기로 했다. 나는 거짓말 사랑을 너무 좋아했다.

이 가을에는, 꿈속에서라도, 안방과 거실과 글방과 아이들 방이 하나의 공간에서 유기적 역할을 하는 아내의 집을 지으려고 한다. 아이들의 웃음소리가 종처럼 은은히 때애앵 때애앵 울리는 집을 지으면, 아내는 즐겁게 아이들을 위한 피자를 만들고, 가히 명인 경지에 이르렀다고 자부하는(나도 반쯤은 인정하지만) 된장국을 끓일 것이다. 나는 코를 흥흥거릴 것이다. 그 냄새를 맛보는, 그게 행복이 아닐까. 사랑과 행복은 그런 따뜻하고 달콤한 것이 아닐까.

작은 평화 그리고 긴 여행

송기원과 히말라야

송기원의 한 산문을 감명 깊게 읽은 적이 있다. 정확히 말하면 이 산문은 송기원의 것이라기보다 송기원이 말하고 박형준 시인이 받아적은 것이었다. 나는 송기원도 박형준도 잘 안다. 송기원은 얼굴이 검붉은 편이고 박형준도 검붉은 편이다. 이 두 시인 기질의 사나이들은 여러 면에서 저주라도 받은 듯이 한켠으로 비켜서서, 그쪽의 시선으로 세계를 보고 글을 썼다. 글쓰는 사람들은 정도의 차이는 있겠지만 대부분 한쪽으로 비켜서서 사는 사람들이라 해도 된다. 그들은 밀려난 사실 때문에 괴로워하고 슬퍼하면서, 그것을 극복하기 위한 내면의 싸움을 벌인다.

송기원의 산문은 그런 싸움의 과정으로 나에게는 읽혀졌다. 그는 어느 해 훌쩍 서울을 떠나 인도행 여객기를 탄다. 그는 갠지스강 상류에 위치한 힌두교의 성지인 리쉬케쉬를 거쳐 코사니마을의 간디 아쉬람으로 떠난다. 설산의 연봉이 한눈에 들어오는 아름다운 간디 아쉬람은(간디가 들른 곳이어서 그렇게 부른다고도 하고 또 간디를 화신으로 섬겨서 붙여진 이름이라고도 한다) 오전에 밥 한 공기에 '탈리'라고 부르는 반찬 한 가지가 나왔다. 해질녘에도 일반이었다. 때로 감자볶음과 죽처럼 풀어 쑨 콩이 나오기도 했지만 그것은 상식常食이라고 하기 어려웠다.

간디 아쉬람에 들어온 지 얼마 뒤 우기가 돌아왔다. 24시간 내내 내리는 비안개는 눈앞의 전나무숲도 얼룩유리 너머로 보이는 세계처럼 부유스럼하게 했다. 까닭 모를 불안이 쌓여갔다. 가부좌를 틀고 앉아도 소용없었다. 함께 기거했던 30대의 일본인은(그는 택시 운전사였다고 했다) "도무지 참을 수 없다"고, "사람이 있는 곳으로 가야겠다"고 하루종일 넋두리를 한 다음 떠나버렸다. 미칠 듯한 상태에 이른 송기원도 마침내 해 떠오른 지방을 보고 싶어서 짐을 싸들고 간디 아쉬람을 떠났다. 송기원은 카쉬미르의 스리나가르를 지나 나닥으로 향했다. 나닥은 지구상에서 별이 가장 아름다운 곳으로 알려져 있다. 나닥행 버스는 골짜기를 지나고 또 지나갔다. 밤과 낮도 지나갔다. 빛이 들어가기 어려운 발 밑의 골짜기에서는 아스라한 고대로부터의 시간들이 변함 없이 쿨쿨쿨 흘러가는 듯했다. 몇 번째의 골짜기를 돌고 돌아가자 실버들 같은 냇가에 기대 버드나무들이 서 있고 40~50평이 될까말까한 흙벽 돌집 몇 채가 나왔다. 보리나 밀 등을 가꾸며 황폐한 풍경에 기대어 사는 사람들의 모습을 차창 밖으로 보자니 슬픔이 마음 깊은 곳으로부터 솟구쳐 올랐고, 다시 앙앙앙 우는 아이의 울음을 들었을 때는 까무러치게 놀

랐다. 저 풍경 속에서도 아이들은 태어나고, 운다. 아이의 얼굴이
그의 시야로 커다랗게 클로즈업되어 왔다. 그 아이는 몇 십 년 전에
벌교에서 울며 태어난 자신과 다른 존재가 아니었다. 그는 그곳에
서 자신의 원모습과 해후하였다. 그는 그때도 울고 있었고, 지금도
울고 있다.

향일암과 태안사

그렇다. 사람들은 모두 울며 태어난다. 그리고 우는 본래 모습을
찾아 사람들은 여행을 떠난다. 그 원존재가 무의식의 뚜껑 속에 있
는 존재라 해도 되고, 생의 편에서 보자면 죽음은 종착역이라든가
그와 비슷한 의미를 지닌다. 노자老子 식으로 풀어 말한다면 생은
죽음의 부분이고 죽음은 생이 존재함으로써 존재하는 것이 된다.
따라서 생과 사는 무엇이 중요하고 중요하지 않다고 말할 수 없다.
그것들은 서로가 서로에게 기대어 있는 볏짚단 같은 존재다. 한쪽
이 무너지면 모두 무너져 버린다. 불교에서의 연기緣起가 그런 의미
를 지닌다.

여행소설의 대표적 존재는 헤르만 헤세다. 그의 『페터 카멘친
트』는 여행으로 시작되고 『싯달다』나 『나르시즈와 골드문트』도 여
행으로부터 이야기를 풀어 나간다. 그들의 여행 속에는 그들을 드
넓게 드리우는 종려나무가 있고 골목이 있고 연인들이 있다. 그것
들은 그들을 부르고 유혹한다. 이때의 '골목'이 의미하는 고향은
그들이 떠나고 돌아오는 곳으로서 삶과 죽음을 겹으로 포괄한다.

나는 유년시절을 바다가 끊임없이 변하면서 빛나는 목포에서 보냈고 청년시절과 장년시절의 반을 서울에서 보냈으며 그 이후엔 무등산 아래서 보냈다. 나는 세 번 거처를 옮겼으되 송기원이나 헤세에 비하면 매우 단조로운 것이라고 해야 한다. 그다지 파란도 없었고 투옥도 없었고 별거나 이혼도 없었다. 하지만 완류라고 해서 거기에 유속流速이 없는 것은 아니며 파랑波浪이 없는 것은 아니다. 그곳에서도 잘 보이지 않을지는 모르나 끊임없는 변화의 물이 흐르고 있다.

내가 광주로 와서 가장 드라마틱하게 죽음의 유혹을 느낀 것은 1979년 봄 향일암에 갔을 때였다. 「남에서 보낸 봄편지」라는 산문을 통해서도 기술한 바 있지만, 투명한 하늘 아래 비포장도로로 달리는 완행버스를 타고 가는 나의 향일암행은 봄꽃과 새울음과 아지랑이로 수놓여 있었다. 나와 일행들은 거북의 등무늬 같은, 혹은 거북의 화석인 듯한 기이한 바위들의 틈새를 비집고 난 길을 따라 산을 올라갔다. 폐활량이 적고 운동량이 거의 없는 내 심장은 이내 기관차의 화통처럼 씩씩거리기 시작했고 이마에서는 땀이 비오듯 쏟아졌다. 나는 헉헉거리며 바위들을 붙잡고 올라갔다. 일행들과 나의 거리는 점점 멀어져 갔다. 나는 바위들은 왜 이런가, 왜 거북의 등무늬 같은 무늬를 하고 있는가라는 질문도 잘 나오지 않았다. 가까스로 암자에 이르러, 편편한 바위에 엉덩이를 걸치고 바다를 내려다보았을 때는, 아까와는 다른 격류가 내면으로부터 솟아올랐다. 산 아래 바다는 파도 한 점 없이 고요했다. 화물선 한 척이 느리게 물결을 가르며 동쪽으로 가고 있었지만 바다는 움쩍도 하지 않았다. 잔물결이 눈부시게 일어서는 남해 바다는 화물선을 잔해도 없이 용해시키고 무슨 환상처럼 수평선 위로 떠올리는 것 같았다. 나는 무의식적으로 '비둘기들이 아종대는 기왓장들은…' 하고 발레리의 「해변의 묘지」를 읊어댔다. 저 아래 푸른 바다가 내면의 소리처럼 손을 흔들며 나를 부르는 것 같았다. 나는 손을 흔들며 화답했다. 여전히 햇빛은 밝게 쏟아지고 사방은 고요하고 바다는 아름다웠다. 나는 이것이 죽음의 유혹이라는 사실을 깨달았다. 박지원이 열하에서 '사나이가 울 만한 곳'이라고 했던 것이 이해되었다. 그렇다. 향일암은 사나이가 죽을 만한 곳이었고, 그곳이 바로 그런 곳이었다. 나는 거듭 "향일암은 죽을 만한 곳이었고 지금이 그런 순간이다"라고 뇌었다.

격정이 사라지자 죽음은 환희의 다른 모습이었다는 것을 깨달았지만, 그렇다고 향일암의 아름다움이 죽음으로 나를 부르지 않았던 것은 아니다. 나는 분명히 죽고 싶었고 죽음의 손길이 계속 손짓하고 있었다. 그런 죽음을 맛본 적이 또 한 번 있었다. 큰 병을 앓고 난 뒤 청화스님을 찾아 태안사로 갔을 때였다. 무슨 일로 그곳으로 갔던지는 별 기억에 없다. 그 분이 세상으로부터 너무 멀어져 간다고 생각되어서였던지 아니면 병으로 심약해진 마음이 스님의 얼굴이라도 뵙고 싶었던지 확실치 않다. 어쨌든 나는 입구에서 택시를 내려 돌층계를 올라갔다. 하나 하나 층계를 밟으면서 올라가다 보니 그 돌들은 예사 돌 같지 않았다. 시간의 때가 서린 그 돌들은 무슨 역사적 기념물이라도 되는 듯이 적당한 거리를 유지한 채 푸른 이끼에 싸여 있었다. 그러고 보니 주위의 공기도 다른 길과 다르게 무겁고 음습했다. 비로소 나는 세월이라고 하는 것이 흘러가 버리는 것만이 아니고 죽음과 삶이, 과거와 현재가 함께 머물러 있는 곳도 있다는 사실을 깨우쳤으며, 그런 곳을 역사적 공간이라고 할 수 있다는 것을 알았다. 청화스님이 우리로부터 점점 멀어져 가는 것처럼 내가 느꼈던 것은, 우리의 세속생활과 스님이 속한 신성생활의 거리 때문만이 아니고 이런 공기와 이끼와 시간들 때문이기도 했다는 사실을 알았다. 그 같은 생각들을 거푸거푸 하면서 그날 나는 돌층계를 하나하나 밟고 올라갔다.

방학동과 매곡동, 그리고 먼 길

그날 돌층계가 나에게 무슨 의미를 지녔던지 모른다. 나는 거기에 의미를 붙이고 싶은 생각은 없다. 하지만 그날 돌층계가 무겁고 고요했고 명상적이었다는 사실만은 기록해 두고 싶다. 그러고 보면 향일암에서의 죽음도 고요했고 명상적이었다. 내 감성은 고요 속에서 반향하는 듯했다. 땀을 뚝뚝 흘리며 히말라야를 헤매던 송기원의 그것과는 다른 것이었다. 송기원의 헤맴이 그의 본래 모습, 앙앙 우는 모습을 찾는 것이었다면 나의 헤맴은 저 바다에서 산길에서 꽃잎처럼 스러지고 싶은 것이었는지도 모른다. 송기원은 어느 해 소멸에 기여하고 싶다는 말을 했지만 정작 소멸에 기여하고 싶은 것은 나였다.

일생을 수선화처럼 살다 가신 김달진金達鎭 선생님은 어느 날 나에게 방학동訪鶴洞에 가 살라고 넌지시 일러준 적이 있었다. 나는 그 말씀에 뜻이 있다는 걸 알아들었다. 그러면서도 종로로 을지로로 청계천으로 쏘다니면서 1970년대를 나는 보냈다. 시대가 너무 어두웠고 젊었기 때문이었다. 1990년대 초에야 나는 방학동 같은 광주 교외의 매곡동梅谷洞으로 찾아들었다. 그 무렵 매곡동은 개구리들이 온 여름 울고 늦가을이면 사람의 흔적도 이기기 어려운 듯이 비오듯 낙엽들이 져내렸다. 나는 박물관 뒷산 길로 일요일이면 끝없이 걸었다. 나는 한 마리 짐승인 듯했다. 숨을 죽인 나는 나무나 다람쥐나 새들과 구별되지 않았다. 나는 행복했다.

이 봄을 맞으면서 나는 다시 매곡동을 떠나 어디론지 새 길을 가려고 한다. 이제 매곡동은 아파트가 숲을 이루고 자가용들이 줄지어 달린다. 개구리가 사라진 지는 오래다. 나는 숨쉬기가 힘들다. 더 고요하고 깊은 곳으로 가서 자연에 의지하고 싶다. 더러는 죽음들이 두런두런하는 소리도 듣고 멀리멀리 눈이 내리고 비가 몰아오는 소리도 듣고 싶다. 그때면 내 머리는 희어지리라. 귀는 멀고 눈도 아득해지리라. 나는 더듬더듬 걸어가리라. 그 길에서 나는 송기원을 만날 수 있을까. 그때 그는 어떤 모습을 하고 있을까.

2

강은 나의 내면의 길이다
그것은 세상 부근에서 유일하게 울타리가 없는 곳이다
〈소로〉

시에 관한 단상(2001~2002)

1. 시와 시인에 대하여

여러 산들이 앞서거니 뒷서거니 하며 어둠속으로 잠겨가듯 내 시의 모습들도 하나 둘 시간의 장막 속으로 사라져 간다. 한 세기가 가고 또 다른 세기가 오듯, 상형문자들이 빛을 잃고 시들어가듯, 나는 사라지는 내 시 그림자들을 꿈결이듯 보고 있다.

이 산 밑에 이르러 시와 나는 근거리로 이마를 마주하고 있다. 귀를 모으면 시의 숨소리도 들린다. 나는 시가 무엇이며, 왜 써야 하는지 알지 못한다. 내가 알고 있었던 시에 대한 생각들은 모두 퇴화해 버렸다. 나는 시 가까이, 가만히 있을 뿐.

마을 앞 다리 끝에는 가로등이 하나 있었다. 그 가로등에 대해 시를 써보고 싶었다. 아시겠지만 오지의 밤은 캄캄하고 캄캄하다. 그래서 별들이 굴러 떨어진다고 여길 정도로 크고 무겁게 보이며 가로등도 유난히 빛을 뿜어내는 것 같다.

가로등에 대해 쓰려고 마음먹은 밤, 자리에 누워 있는데, 불현듯 가로등이 새처럼 다가왔다. 그러자 가로등은, 다리 아래 강물로도 내려앉을 수 있고, 위로도 올라갈 수 있으며, 시를 쓰려고 들어간 서재로도 들어올 수 있었다. 가로등은 책상 위의 스탠드 불일 수도 있었다. 가로등은 자유자재일 수 있었다.

자유자재하다고 해서 가로등이 무엇이든 될 수 있다고 생각해서는 안 된다. 무엇이 될 수 있는 다리—즉 상상력의 연결고리를 얻지 않으면 안 된다. 금강상류의 다리 아래에는 가창오리들과 청둥오리, 백로, 방울새들이 수없이 날아오고 날아간다. 가로등과 새들은 여러 면에서 근친성 혹은 근거리성을 지니고 있다. 그밖에도 알게 모르게(가로등에 새들이 대입됨에 따라) 산과 강과 바다와 나무와 바람들이 스며들고 있다. 수천 년의 역사도 스며들고 있다.

강과 바다는 어머니의 손길이나 눈길과 같은 부드러움과 사랑이 넘친다. 어머니의 손길이나 눈길과 같은 강과 바다를 알지 못하고는 시를 쓸 수 없다고 해도 된다. 모든 시인의 시에는 물이 깊이 흐르거나 물에 잠기려고 한다. 시가 신선하다거나 새롭다거나 윤택하다고 하는 것은 물이 있다는 뜻이 된다.

물에 젖어 있거나 잠겨 있다는 것은 시 속에 시인의 슬픔 어린 내면의 얼굴이 있다는 것을 말한다.

　나르시스의 신화를 보자. 눈먼 예언자는 나르시스를 보고 "너는 너를 아는 날 죽게 될 것이다"라고 말한다. 어느 날 나르시스는 샘물에 비친 얼굴을 본다. 그는 샘물에 비친 얼굴이 자신인 줄 모르고 오래오래 보며 사랑에 빠진다. 사랑한다는 것은 대상과 내가 하나 되고, 되고자 하는 것이므로, 아는 것과 진배없는 것이고, 죽게 된다는 것이다. 여기서 시의 한 운명을 우리는 본다.
　시라고 하는 것은 '내면의 얼굴'이고 내면의 얼굴이라고 하는 것은 샘물에 비친 얼굴이다. 시인은 그 얼굴을 볼 수밖에 없다. 시인은 죽을 수밖에 없다.

　샘이라고 하는 것은 물이 고여 있는 곳이고 하늘과 구름과 나무들의 그림자를 고요히 받아들이는 곳이다. 그 면에서 샘은 하늘의 무덤, 그림자의 무덤이라고 해도 된다.

　나르시스가 샘에서 자기 얼굴을 오래오래 보고 있다는 것은, 자기 얼굴을 보고 있는 것이 아니고, 자기를 싸고 있는 나무들과 그 위에 하늘과 구름과 새와 공기를 보고 있는 것이라고 해야 한다. 나르시스는 세계 속에 있는 나를 보고 있으며, '세계를 내 속에 담고 있는 나'를 보고 있는 것이다. 이에 이르러 나르시스는 물의 경계를 넘어, 하늘의 큰 세계와 속의 작은 세계로 통한다.

모든 보는 행위는 물이 있어야 가능해진다. 그런데 물이 보여주는 것은 실재가 아니고 실재의 그림자일 뿐이다. 물이 없다면 그림자도 없고 실재도 없어지겠지만 또 실재가 없다면 그림자도 없고 물도 없어진다. 그만이 아니다. 보는 '나' 가 없다면 물도 없고 그림자도 없고 실재도 없고 모든 것이 없어진다.

내가 고요히 있어야 하고
물이 고요히 있어야지만
세계는 있을 수 있다

2. 시와 시작詩作에 대하여

한 저녁은 아름답고, 다음 날 저녁도 아름답다. 모든 저녁은 아름답다. 저녁에 서 있는 시인 또한 아름답다.

나는 내가 저녁 속에 있음을 한밤에 시를 쓰면서 느낀다.

기다리고 기다려라, 시의 머리가 보일 때까지. 오늘도 기다리고 내일도 기다려라.

등불을 켜들고 기다리기 전에 시는 오지 않는다.

보다 정확히 말하자면 시는 오는 것도 아니고 가는 것도 아니고 쓰는 것도 아니다. 시는 낳는 것이다. 아이를 밴 어머니가 열 달 동

안 아이의 눈이 생기고 코가 생기고 손발이 생기고 머리가 돋을 때
까지 기다리고 기다렸다가 자궁 밖으로 힘껏 밀어내듯이, 시인은
시상을 만나면, 그것을 가슴에 넣고 한 편의 시로 무르익을 때까지
일 년이고 이 년이고 오년이고 십 년이고 기다려야 한다. 기다릴 줄
알아야 좋은 시를 낳을 수 있으며 좋은 시인이 될 수 있다.

　『하늘과 바람과 별과 시』를 쓴 윤동주는 그의 시들을 대부분 초
고에 완성했다 한다. 별로 추고를 하지 않았다고 한다. 그렇다고 윤
동주에게 이렇다 할 산고가 없었다고 해서는 안 된다. 그는 운동화
뒤축을 밟고 다니기가 성가셔서 발에 밟히는 부분을 아예 잘라 버
리고 실내화처럼 신고서 연희전문(그는 연희전문 시절 『하늘과 바
람과 별과 시』를 썼다) 교정을 오갔는데, 운동화를 밟고 다니는 걸
음걸이마다에서 그의 시들은 고쳐지고 지워지고 다시 창작되었다
고 우리는 봐야 한다. 밖에서 보기에 그의 시들은 자연스럽게 익어
떨어지는 듯했지만 그 '자연' 속에는 고통의 외침이 있었다.

　윤동주의 고통이 밖으로 얼굴을 내밀지 않는 자연스러운(?) 고
통이었다면 내 고통은 밖으로 드러나는 고통이었다. 40여 년 동안
나는 시가 자궁 밖으로 머리를 내밀기까지 기다리고 기다려왔다.
기다림에 지쳐 볼펜을 들고 원고지를 메우다가도 나는 원고지를 찢
고 다시 기다림 속으로 들어갔다. 어떤 시는 완성되고 나서도 서랍
속에서 수개월을 썩어야 했으며, 어떤 시는 결국 불에 타 재가 되어

버렸다. 기다리고 기다려도 완결되지 못한 어떤 시들은 파일 속에서 잠자야 했다. 파일 속의 시들은 내 머릿속에서 지워져갔다. 나는 그것을 칸딘스키적 현상이라 했다(어느 날 칸딘스키는 그림을 그리다가 뜻대로 되지 않자 그림을 이젤에 둔 채 교외로 산책 나갔다. 서너 시간쯤 그는 산책에서 돌아와 화실문을 열었다. 이젤 위에 둔 그림이 눈부신 빛을 뿜고 있었다. 손등으로 눈을 부비고 다시 보자 그의 그림은 이젤 위에 거꾸로 걸려 있었다). 시간은 시들을 새롭게 보게 한다. 그 작품들은 뜻밖의 수확물이 된다. 나는 그런 수확을 십여 차례 거둔 바 있다. 나 혼자만이 그런 수확을 거둔 것은 아니다. 영국의 시인 스티븐 스펜더도 시작 메모들을 상자 속에 넣어두었다가 성공을 거두었다고 고백한 바 있으며, 김용호는 그것을 보물상자라고 했다.

기다림 뒤에는 추고의 긴 고통이 따른다. 이미 씌어진 시들은 추고를 면하려고 버둥거린다. 그러나 상상력은 이미 쓰여진 시어들을 지우고 새 언어로 쓰려 한다. 그래서 거의 모든 시들은 처음의 모습을 벗어나 다른 모습을 가지고 나온다. 추고는 새로운 시의 길을 여는 방법 중의 하나다.

추고하되 추고의 흔적을 보이지 말아라. 윤동주와 같이 머릿속에서 추고하거나 자리 밑에 깊숙이 넣어 없애도록 하라. 추고의 흔적이 보이지 않는 시는 순純한 시가 되고 윤동주의 「서시」나 김수영의 「풀」같이 독자의 사랑을 받는 시가 될 수 있다.

번쩍! 하고 시상이 머릿속으로 들어올 때, 그때 붓을 들지 말아라. 시의 집을 짓고 식구들을 만들고 나무와 돌들을 적정 장소에 배치한 뒤에, 그러고도 가을이 가고 겨울이 간 뒤에 붓을 들어라. 시간은 언제인지? 몇 분 몇 초인지? 언덕 위에 있는지? 산 아래 있는지? 산 그림자가 내리고 있는지? 이웃집 개가 짖고 있는 것이나 아닌지? 그림보다도 영화보다도 구체적으로 머릿속에 그려라. 그렇게 시의 풍경과 역사가 완료된 뒤에 '쓰기'를 무섭게 단행하라.

어머니나 아버지, 친구라는 특정인이 테마가 될 때도 마찬가지다. 우리는 그 특정인의 전생애를 떠올리되 나에게 가장 크게 클로즈업되어 오는 순간 속에 전생애를 수놓아야 한다. 그 순간은 나에게 '커다랗게 기억되는 순간'이라 해도 된다. 어느 시인은 대학 동창이며 동료 교수에게 바치는 헌시에서, 대학 시절의 사진임직한 한 장의 사진으로부터 시를 출발시켜, 그 사진 속에 30년 간의 우애를 집약했다. 그렇다고 순간으로부터 시를 출발시키는 것이(사람이 시적 대상이 되었을 경우) 정도正道라는 것은 아니다. 그것이 지름길이며 그늘과 향내가 가득한 수림 속의 오솔길일 수 있다는 것이다.

당신의 시가 그리려 하고 있는 풍경을 쉽사리 선보이지 말아라.

풍경의 전前모습들을 차례차례 선보인 뒤 조금 지루하고 조금 궁금해할 때 등장시키는 인내를 가져라.

　명사나 동사, 형용사만을 중시하지 말아라. 한 편의 시에서는 토씨도 명사나 동사 이상으로 율조에 큰 역할을 하며 울림에 크게 기여한다.

　시는 너를 배반하고 너를 절망케 할 것이다. 그러나 그만 돌아서지 말아라. 절망한 다음, 밤에 내리는 달빛은 너도 시도 절망도 순색으로 만든다. 달빛은 우리들, 우리 자신의 말들까지도 일으켜 세울 수 있다.

　떡갈나무 숲숙에 있는 돌다리는 이끼들이 퍼렇다. 어떤 시보다도 아름다운 암시가 이끼에는 퍼렇게 숨어 있다. 우리는 이끼와 돌다리에게, 숲속의 공기에게, 비에게, 바람에게 배울 필요가 있다.

　바람과 나무와 돌과 비가 비밀스럽게 사는 숲속, 이끼는 더욱 풍요로워지고 상상에 넘친다.

　오늘밤도 시는 오두막의 창을 밝갛게 비춘다.

3. 말에 대하여

시는 말로 씌어진다. 때문에 우리는 말에 대해 생각하고 또 생각하지 않으면 안 된다.

말이란 침묵으로부터 나오는 것이며 침묵으로 돌아가고자 하는 의식을 갖는다. 새나 코끼리들만이 귀소의식을 갖는 것은 아니다. 모든 사물은 근원으로 돌아가고자 하는 욕구를 지닌다.

말이 되돌아가고자 한다는 것은 말이 무無해지고 순純해진다는 것을 뜻한다. 이 '무' 해지고 '순' 해진다는 것을 쉽게 설명하기 위해서 우리는 음식 이야기를 해도 좋을 것이다.

우리나라 음식의 한 특징은 재료의 맛보다 양념 맛에 의지하고 있는 면이 있다. 팔도 음식 중에서 으뜸이라는 전라도 음식은 거의 양념 맛이다. 장어 구이나 장어탕, 오리탕의 경우, 장어나 오리보다 참깨나 들깨, 고추, 된장, 후추가 그득해서 맵고 짜고 고소한 맛이 넘친다. 얼마 전, 일본에서 열린 세계 음식 페스티벌에서 한 일본인 조리사는 한국 음식에 대해 평하기를, 음식이란 재료의 원맛을 낼 줄 알아야 한다고 우회적으로 비판한 적이 있다. 한국 음식은 재료 맛을 내지 못하고 양념 맛을 내기에 급급하다는 것이다. 재료 맛이란 재료의 원맛, 순맛을 뜻한다. 우리 시들도 우리 말의 원맛, 순맛을 알아야 하며, 그것을 캐내려고 노력해야 한다.

　말의 원맛, 순맛이란 말의 의미보다 말의 울림에 들어 있는 면이 많다. 요한복음 1장 1절에서 "태초에 말씀이 있었다. 그 말은 하나님과 함께 있었다"고 했을 때의 말이란 오늘날과 같은 메시지를 뜻하는 것이 아니다. 하느님과 함께 있으며 하느님이기도 한 말 자체이다. 그런 면에서 말이란 시장에 떠도는 의사 전달의 언어라고 하기보다 산과 들과 강을 울리는 어떤 거대한 볼륨을 지닌 울림이라고 보아야 할 것이다.

　나는 그런 말을 생각할 때마다 깊고 깊은 산속에서 울려나오는 가람의 종소리를 떠올린다. 우리나라 종의 소리는 때리는 소리라기보다 울리는 소리이다. 종을 때리면 소리는 종의 내면 공간을 울리면서 흘러나와 깊고 깊은 산 속으로 퍼져 내려간다. 그것은 새벽을 알리거나 저녁을 알리는 종소리가 이미 아니다. 그것은 극락이나 천국에 가까운 소리다.

　종소리의 수평적 울림을 수직적으로 옮기자면 고딕풍의 중세 성당 모습이 될 것이다. 중세 유럽의 성당들은 그 내부가 어둡고 높다. 그곳에 무릎을 꿇고 앉으면 주위는 사라지고 나는 천상의 하느님을 향하여 홀로 있는 존재가 된다. 나는 하느님께 죄사함을 빈다. 나는 기도하고, 나는 운다. 그러자 한없이 높은 천장의 광창에서는 한 줄기 빛이 쏟아져 내려온다. 반기독자였던 바울이 사막에서 벼락을 맞는 순간과도 같은 기적이 하늘과 땅 사이에서 빛으로써 이루어지는 것이다. 시의 언어는 그런 빛이며 울림이다.

언어는 어둠 속에서 태어났으되, 어둠과 침묵으로 고정되어 있지 않고, 울리면서 생성 변화한다.

다시 산사의 종소리로 돌아가보자.

새벽 일찍 스님이 종을 치면 소리는 지잉지이잉 음통을 돌고 돌아 흘러 내려간다. 산사의 종소리는 위로 올라가는 것이 아니고 아래로 퍼져 나간다. 종과 멀리 떨어져 들을수록 소리는 지평선의 나무와 같이 나무의 지평선과도 같이 여운을 끌고 있다. 종소리는 우리를 부르고 우리를 울린다. 시에서의 말은 의미로서 존재하지 않는다. 종소리와 같이 울림에 의해 말과 말들은 맺어지고 의미와 같은 것을 지니게 된다. 그것은 의미를 갖기 이전의 말과 같다고 해도 된다. '종鐘'이라는 한자가 쇠 '金'에 사람의 처음인 아기 '童' 자로 된 것도 그 면에서는 일치하는 바가 있다. 詩라는 한자가 말씀 '言' 자와 종이 울리는 사원의 '寺' 자의 합성인 것도 음미해 볼 만한 일이다.

침묵은 보이지 않는 세계에 자리하고 있다. 그렇다면 침묵은 어둠이라 할 수 있고 밤의 세계 그 자체라고도 할 수 있다. 어둠과 밤은 시문학사에서 낭만주의 시대부터 위력을 발휘한다. 노발리스는 거룩하고 이루 형언할 수 없으며 신비롭기 그지없는 밤으로 향해 간다고 말한다.

신화에 따르면 신들은 본디 대지에 살았고, 태양은 우주의 빛이었다. 그런데 어느 날 예기치 못했던 어둠의 그림자가 식탁으로 스며들었다. 그 그림자는 죽음이었다. 신들은 놀라 하늘로 올라갔다. 신이 없는 대지는 적막하고 살아 있는 것들은 살아 있어도 살아 있는 것 같지 않았다. 그것들은 죽음의 공포에서 떨었다. 그런 면에서 낭만주의자들은 죽음의 공포를 면하려고 죽음을 아름다운 어떤 것으로 미화하려는 작위가 행해지고 있었다고 할 수 있다.

그럼에도 불구하고 우리에게 밤은 쉬는 시간이고 따뜻하고 안온한 시간이다. 밤이라는 시간의 장에는 어둠이 가득 차 있으면서도 비어 있다. 차 있으면서도 비어 있는 그곳에는 모든 존재물들이 함께 머물러 있다. 우리는 그 '곳' 에 있다. 모든 존재와 존재를 싸고 있는 어둠을 우리는 품고 있다.

어둠이 우리를 감싸고 있으되 우리 또한 어둠을 품고 있다면 우리는, 즉 '나' 는 우주가 되고, 우주와 나 사이에는 경계가 없어진다. 무한대가 된다. 상상의 세계, 시의 세계는 이리하여 무한한 넓이와 깊이를 가지게 되며, 그윽한 어둠을 가지게 된다. 도가에서 말한 현오玄奧와 같은 것이 된다.

우리는 시를 어디까지 밀고 가야 하는가. 그윽한 어둠에까지 밀고 가야 하는가. 아니다. 시는 지극한 것을 바라되 지극한 것은 아니다. 시를 너무 밀고 가면 아무것도 보이지 않고 시도 없어져 버린다.

무엇이 있는 곳에, 들판과 같은 곳에 시는 있다.

어둠은 없는 것이 아니고 사물의 뿌리를 감고 있는 어떤 것일 터이다.

어둠은 '속'과 '사이' 속에 있다. 시인은 어둠의 심리학을 깨우쳐야 시를 가지고 놀 수 있는 틈이 열린다.

시는 마침표보다 말없음표를 중시하는 면이 있다. 말없음표는 말이 휴지하는 것이고 숨을 깊이 들이쉬는 대목이다.

속의 심리학에서는 작은 것이 크다고 할 수 있다.

그림자가 대지를 가릴 수 있다. (그렇다면 그것은 저녁이 되겠지요?)

시가 머리를 들고 일어나고 드러눕는 곳은 들녘이다.
우리는 들녘을 어떤 개념이나 의미, 이미지로 정의하려고 해서는 안 된다. 그러면 그 들녘은 죽어버린다.
시인들이 시를 쓰고 또 써도, 여전히 들녘은 무경계로 남아 있다. 도가에서 말한, 눈도 없고 귀도 없고 숨구멍도 없고 똥구멍도 없는 그런 것과도 같다.

어떤 사람은 '자연 속에 있다는 것은 나에게는 종교'라고 했다. 자연 속에 있다는 것은 자연을 숨쉬고 자연을 걷는 것이다. 인도 사람들은 40을 넘으면 집을 떠나[出家] 길을 걸었고 중세의 유럽 사람들도 성지순례를 떠났으며, 주몽도, 유리도, 온조도 비류도 산을 넘고 강을 건넜다. 역사와 종교는 산을 넘었다. 고비사막에는 산을 넘은 사람들의 해골이 널렸다. 해골은 모래가 되고 먼지가 되어 날려갔다.

시인들은 혜초와 같이 산을 넘어가는 자이다.

그러니, 어떻게 시를 쓴다는 일이 어렵지 않을 수 있겠는가.

어떻게 오아시스와 신기루를 만나는 행복을 꿈꾸지 않을 수 있겠는가.

시를 쓰는 모든 사람들이 종국에는 들어가 누울 들녘에 대하여—『월튼』의 저자인 소로는 다음과 같이 말했다.

"강낭콩 밭으로 들어갔을 때 나는 귀뚜라미 소리를 들었다. 처음에 나는 귀뚜라미 소리만을 들었다. 그런데, 그 소리가 멈추고 나자 다른 소리가 가느다랗게 들렸다. 온 들녘이 부르는 노랫소리라는 것을 한참 뒤에 나는 알았다."

귀뚜라미 소리가 그치고 난 소리, 들녘의 소리가 있다. 우리는 그것을 들으려고 해야 하며, 그 쪽으로 귀를 기울여야 한다.

4. 말과 침묵에 대하여

'태초에 말이 있었다. 말은 하나님과 함께 있었으며, 말이 하나님이었다' 는 「요한복음」 1장 1절을 뒤집으면 '태초에 암흑이 있었다. 암흑은 하나님과 함께 있었으며, 암흑은 하나님이었다' 가 되고, 다시 태초의 말을 침묵으로 바꾸면 '태초에 침묵이 있었다. 침묵은 하나님과 함께 있었으며, 침묵은 하나님이었다' 가 된다. 말과 하나님, 말과 침묵, 말과 암흑은 동전의 안팎이든가 같은 것이다.

그러니까 말이 있었거나 태어난 곳은 어둠 속, 즉 침묵 속이다. 거대하고 깊은 침묵 속에서 하나님은 최초의 말씀을 하셨고, 침묵은 말을 잉태하고 말에게 젖을 물리고 말을 키웠다. 침묵은 어머니였다.

인간의 주거가 도시화되고 말들이 많아지면서 침묵의 활동영역은 줄어들어 갔다. 침묵은 자정이나 자정의 변두리에, 들녘에 기거하게 되었다. 그렇다고 침묵이 우리 주변에서 역할을 중지한 것은 아니다. 침묵은 그림자와도 같이, 바람소리와도 같이 우리 뒤에, 우리 옆에 보이지 않게 있으며, 역할하고 있다.

막스 피가르트는, 우리가 일상대화를 나누는 저자거리에서도 침묵은 너와 나 사이에서 보이지 않게 개입하고 작용한다고 말한 바 있다.

침묵은 동양화의 여백餘白과 같거나 근거리에 있다.
동양화에서 산이나 나무, 구름, 새, 바위, 강은 여백 위에 떠 있다.

우리는 종종 여백을 상상속에서 완결하도록 비워둔 공간이라고 하는데, 이것은 올바른 해석이라고 할 수 없다. 동양화에서의 여백은, 우리가 모든 것을 알 수 없고, 또 무엇인가를 그린다거나 적출한다는 것은 참모습을 그리거나 적출한 것일 수 없으며, 한정된 의미밖에 지닐 수 없기 때문에 미완성으로 놔두는 것일 뿐이다. 헌데, 일단 미완성으로 놔두는 공간은 미완성이기 때문에 상상력을 비교적 자유스럽게 하고 비교적 해방감을 맛보게 해준다. 따라서 한 폭의 동양화는 완성된 그림으로 우리 앞에 있는 것이 아니고 미완성으로서, 미완의 문을 열어주고 있을 뿐이라고 해야 한다.

근자에는 산문시가 득세하고 있으며 연이 거의 자취를 감추고 있다. 그럼에도 불구하고 연의 중요성을 인식하지 못한 시인은 없다. 연의 소중함을 모르는 시인은 시인이랄 수 없다. 우리 근현대사에서 시의 최절정기라 할 수 있는 30년대 후반에는 연을 지키지 않

는 시인은 없었다. 정지용, 서정주, 오장환, 박목월, 이육사, 김현
승, 윤동주 등은 모두 연을 소중히 여겼으며, 그 중에서도 이육사는
연은 철두철미하게 지켰다. 「광야」를 보자.

까마득한 날에
하늘이 처음 열리고
어데 닭 우는 소리 들렸으랴

모든 산맥들이
바다를 연모해 휘달릴 때도
차마 이곳을 범하던 못하였으리라

끊임없는 광음을
부지런한 계절이 피여선 지고
큰 강물이 비로소 길을 열었다

지금 눈 내리고
매화향기 홀로 아득하니
내 여기 가난한 노래의 씨를 뿌려라

다시 천고의 뒤에
백마 타고 오는 초인이 있어

이 광야에서 목놓아 부르게 하리라

이 시는 1연에서 3연까지, 하늘이 처음 열리고 산맥들이 뻗어나가고 강물이 길을 열고 흘러가는 창세의 모습을 그리고 있다. 그 중에서도 1연 3행의 '어데 닭 우는 소리 들렸으랴' 는 특별한 면을 지니는데, '~랴' 라는 종결어미는 '어디 닭 우는 소리 들렸을 것인가' 라는 문법적 의미와 '어찌 닭 우는 소리가 들리지 않았을 것인가' 라는 숨은 의미를 이중으로 지니고 있기 때문이다. 2연 3행의 '차마 이곳을 범하던 못하였으리라' 라는 구절도 '범하지 못하였을 것' 이란 뜻과 '범할 수도 있었을 것' 이라는 이중의미를 지니고 있다. 이 같은 이중 의미는 4연의 '지금 눈 내리고 / 매화향기 홀로 아득하니 / 내 여기 가난한 노래의 씨를 뿌려라' 를 풍부하게 하기 위해서라고 나는 생각한다. 이때의 풍부함은 태초로부터 비롯되는 역사의 비장함을 뜻할 뿐 아니라 긍정, 부정, 비원, 연민, 광기, 몽유가 겹겹으로 흐르면서 연출하는 만감의 노래를 뜻한다. 시인은 만감의 노래의 씨를 지금, 홀로, 여기 뿌린다고 말한다. 지금, 여기가 1930년대 후반 일제 감정기를 말하는지, 인간의 비극적인 어느 시간을 말하는지 알기 어렵다. 보다 중요한 것은 시간이 아니고, 어떻게 이 작은 시가 태초로부터 지금까지를 거느리고 있는가이다. 답은 간단하다. 연과 연 사이에 있는 침묵의 도움을 적극적으로 받고 있기 때문이다. 침묵은 불가능한 것을 가능하게 만든다. 침묵은 축지법과도 같다. 축지법이 설화적인 것이라면 침묵은 매우 서정적인 것이다. 시는 서정적인 거리와 서정적 시선에서 씌어진다. 그리고 서정적 침묵의 도움에 의해서 완성된다.

원元 말, 사대가四大家의 한 사람인 예운림은 말없이 산책하기를 좋아했던 듯하다. 중기의 그림에는 화가 자신이라고 여겨지는 사람이 홀로 나무와 바위 새를 걷는다. 쓸쓸한 기운이 넘친다. 그런데 말기에 이르면 화면에는 사람도 사라지고 나무도 두세 그루 남을 뿐이다. 말기의 걸작으로 꼽히는 「용슬제도」에는 무인정자無人亭子가 주인공처럼 화면 중앙에 그려지고 강 건너 산이나 나무들은 정자의 격을 살리기 위한 배치물로 보인다. 예운림은 그 그림 제목을 「용슬제도」, 즉 무릎을 위한 방이라고 붙였다. 예운림이 기거했던 방은 무릎을 꿇고 앉아야 할 정도로 작았던 듯하다. 그런데 이「용슬제도」에서 우리가 가장 주목해야 할 부분은 정자가 있으되 주인은 없으며, 나무가 있으되 바람이 없다는 것이다. 화면에는 소리가 없다. 침묵뿐이다. 일본의 미술사가들은 '무인정자'를 침묵의 그림, 침묵의 법이라 했다. 이후로 '무인정자'는 명대와 청대에 이어지고 우리나라에서는 추사에 의해 「세한도」가 그려진다.

왜 동양의 화가들은 그들의 그림 속에 사람을 없애고 침묵을 그리려 했는가. 침묵은 무엇이며, 무엇을 의미하는가. 말이 없는, 쓸쓸한, 그것인가. 말이 없는 죽음인가.

우리는 예운림도 아니고 추사도 아니므로 쓸쓸함 때문인지 죽음 때문인지 단정하기 어렵다. 그러나 언어는 성스런 침묵에 기초한다는 괴테의 말을 떠올린다면 사람을 화면 밖으로 내보낸 일이 이해될 법도 하다. 쓸쓸함과 지극함(죽음)의 지극함[無]에 이르기 위해서는 아무것도 없어야 하고, 아무 소리도 없어야 할 것이다. 그런 쓸쓸함, 그런 죽음, 그런 무를 우리는 성스럽다고 말하지 않을 수 없을 터이다.

(내가 왜 그림 속의 쓸쓸함, 무, 침묵을 말하고 있는가 하면, 동양에서 詩와 畵는 '詩中畵 畵中詩'에서 보듯이 별개로 여기지 않기 때문이다. 그리고 시에 나타난 무 혹은 침묵보다 그림에 나타난 무 혹은 침묵이, 우리를 이해의 공간으로 인도하는 데 효과적이라 여기기 때문이다.)

예운림의 그림에서와 같이 시도 지극한 경지에 이르려면 무 속으로 침묵 속으로 들어가야 한다.

행과 행 사이, 연과 연 사이에는 침묵이 자리하고 있으며, 행과 연들은 침묵을 죽이고 싶도록 필요로 한다.

나는 침묵이 두렵다.

나는 연 가름을 하지 못한다. 그 사이에 있는 침묵을 계산하기도 어렵고 들여다보기도 어렵기 때문이다.

시는 침묵 속에서 태어나고 완성된다고 나는 지금까지 말하고 있는 셈이지만, 시를 다 쓰고 나서도 여전히 그 뒤에는 침묵이 도사리고 있으며 무한히 펼쳐져 있음을 나는 본다. 나는 그 침묵을 되돌아본다.

김소월과 박목월, 김현승, 윤동주는 침묵을 효과적으로 운용했던 시인들이다.
특히 다음과 같은 윤동주의 시—

빨리
봄이 오면
죄를 짓고
눈이
밝아

이브가 해산하는 수고를 다하면

무화과 잎사귀로 부끄러운 데를 가리고

나는 이마에 땀을 흘려야겠다

시를 끝내고 책상에서 물러났을 때마다 나는 과연 내 시가 어둠과 침묵을 거느리고 있는가 질문해 본다. 두말할 것도 없이 내 시는 그런 어둠과 침묵을 거느리고 있는 경우가 거의 없다. 있다고 하면 그림자 정도일 뿐. 허나, 나는, 그림자 정도에도 감사해서, 손을 여미고, 고개를 숙인다.

5. 말과 민족에 대하여

말이 민족과 민족의 역사를 지니고 있다면 침묵은 우주와 우주의 역사를 지니고 있다.

말의 속박은 여기서 끝나지 않는다. 말은 지방성과 계층성, 시대성을 담는다. 말은 역사라는 위도를 벗어날 수 없다. 시선 혹은 거리(정서적)라는 경도도 벗어날 수 없다. 그럼에도 시의 말은 그 모든 조건과 관계를 벗어나야 한다. 그것들을 부숴뜨려야 한다.

시는 시간과 공간 위에 세워진 집이다. 언어로 지은 집이다.

마당에 대하여

어느 상가집에서였다. 고인의 친구였거나 지인들이 전등과 행자상을 가운데 두고, 고인의 이야기를 나누고 있었다. 시인이자 영문학자였던 송욱 선생이 이야기를 이끌어 갔다. 그런데 이야기가 조금 길어진 듯싶자 젊은 평론가가 "또 '타작' 시리즈가 계속되는군요."라고 틈을 비집고 나왔다. 폭소가 터졌다. 서너 달 전에 출간된 『문물의 타작』이라는 선생의 평론집 이름을 두고 한 말이었다.

한글학회 편 『우리말큰사전』에 따르면 타작이란 '곡식의 이삭을 떨어서 낱알을 거두는 일'이라고 풀이하고 있다. 보다 자세히 설명하자면 농가의 마당에서 농부들이 그 해 수확한 조나 수수, 콩을 도리깨를 쳐서 낱알을 거두는 일을 타작이라 하는 것이다. 그러니까 송욱 선생은 시나 소설작품들을 그의 이론과 논리로 쳐서 알맹이를 거두는 작업이라고 그의 평론을 정의했던 것이고 그만큼 그의 평론을 의미로운 것으로 자부했던 셈이다. 젊은 평론가도 그 점을 꼬집어, 거기에 '시리즈'를 붙여가지고 웃음보를 터뜨리게 했던 것이다.

말이란 것은 이렇게 잘 쓰일 때 지극한 묘미를 발한다. 타작打作이란 말도 그렇다. '두들겨 패서 만든다'는 말을 누가 만들었을까. 아마도 이 말은 마당이라는 농본문화의 소산으로 보이는 공간이 형성되고 나서 만들어졌을 것이고, 그 마당이 풀 하나 먼지 하나 없이 정결하게 쓸고 닦여지고 나서 의미를 발하게 되었을 것이다. 초여름이면 햇빛이 가득 넘치고 가을이면 스산한 기운이 넘실거리는 마당, 그것은 농업공간이라고 하기보다 농업적이면서도 선禪적인 공간이라는 생각이 절로 우러난다.

마음이 고요한 날은 마당도 고요하다는 말이 있다. 티끌 하나 없이 정결하게 닦여진 마당을 보노라면 우리네 선조들은 어떻게 이런 마당을 만들어냈을까, 마당을 쓸면서 마음의 구원을 얻으려 한 것이 아니었을까, 그렇다면 마음의 죄라는 것은 무엇이었을까, 삶의 괴로움 같은 것이 아니었을까 하는 의문형 서술격조사들이 줄을 지어 일어난다. 실제로 햇빛 밝은 날, 방문을 열고 마당으로 나가면 답답했던 마음이 풀리고 콧노래가 흘러나온다. 그런 밤에는 희고 둥근 사발에 정화수를 떠놓고 하늘에 빌고 싶어진다.

빈다는 것이 무엇인지 모르는 나도 날이 밝으면 문을 열고 마당으로 걸어나갔다. 꽃을 심기 좋아했던 나는 장독대와 놈새밭에다 채송화, 백일홍, 분꽃, 구절초 등을 심었고, 뒤에는 마당으로까지 영토를 넓혀 나갔다. 그러다가 7, 8월이 넘어서는 어느 날 학교에서 돌아오면 마당의 꽃들은 모두 뽑히고 그 자리는 원래의 모습으로 복원되었다. 지금 생각해 보면 마당은 꽃들이 들어설 곳이 아니었다. 농구들이 들어설 곳도 아니었고 짚단들이 들어설 곳도 아니었다. 마당은 한없이 넓게 깨끗하게 빈 공간이었다. 철학자 코제브는 헤겔을 논하면서 반지를 반지이게 하는 것은 반지의 빈 공간 때문이라는 유명한 말을 남겼지만 우리네의 마당도 돌담장이나 바자울로 구획진 공간이면서 하늘로 무한히 열려진 열린 공간이었다. 비어 있는 무의 공간이었다. 그곳에는 노동의 땀과 가족의 충만한 사랑과 꿈이 피어오르고 가라앉고 또 피어오르는 곳이었다.

내가 열한 살까지 살았던 우리집 마당은 동쪽으로 흙돌담이 쳐 있고 남쪽으로 사철나무 울타리가 있었으며 서쪽으로는 7, 80평은 돼 보임직한 놈새밭이었다. 그 놈새밭 뒤로 밭들과 들이 시작되고 참솔나무들이 수십 그루 서 있는 솔밭을 지나 큰 산, 그리고 그 뒤에 서남해 바다가 출렁거렸다. 우리 집은 마을 서쪽 끝에 밭과 산과 바다를 끼고 있는 셈이었다. 뒤안에 있는 제법 키가 큰 뽕나무에 올라가 보면 밭과 산과 바다가 한눈에 들어왔다.

놈새밭에다 할머니가 심은 무 장다리들은 5월이면 연푸른 꽃을 피워 나비들을 부르고 가장자리에 심는 부추와 상치들은 점심 때마다 살짝 데쳐 상에 올랐다.

늦봄과 늦가을에는 아버지가 마당에서 타타탁 타타탁 도리깨질을 했고 어머니는 부엌에서 밥을 지었다. 되돌아보면 우리 집은 어머니 품속처럼 따뜻했고 아늑했다. 마당도 시원했고 놈새밭도 넓었고 뒤안의 장독대와 나무들 새로 내린 그늘도 정취가 흘렀다.

그렇다고 해서 우리 집이 '무의도곡'과 같은 정취가 있었다고 말하는 것이 아니다. 시골 구석의 농가에 어떻게 '무의도곡' 같은 정취가 있었겠는가. 우리 집에는 가난과 누추가 깊은 산의 청태처럼 덕지덕지 끼여 있었다. 그런 일방으로(그렇기 때문에) 우리 집에는 가진 것이 별로 없었고 욕심이 없었고 물과 같은, 무와 같은 것이 있었다. 우리 집에는 청빈이 있었다. 조선 선비들이 매우 소중하게 여겼던 청빈은 우리 집만이 아니고 이웃집에도 그 이웃집에도 상주하고 있었으며, 청빈의 상주처가 바로 마당이었다. 마당이 없는 농가를 떠올릴 수 없고 마당 없는 기와집을 상상할 수 없다.

아침부터 마당에는 햇빛이 비추고 바람 따라 티끌과 먼지들이 날리고 구름 사이로 달과 별이 달렸다. 비가 쏟아지고 눈이 펄펄 내리는 날도 있었다. 그런 마당에서 남정네들과 여인네들은 뻘뻘 땀 흘리며 일을 했고 아이들을 길렀고 손님들을 맞거나 보냈다. 한밤중에는 정화수를 떠놓고 빌기도 했다. 또 마당은 살기 힘들거나 괴로운 사람들이 홀로 배회하는 공간이기도 했다. 사육신의 한 사람인 박팽년이 죽음을 무릅쓰고 수양대군을 반대하다가 다음과 같은 시조를 짓는다.

까마귀 눈비맞아 희는 듯 검노매라
야광명월이 밤인들 어두우랴
임 향한 일편단심이야 그칠 줄이 있으랴

아마도 박팽년이 이 시조를 지을 때 마당 어느 모서리를 걷고 있었을 것이다. 걸음걸이가 무거웠을 것이다.

어느 사람이 햇빛이나 달빛을 받으며 걷는다는 것은 흰색과 관계되는 면이 있다. 한자의 흰 백白은 日 위에 상서로운 징조를 나타내는 ′이 그어져 있다. 하늘에서 내려오는 이 사선(′)은 박혁거세 신화나 주몽신화에서 보듯이 천인하강의 의미를 지닌다. '희다' 는 뜻의 일본어 siro도 그 어근인 sil에는 햇빛이 내린다는 뜻이 있다.

그러나 이때의 '희다' 에는 반드시 좋은 뜻만 있는 것은 아니다. 거의 모든 말들이 이중의 의미가 있듯이 '희다' '흰' 에도 서쪽과 가을〔白秋〕의 의미가 있다. 동쪽에서 서쪽으로 사라지는 것이고 하늘에서 떨어지는 것이다. '무' 가 되는 것이다. 그런데 이때의 '소멸'과 '무' 는 사라지고 없어지는 것만이 아니고, 무 속에서도 더불어 '유' 를 존재케 하고 '유' 를 떠받드는 생성의 의미를 지닌다.

이런 면은 동양화에 잘 나타난다. 동양화에서 '무' 는 여백이다. 여백은 산이나 강의 뒤에서 산이나 강을 떠받들고 확장하는 상생적이며 상보적 존재다. 다시 말하면 여백은 산이나 강을 보이는 세계를 넘어 보이지 않는 세계로 끝없이 확장시키고, 보이는 세계를 보이지 않는 세계이게 한다. '무' 가 '유' 를 만들고, '유' 가 '무' 로 되는 것이다. '유' 와 '무' 는 부분과 전체, 은유와 제유와도 통한다. 부분은 산이나 강이고 전체는 무의 바다가 되며, 은유가 동일화라면 제유는 동일의 근거를 마련한다. 동아시아적 사고의 근간이 되는 '무' 와 '유' 에는 '다름' 도 없고 '아님' 도 없다. 차이가 없다.

흰 마당에는 '유'를 껴안은 '무'가 햇빛과도 같이 달빛과도 같이 출렁거리고 있을 뿐이다. 바슐라르 식으로 말하자면 마당은 시가 출렁거리거나 숨어 있는 하얀 대지, 침묵하는 대지라 해도 된다.

마당이 침묵하는 대지라고 한다면 그 마당은 밤의 마당이다. 밤의 마당은 캄캄해서 아무것도 보이지 않는다. 아무것도 보이지 않는다고 해서 아무것도 없는 것은 아니다. 어둠 속에는 무엇이 차 있다. 아니 그것이 있으려고 한다. 밤의 마당에는 어둠의 인자들이 움직이고 있거나 멈추어 서 있다. 이때의 움직인다는 것은(멈추어 있다는 것도 움직임의 동작 중 하나다) 두 가지 면이 있다. 하나는 어둠의 처소인 땅 속으로 들어가려 하는 것이고 다른 하나는 빛 속으로, 하늘로 올라가는 것이다. 실제로 어둠-밤에는 두 면이 모두 있다. 그래서 밤의 예찬론자들은, 밤이란 천상과 지하를 향해 끊임없이 운동하는 시간이라고 본다. 요컨대 내가 말하고자 하는 것은, 밤에는 모든 것들이 내재해 있으며, 모든 것들이 가능성으로서 있다는 것이다.

그와 같은 밤에 대해 무지막지하게 막가파 식으로 생각하던 때가 내게도 있었다. 20대 초반이었다. 그 무렵 나는 눈을 뜨면 말이란 무엇인가라는 화두와 싸웠다. 어떤 이론을 가지고 그랬던 것은 아니다. 우리 시대에는 이론이 없다시피 했으며 이론서적들도 거의 없었다. 나는 자고 일어나면 말이란 무엇인가, 말은 어디에 있는가, 무엇을 하고 있는가 하고 질문해댔으며, 그런 어느 날, 태초에 말이 있었다는 요한복음의 한 구절이 떠올랐다. 그러자 태초에 말씀이 있었다면 태초 이전에 말은 어디 있었는가, 태허 속에 있었는가, 그렇다면 태허란 말이 태반과 같은 것이었단 말인가 하는 질문이 뒤를 이어 따라왔다.

마당과는 그다지 상관이 없을지도 모르는 이야기로 우리는 많은 원고지를 허비하고 있는데, 그렇다고 할지라도 마당은 캄캄한 밤을 상정하지 않고서는 그 내부로 들어갈 수 없다. 울타리 안에서 마당은 한 대지다. 적어도 시적 상상력 속에서는, 마당은 포크레인이 들어간 적이 없는 북만주이거나 시베리아다. 개간되지 않은 밤을 가지고 있기 때문에 대지가 숨쉬고 꿈꿀 수 있듯이 마당도 밤을 가지고 있기 때문에 숨쉬고 꿈꿀 수 있다. 밤을 생각할 때마다 나는 리용에 있다는 코르뷔제의 투레트 성당을 떠올린다. 절제된 빛이 음악과도 같이 실내의 어둠속으로 흐른다는 투레트 성당에는 돌들이 몇 개 빛 속에 놓여 있고 지친 영혼의 소유자들이 문을 밀고 들어와 돌에 앉는다. 성당의 어둠은 그들을 안아주고 감싸준다. 사람들은 잠시 침묵과 기도와 명상에 잠긴다. 나의 영혼도 근원이 숨쉬고 있는 듯한 투레트 성당으로 향한다. 그러고 보면 나는 근원을 찾아가는 영성주의자거나 그것을 잃지 않으려고 발버둥치는 고전주의자인지 모른다.

나의 근원은 내가 열한 살까지 살았던 고향의 하얀 마당에 있었다. 그곳에는 아침해가 뜨고 저녁 어스름이 내리고 별이 반짝이고 비바람과 진눈깨비와 싸락눈이 내렸다. 아버지는 싸리비로 눈을 쓸고 어머니는 솔가지로 불을 지폈다. 사철나무 울타리들을 울리는 바람소리 속에서 어린 나는 어기적어기적 마당을 돌아다녔다. 먼 길을 떠나셨던 아버지가 돌아오시는 꿈을 꾸었고, 정말로 다음 날 아버지가 돌아오신 적도 있었다. 할머니는 공중으로 나를 번쩍 들어올리셨다. 나는 놀라 소리질렀다. 그 마당이 이제는 산 너머 먼 서남해 가에 있다. 어머니의 둥근 무덤도 바다를 내려다보며 있고 할머니의 무덤은 산을 하나 너머에 있다. 나의 근원적인 말과 말의 풍경도 그곳에 있다.

나의 시들은 내 서재와 책상 위에 있는 것이 아니고, 모두 그곳에, 그 빛과 어스름 속에 있다.

귀심歸心

십여 년 전, 관조에 대해서 들려주던 한 스님의 말이 떠오른다. 두륜산 중턱의 작은 암자에 머물고 있던 스님은 청화淸華라는 깨끗한 이름을 가지고 있었는데, 어느 날 그 분은 무슨 이야기 끝에, 화두話頭에서 비롯되는 선禪은 완전한 선에 이를 수 없다고 했다. 이미 주어진 화두는 흔적을 지우기 어렵다는 것이다. 그래서 스님은 그의 선으로의 길을 화두라는 질문 방식을 버리고 보는 방식을 택한다고 했다. 스님은 나무들을 보고, 시냇물을 보고, 바람을 따라 산 밑에서 일어나는 작은 물방울들의 안개를 본다. 안개는 나무들을 가리고 산을 가리면서 천천히 밀어오다가 어느 틈엔지 햇빛 속에서 자취를 감추어 버리고 만다. 그러한 안개와 바람과 나무들의 움직임을 보고 있으면, 그것들은 저 먼 곳의 사물과 소리들을 느끼게 하고, 저 먼 곳을 보는 그 같은 방법은 자신을 한없이 고요하게 하고 사물을 있는 그대로 보게 한다는 것이다. 스님은 저 먼 곳의 소리를 듣는다고까지 했다. 물론 나는 믿지 않았다. 인식을 통해서 사물을 이해하고 사물끼리의 보이지 않는 관계를 보아온 내가 스님의 말 속에서 얻은 것이라곤 기껏해야 '본다' 라는 말의 고요함과 투명함에 대한 매혹 정도였다.

　우리가 고요하게 사물과 접할 수 있다는 것은 크나큰 기쁨이고 행복이리라. 그리고 그 기쁨은 반드시 고요하고 아름다운 사물이라는 조건을 통해서 만날 수 있으리라. 그러나 과연 인간이 고요하고 아름다운 사물만을 만날 수 있을까. 아름다운 사물이란 이미 아름답지 않은 사물을 전제로 한 것이고, 또한 사물을 의미화하는 우리들의 내부에 이미 미추의 감정이 도사려 있음으로써 그것을 아름답다든지 추하다고 느끼게 되는 것이 아닐까. 되풀이하자면 청화스님 같이 사물을 고요하게 보기 위해서는 우리 자신이 고요한 마음을 가지지 않으면 안 된다. 우리 자신에게서 선악과 미추의 갈등요소가 극복됨으로써만이 고요하게 사물을 볼 수 있는 여건이 놓여지는 것이다. 따라서 대립과 갈등을 극복하고 사물을 고요하게 볼 수 있다면 이미 본다는 문제는 명제가 될 수 없을 수도 있다. 여기서 우리는 '본다' 는 사고방식이 '나' 와 '너' 가 다른 존재가 아니라 동류일 때 가능하다는 것을 알 수 있으며, 이미 혼자 있을 수 없는 이 불행한 시대에서는 그러한 사고가 역할을 하기 어렵다는 것을 알 수 있다. 불행의 단초는 '나' 와 '너' 가 의견의 일치를 보지 못하는 데서 시작된다. '나' 와 '너' 가 의견의 일치를 보지 못하는 상태에서는 일념적—念的인 규범은 태어나기 어렵다. 그럴 때 우리는 대립적이고 갈등적 존재가 되는 것이다. 이 질곡을 극복하기 위하여 우리는 끊임없이 왜, 무엇 때문에, 어떻게 하고 현장을 검토하고 해부하게 되는 것이다.

그러나 '본다' 는 그 정적인 인식 방법을 믿지 않고 질문의 방법을 통해서 자기를 찾고자 했던 내가 그 길에서 과연 무엇을 얻을 수 있었던 것일까. 20세기의 질병인 혼돈과 불안과 파괴착종 이외에 그 무엇이 있었던가. 나는 지금까지 내가 터득하여 온 시를 꾸미는 방법, 말과의 친화, 유년시절에 갖는 자연에의 그 모성적 체험 등이 하나 하나 빛을 잃어버리고, 급기야는 그것들을 무화시키는 저 끝을 모르는 질문의 근원까지 먹구름이 끼는 것을 보았다. 물론 이러한 먹구름은 저 질문의 내부에 똬리를 틀고 있는 근원적인 것들보다도 우리 삶이 운영되고 있는 생생한 현실과 우리 마음이 하나로 친화를 이룩하지 못하기 때문이라는 것을 안다. 나와 남의 만남이 어긋나고 타율적인 요소에 의해서 교묘히 끊임없이 저지되는 현대와 같은 시대에서는, 인식은 행위의 근간이 되지 못한다. 그래서 사회적 중심이념이 생성되지 못하고 사람들은 방황할 수밖에 없으며, 그 정신적 방황은 급기야 사회적 방황을 자초하고 한 시대를 유랑인으로 가득 차게 한다. 어떤 사람도 떠돌지 않는 사람은 없다. 어떤 소리도 떠도는 소리가 아닌 것이 없다. 우리의 시도, 산문도 심연 위에 뜨고 흐르는 것이 되어 간다. 돈의 노예가 된 여자들은 돈을 모으기 위하여 이 아파트에서 저 아파트로 옮겨다니고, 아이들도 이 학교에서 저 학교로 옮겨다닌다. 오랜 시간을 통해서 나누는 친구의 우정이 그들에게는 없다. 고향이라는 말 또한 저 바다와 노

을로 싸인 산야와 사투리 등이 혼연일체가 되어 이루는 그리움의
저수지 같은 뜻을 지니지 못하고 호적등본의 필수사항인 본적지 이
상의 것이 되지 못한다. 그러한 유랑적 삶을 어떻게 극복하고 삶을
본래적인 것에로 되돌릴 수 있을까. 그 본래적인 삶을 찾기 위해서
나는 시를 쓰고 있는 것이겠지만, 시작의 나이가 쌓여 갈수록 나는
그 거리를 좁히기보다는 점점 더 멀어져 감을 느낄 뿐이다.

고향이라는 말을 쓰다보니 생각이 나는데, 한없는 유랑생활이
라고 해야 마땅할 서울살이 십여 년의 어느 날 안수길安壽吉 선생댁
을 찾아간 일이 있었다. 가을이었다고 생각된다. 누추한 골목을 돌
고 돌아 대문을 밀고 들어가자 선생은 늙은 학 같은 주름살 많은
얼굴을 들고 집을 찾기가 불편하지 않았느냐고 했다. 한참 골목을
헤맸다고 대답하고 나서, 선생님도 아파트로 이사가지 그러느냐고
했더니 이사가고 싶은 적이 한두 번이 아니지만 저 나무 때문에 갈
수가 있어야지, 저거, 저거 내가 이 집에 이사와서 심은 거거든. 선
생은 안경 낀 얼굴을 들어 마당의 한 나무를 보았다. 지붕을 넘을
까 말까한 볼품없는 나무였다. 그러나 선생이 심고 기르고 사랑한
나무였다. 아하, 선생은 저렇게 세계에 마음을 주고 뿌리를 내렸구
나 하고 나는 생각했고, 그런 그 분의 월남행越南行이 얼마나 마음
아픈 것이었나를 생각했고, 그 분에게 통일의 염원이 얼마나 큰 것
인가를 생각했다. 그때 그 분은 「귀심歸心」이라는 연재소설을 쓰고
계셨다. '歸心' 이란 자의字意 그대로 고향으로 돌아가고 싶은 마음
이다.

이 가을 들어서, 선생이 '귀심'을 쓰신 것은 다만 고향으로 가고 싶은 마음을 담고자 해서가 아니라, 글의 고향, 진정한 삶의 고향으로 가고자 한 그 분의 개결한 정신을 함축한 것이 아니었을까 하는 생각이 든다. 바로 그것이 그 분의 문학적 이상이었으리라. 이런 생각이 머리에 떠오를 때마다 장례식에 참석치 못하였던 나의 불초가 뉘우쳐지고, 그 뉘우침과 더불어 사람은 생을 완결짓고 가는 것이 아니라, 선생이 나무와 함께 문학하는 우리들을 두고 가셨듯이 기나긴 인간 역사의 일부분을 살고 갈 분이라는 깨달음이 온다. 그 일부분이 나의 몫이고 소중한 우리의 삶이 되는 것이다. 그러나 그 삶을 진정으로 살고 가자면 안수길 선생이 나무를 사랑하듯이 어떤 방식으로든 자기의 삶을 사랑해야 되고, 그 사랑을 뿌리내려야 될 것이다.

2월

　일 년 중에 가장 아름다운 달은 언제인가. 아름다운 달은 5월도 아니고, 8월도 아니고, 10월도 아니고, 겨울이 다 끝나가는 2월이라고 나는 한 스승께 들었다. 아름다운 것은 찬란하고 무르익고 완성된 것이 아니라는 것이다. 아름다운 것은 아름다움에로 가는 마음에 있다는 것이다.

　스승의 말씀과 같이 2월이 되면 땅 속 깊이 초록색 떡잎들은 영차영차 소리하며 지표로 솟아오르고 갖가지 나무들도 잎을 피우느라 애를 먹는다. 가장 먼저 봄을 알린다고 해도 되는 강가의 버들개지들은 이때가 되면 털복숭이 같은 것을 두르고 나오는데, 나오는 일이 얼마나 힘이 드는지 거죽이 뻘겋게 피멍이 들어 있다. 사람들은 그것들이 아름다워서 한 아름 꺾어가지고 와 화병에 꽂아놓고 봄을 맛본다.

　2월 말이나 3월 초에 강가로 가면 봄을 맛볼 수 있는 것이 널려 있다. 얼음이 녹으면서 무너져 내리는 흙더미에서도 생땅 냄새가 나고 강에서는 지독한 물내가 육감을 묘하게 동動하게 한다. 동한다는 것은 우리가 살아 있다는 것이요, 저 강과 흙과 나무들이 우리를 살게 한다는 뜻이다. 2월의 들에는 동하지 않는 것이 없다. 구름도 바람도 아지랑이도 움직이고 새들도 소리를 지르며 울기 시작한다. 나는 움직이는 것들을 따라 집을 나선다. 나는 뚝방길을 지나 붉은 모텔이 건너다 보이는 송호리 길로 들어선다. 산책길에는 시를 쓰는 친구며 직장 동료들(옛날), 고교동창생들의 얼굴이 주마등처럼 떠오르고, 그들과의 추억은, 그들이 오늘 살고 있는 현실까지도 끌고 온다.

총선을 앞두고 있어서인지 요즘 우리 사회는 요구하고, 주장하고, 선언하고, 비난하고, 고소고발하고, 상욕을 하며 싸우지 않는 곳이 없다. 여당과 야당은 멱살을 잡기 일보 전이고, 두 공동여당도 등 돌리기 직전이다. 아버지와 아들 사이에도, 형제 사이에도 살육이 행해진다. 이렇게 '막가파' 세상이 된 것은, 원인을 따지자면 군사독재 30년으로 거슬러 올라가야 하고, 다시 6·25와 일제 강점기로 가야 한다.

하지만 과거시간이 현재를 책임질 수는 없다. 우리는 과거를 통해 오늘을 반성하고, 오늘을 개혁해 나가야 한다. 개혁이 없는 사회는 바랄 것이 없는 사회고 죽은 사회다. 시민사회단체들이 얼마 전, 개혁하려고 하지 않는 정치권의 몇몇 인사들에게 과감히 '낙선·낙천' 운동을 벌이겠다고 나섰던 것도, 시민사회단체들은 '경직된 오늘'에 안녕을 고하고 새로이 꿈꾸며 살고 싶었기 때문이고, 정치권의 몇몇 인사들은 예대로 살기를 고집했기 때문이다. 역사란 꿈꾸는 시간이라고 해도 된다. 역사만이 아니다. 저 나무나 새들이나 바람이나 강물도 꿈꾸고 싶어하며, 꿈을 꾸고 있다. 꿈꾸지 않는다는 것은 자연의 섭리를 거역하는 일이다. 겨울이 가고 봄이 오는 데에도, 겨울이라는 무겁고 낡은 외투를 벗어버리고 새로운 한 해를 새롭게 살고자 하는 자연의 의지가 거기 담겨 있다.

2월이 가고 3월이 오는 들녘에는 새로운 꿈을 실은 바람이 넘실거린다. 올해 들어 덕유산 기슭에는 안개비가 잦은 편이다.

그래서 그런지 겨울철새들이 벌써 떠나고 참새와 산비둘기, 까마귀들이 옛 영토를 회복하듯 기뻐 소리지르며 날아다닌다. 강물도 낮게 소리지르며 흘러간다.

강물이 소리지르며 흐른다는 말에는 여러 메타포가 실려 있다. 우리 몸을 씻고 마음도 씻는다는 뜻도 있다. 이때의 씻음에는 정화나 구원의 의미 차원을 넘어 생명의 환희작약이 있다. 설명하기는 어렵지만 거기에는 관능도 있고 쾌락도 있다.

올 봄에는 상욕을 퍼붓고 멱살을 잡으며 막가파식으로 살기를 그만두고 매일을 희망과 기대 속에서 환희작약하며 살았으면 싶다.

여행과 시집

1

최건의 기행시집을 읽으면서 맨 먼저 떠오른 것은 40여 년 전 한 일본화보 잡지에서 본 페르시아의 원주圓柱들이었다. 허허벌판에 수십 개의 원주들이 아직도 둥글고 반듯한 모습으로 하늘 끝까지 솟아오르고 있었다. 말할 수 없는 감동이 끓어올랐다. 왜 원주들은 무너지지 않고 저렇게 하늘 끝까지 솟아오르고 있는 것일까. 고대인들의 원망이 아직도 하늘로 솟아오르고 있는 것일까, 라고 나는 중얼거렸다.

일본의 한 미학자는, 고대 원주들은 고대문화의 광휘만을 지니고 있는 것이 아니라 그 문화를 세운 사람들의 피땀과 원망怨望까지도 지니고 있다고 말한 바 있다. 예컨대 아크로폴리스의 원주들은 그 기둥을 세운 노예들의 원망과 분노를 담고 있으며, 사르트르 사원의 기둥이나 노트르담 사원의 기둥들은 저물어가는 들녘을 향하여 고개 숙이는 프랑스 농부들의 기도가 담겨 있다는 것이다. 내가 왜 이 이야기를 하는가 하면, 여행자들이란 하늘 끝으로 솟아오르는 둥근 돌기둥에 대해서 탄식하며 울고 웃지 않는 이가 거의 없기 때문이다. 인류문화의 광휘보다도 그림자를 더 전해준다고 해야 되는 둥근 돌기둥들은 여행자의 발걸음을 멈추게 하고 그곳을 떠난 뒤에도 오래오래 그들의 마음을 그곳에 서 있게 한다. 최건 기행시집의 담론을 쓴 범대순 교수는, 여행이란 자기를 버리기 위하여 떠나는 것이라고 했지만, 나는 거기에 덧붙여 자기를, 자기 그림자를 그곳에 남기기 위하여 떠나는 것이라고 말하고 싶다.

최건은 그의 기행시집을 "기둥이여 지붕이여"라는 탄식으로 첫 페이지를 열고 있다. 아크로폴리스 언덕을 올라가 파르테논 신전을 둘러보면서 시인이 갖는 탄식은 고대와 현대, 상승과 하강, 생성과 소멸을 한꺼번에, 한 순간에 맛보면서 가슴 밑바닥에서 터져나오는 소리에 다름 아닌 것이다. 그것은 단순히 그리스문화에서 오는 것만도 아니고 서양문화에서 오는 것만도 아니다. 그것은, 문무백관들이 허리를 구부리고 늘어서 있는 경복궁의 주춧돌과 기둥들도 세계문화의 얼개가 되어 얽히고 설키면서 탄식의 소리를 자아내게 하고 있다. 시인은 파르테논의 둥근 기둥에서 인류문화가 이룩해 놓은 모든 둥근 기둥들을 동시에 보고 있다. 그 둥근 기둥들은 이미 소멸한 문화의 전통과 정신을 우리에게 전하고 있다. 시인이 거리에서 산 달걀 하나를 '민주주의 달걀'이라고 말하는 것도, 둥근 기둥만으로 남은 파르테논의 문화가 우리의 민주화운동과 '민주주의와 시장경제'로 이어지고 있다는 것을 보고 있기 때문이다. 시인이 첫 번째 시의 제목을 「기둥이여 기둥이여」라고 하지 않고 「기둥이여 지붕이여」라고 '지붕'을 덧붙이고 있는 것도, 그 문화는 우리와는 다른 것이었으되 우리 속으로 들어와 민주주의의 집을 짓고 있는 까닭이었을 것이다.

2

여행은 그 나라와 그 지방에서 해가 어떻게 떠오르고 어떻게 지는가를 보러 가는 것이라는 말이 있다. 실제로 한 나라와 한 지방을 하루나 이틀, 한 주일이나 두 주일 보고 말하기는 불가능하다. 각 나라와 각 지방의 역사와 문화는 여러 겹으로 이질적 요소를 가지고 있다. 그것을 짧은 시간에 분별해 내기는 어렵다. 우리는 그저 그 문화 위에 떠오르는 해와 지는 달을 보며 지나갈 뿐이다. 최건이 파르테논에서 에게해의 푸른 물을 내려다보며,

솟아라, 어서 붉은 해야
멈칫대지 말고 불끈 솟아올라
벌겋게 벌겋게 떠올라 안개 거두고
황금빛 문을 열어라

라고 외치는 것도, 그는 떠오르는 햇빛 속에서 파르테논의 기둥들을 보고 싶으며, 햇빛 속에서 다음 여정으로 떠나고 싶기 때문이다. 박두진의 「해」를 연상시키는 이 시는, 박두진이 어둠 속에서 어둠

을 살라먹고 (민족해방의) 붉은 해가 떠오르기를 기다리듯이 최건
도 그의 다음 여정을 여는 시간을, 과거와 영원을 잇는 고리 역할을
하는 현재 시간을 기다리고 있다. 그는 포세이돈이 황금갑옷에 황
금채찍을 들고 황금갈기를 날리는 말이 이끄는 황금마차를 몰아오
기를 기다리고 있다. 그리고 "이윽고, 수평선 멀리서부터 / 달리기
시작하는 마차의 바퀴에서 일으키는 / 황금빛 가루"를 보고 있다.
그는 말한다. "저 광휘를 보라!"고. 광휘는 빛이며 광명이다. 그는
그 광휘 속에서 다음 여행지로 향해 간다.

　　그러나 황금빛 가루를 뿌리면서 출발하는 그의 여행은 지중해적
기후와 정서가 그에게 황금정서를 회복시켜 주는 축복의 순간이라
고 봐야 한다. 행선지를 바꾸면 황금빛 가루는 사라질 수 있고, 시
인 자신에게 황금빛 정서가 준비된 것도 아니다. 우리 현대사에 황
금빛 시간들은 없다. 예컨대 아무르강이나 우수리강으로 향하면 파
행길을 걸어온 우리 현대사와도 같이 시인은 "뒤틀린 심사만큼이
나 / 지구는 이리 틀고 / 저리 꼬면서 / 한가닥의 줄기 좇아 본류로
/ 본류로 찾아 흘러"(「고도를 낮추니」)가고 있는 현실을 보게 되며,
시러스산 중턱에서도 "이리 굽고 저리 굽은 / 구절양장의 캐나디언
로키 하이웨이가 / 비뚤어지고 굽은 것 바로 펴지 못한 채 끊어졌
다 이어지며 이어졌다 끊어지는 / 耳順의 내 평생 고갯길로 엎디
어"(「선웝터 고개」) 있는 것을 본다.

　　그는 그의 인생이 여행에 다름 아닌 것을 안다. 인생은 그 누구
의 것이든 이리 틀고 저리 틀고 고통스럽게 진행되어 간다. 최건이

라고 해서 예외될 것이 없다. 그가 세계여행을 수차례 두루 돌아다
닌다 해도, 우리는 결코 그의 삶이 행복스럽다고 단언하기 어렵다.
특히 시베리아 기행시들은, 그것이 아주 섬세하게 서정을 거느리고
있는 것이라 해도, 시베리아의 현실답게 고통스럽게 표상된다. 그
는 아무르강 건너편으로 끝없이 펼쳐진 대지에 깜박거리고 있는 불
빛을 멀리 보며 그것이 인간의 의식이라고 생각한다. 그는 그 불빛
이 "희미하니 사그라들고" 있다고 말한다. 그것은 지평선 저 끝에
걸려 있는 불빛이기 때문만은 아니다. 그가 하루 머문 호텔의 자작
나무숲 속도 마찬가지다. 자작나무숲 속으로 난 산책길에는 밤새
뜬눈으로 지새운 가로등이 나그네의 발짝 소리를 기다리고 있으며
(기다린다는 것은 고통스러운 일이다), 안개가 아무르강 건너편으
로 흘러가 에워싸기가 바쁘게 후두둑후두둑 나뭇잎들이 여기저기
듣는 소리가 들린다(「아침탄주」). 나그네는 그 소리들을 들으며 모
닝커피를 마시고 새로운 길을 또 떠난다.

　여기서의 모닝커피는 간주곡과 같은 것일 뿐 그 이상의 의미를
갖지 않는다. 그러나 모닝커피는 그의 목을 축여 주고 안개 속의
나무들을 천천히 보게 한다. 시베리아는 죽은 지 이미 오랜 사람들
이 너나없이 모두 안개로 환생하여, 무리지어 떠도는 죽음의 세계
이다.

　　나무숲이나 초원지대의 죽은 지 이미 오래된 사람들 아침마다 너
　나없이 모두 다 안개로 환생하여 무리지어 여기저기 떠도는 것 무엇

때문인지 누구 하나 물어오지 않는다며, 아침 물안개가 자작나무숲
과 자작나무숲 사이사이마다 비집고 들어앉아 요지부동이기도 하고,
초원이면 그 어디에서나 키 낮출 대로 낮추어 좀체로 흩어질 줄 모른
채 납작 엎드려 있는 것은, 붉은 깃발 앞세우고 말발굽 요란스레 흔
들었던 옛 혁명전사들의 아침 행진 소리를, 불끈 솟아오른 태양이 중
천에 걸려 나라 안이 온통 살아가는 북새통으로 들끓기 전에는 결코
밀어내버릴 수 없기 때문인지, 그렇지 않으면 블라디보스토크에서
모스크바까지 횡단하는 러시아호와 바이칼호의 숨가쁜 경적을, 소비
에트 연방이 무너지면서 내지르던 비명 소리로 뿌리며 달려가고 있
다고 아파하기 때문인지 몰라

—「물안개」전문

최건의 기행시집 『눈으로 가고 발로 보고』에서 매우 뛰어난 시 가
운데 하나인 이 「물안개」는 소연방이 해체된 이후 시베리아가 겪고
있는 현실이며, 현실의 비명이며, 최건의 내면 풍경이 지르는 풍경
이기도 하다. 시베리아적 비명이라고 할 수 있다. 자작나무숲들이
키를 낮출 대로 낮추고 납작 엎드려 있는 대지 끝에 걸려 있는 불빛
자체가 시베리아적 정서이다. 라이너 마리아 릴케는 톨스토이를 만
나러 가는 길에 그 대지를 보고 허리를 굽혀 검은 흙에 오래도록 입
을 맞추었다고 한다. 릴케에게는 그 대지 자체가 신의 땅이었다.
범대순 교수가 최건의 시베리아 기행시들을 보고 부러워하였던
것도 시를 쓰는 사람들이 모두 찾아헤매는 혼이 그 대지에는 아직

도 숨쉬고 있기 때문이다.

『눈으로 가고 발로 보고』의 제2부에 속하는 시베리아 기행시들을 곰곰이 뜯어보면, 검은 숲 속으로 숨어드는 오솔길이 여기저기 있고, 기온이 뚝 떨어진 들녘으로 저녁 햇살이 떨면서 사라져 가고, 북녘 까마귀들이 몇몇 공중을 날고, 은백의 설원이 밤으로 펼쳐져 간다. 시베리아 횡단열차를 타고 그 은백의 설원을 지나노라면 간간이 "낡은 목책 울타리와, 추수 끝내고 쌓아두기를 막 끝낸 건초더미 / …흰 수건 머리에 쓴 노파"들이 나타나며, 마른나무들이 톡, 톡, 투두툭 탁, 나무 타는 소리를 듣는다. 흰 수건을 머리에 쓰고 오두막에 사는 노파들이나 나무가 톡톡, 투두툭 탁 타는 소리는, 신과 함께 사는 본성적인 사람들이며, 신과 함께 듣는 소리이다. 그러나 최건은 '신과 함께' 그곳에 있을 수만은 없다. 그는 지평선과 지평선이 끝없이 펼쳐져 있는 대지로 달려야 한다. 그는 지평선 끝에서 간이역과도 같은 역을 간혹 만난다. 그 역에는 떠나는 사람, 돌아오는 사람, 만나는 사람, 헤어지는 사람들이 플랫폼을 들고난다. 지평선의 플랫폼은 서울역이나 목포역과는 본질적인 차이를 갖는다. 그 역은 우리 인간이 유한한 존재이므로 들고날 수밖에 없는 운명적이라는 사실을 말해주는 역이다. 최건은 그것을 눈밝게 보고 읽는다. 우리 인간이 유한한 존재이며 운명적 존재라는 것을 플랫폼에서 보고 읽는다는 것은 쉬운 일이 아니다. 그것은 수십년 시를 가지고 산 사람들이 온 신경을 모두어 들어야 들을 수 있는 소리다. 그런 신경을 모두고 있기 때문에 시인은 플랫폼을 들고나는 사람들의 얼굴에서 고통만을 보는 것이 아니고, 고통 속에서도 그것을 견디고 사는 '평범'하면서도 '단순한', '작은 기쁨'을 본다. 「물안개」의 바로 뒤에 배열되어 있는 「해빙을 모르는 그리움이」는 그 '평범하면서도 단순한, 작은 기쁨'의 경지로 들어가고 있으며, 「옴스크역 앞 꽃가게들」에서도 '평범하면서도 단순한, 작은 기쁨'의 세계는 반복된다. 시인은 평범하면서도 단순한, 작은 기쁨을 찾아 옴스크로, 에까데린부르크로, 모스크바로 여행이 이어지고, 다시 그의 여행은 캐나다로, 뉴멕시코로, 작은 쿠바 마을로 향해 간다. 그 나라와 마을들은 각기 색깔이 다르고 향기가 다르다. 그의 기행시집은 각각 다른 그 색깔과 향기를 우리에게 전해준다. 나도 기행시집을 한 권 쓰고 싶다.

시를 사랑하는 사람들이 멀어져 간다

시나 예술에 대한 생각들이 너무도 빨리 바뀌어간다. 1970년대나 1980년대까지만 해도 시나 예술에 대한 생각들을 우리는 깊게 하고 확실하게 하고 열정적으로 하려고 책을 읽고 술을 마시며 밤새워 토론을 했지 그것들의 개념이나 범주를 바꾸려고 했던 적은 없었다.

시나 예술에 대한 경계에 대해서도 마찬가지였다. 민족주의와 역사주의가 강풍으로 불고 있었던 시대였으므로 우리는 우리 현대문학이나 현대예술이 우리나라의 경계 안에 있어야 하며 그 토양에서 자라고 꽃피운다고 생각했지 압록강이나 두만강을 넘어 만주와 시베리아로 뻗어갈 수 있으며, 그곳이 성역에 해당한다고 여기지는 않았다. 물론 안수길의 『북간도』나 박경리의 『토지』, 손창섭의 「광야」가 만주를 배경으로 하고 있으며 서정주나 유치환, 백석, 이용악의 좋은 만주 시들이 있기는 있었다. 하지만 그런 작품들이라 할지라도 우리의 민족주의 시각과 역사주의 시각에서 한 치도 벗어나지 못했다.

우리는 문제를 객관적으로 접근하지 못하는 면이 있다. 구어나 문어상에서 '나'와 '우리'도 구분되지 않았고 '우리'와 '세계'도 잘 구분되지 않았다. 엄밀성이 결여되었다고 해도 된다. 민족주의와 사회주의가 혼거하고 '자유'와 '민주', '평화'와 '평등'이 뒤범벅이 되는 면이 있었다. 이 같은 면은 문학에서보다도 미술에서 더욱 두드러지게 나타나는 듯했다. 가장 우리적인 화가라고 했던 김환기와 이중섭은 달이나 산, 항아리, 새 들을 우리 정조로 그리고 있었으면서도 끊임없이 세계를 지향했고, 동경이나 파리, 뉴욕으로 가고자 했다. 한국적인 것과 세계적인 것의 거리를 생각지 않았다. 가장 한국적인 것이 가장 세계적인 것이라고 막연하면서도 편의적으로 생각했다. 이런 사고는 서구가 동점同占해 왔던 19세기 말부터 중체서용中體西用이라든지 동도서기東道西器라고 하면서 동양의 지식인들이 취했던 면으로, 동양의 정신과 서양의 기술이 하나가 될 수 있으며 동양의 정신이 서양의 기술에 얹혀질 수 있다는 것이었다.

그러나 동양과 서양은 각각으로 그들의 사상과 기술의 역사를 가지고 있으며, 그것을 발전시켜 왔다. 문학과 예술에서는 그 개별성이 한층 강화된다. 그런 점을 아주 구체적으로 나에게 그림그려 준 것이 당시 국립중앙박물관장으로 계셨던 고 최순우 선생의 어느 날의 면모였다. 그 무렵 나는 출판관계로 종종 관장실을 찾았다. 최 선생의 첫 저서를 준비중이었다. 그날도 책이름과 표지 장정 때문에 나는 관장실에 가서 이런저런 이야기를 나누고 있는데, 똑, 똑, 똑, 똑, 문 두드리는 소리가 났다. 정양모 선생이 들어왔다. 당시 정 선생은 박물관에 재직중이었다. 정 선생은 내가 알아들을 수 없는 소리로 몇 마디 건네더니 탁자 위에 흰 천으로 싼 조그만 물건을 내려놓았다.

정 선생이 나가고, 책 이야기는 계속되었다. 그러나 최 선생의 관심은 이제 책에서 떠나 있었다. 그의 관심은 탁자 위의 조그만 물건에 쏠렸다. 이야기를 하다 말고 그는 흰 천에 싸인 물건을 두 손으로 싸안더니, 흰 천을 벗기고, 그 안의 솜도 벗겨냈다. 10센티미터 미만으로 보이는 청동불상이 나왔다. 최 선생은 그윽한 눈길로 청동불상을 보았다. 그리고는 청동불상을 두 손으로 싸안았다. 최 선생은 청동불상을 두 손으로 싸안고 탁자 위에 내려놓기를 대여섯 번 반복했다. 그뿐이었다. 그 반복 속에서 나는 관장실을 나왔고, 그것을 까마득하게 잊어버렸다.

십여 년이 지난 어느 여름날이었다. 나는 청동불상을 두 손으로 싸안고 탁자 위에 올려놓았다 내려놓았다 하던 최 선생의 반복적인 동작이 갑자기 생생하게 떠올랐다. 그것은 청동불상의 진위와 연대 양식 등을 측정하는 작업이었다. 그리고 그것은 최 선생의 독자적인 방법이 아니었다. 최 선생에게 커다란 영향을 끼쳤던 고유섭과 전형필, 오세창에게서 전수받은 감정법이었으며, 조선왕조로부터 물려받은 전통적인 방법이었다. 고미술에 대한 뜨거운 사랑과 가슴의 온도로 측정하는 이 전통적인 방법은 전근대적이라 할 수 있다.

하지만 그 '전근대' 속에는 우리가 놓쳐서는 안 될 몇 가지가 확실하게 용틀임하고 있다. 그것은 고미술에 대한 뜨거운 사랑으로 감정해야 한다는 것, 서둘러서는 안 된다는, 엄정해야 한다는 것 등등이었다. 최순우 선생은 그런 몇 가지 기준을 가지고 우리 고미술을 감정했고, 감정 이상으로 우리 고미술을 사랑하며 30여 년을 살았다. 6·25 때는 국립박물관 소장의 문화재들을 포장해서 부산으로 끌고 내려갔고 9·28수복 후에는 서울로 끌고 돌아왔다. 우리 문화재와 희노애락을 함께 하며 반생을 산 셈이었다.

최순우 선생의 우리 문화재 사랑과 불상감정의 모습을 떠올리면서 순간 나는 뜨거운 사랑으로부터 점점 멀어져 가고 있는 내 모습을 보았다. 나와 사랑 사이에는 이론과 논리가 막을 치고 해석과 분석이 시야를 가린다. 한 편의 시를 읽는 데도 그것들이 쫙쫙 밑줄을 긋고 발기발기 찢고 토막을 낸다. 사랑의 감정鑑定은 감정感情이라는 애매하고 나긋나긋한 정서가 과다작용하여 정확성을 기하지 못하는 면이 있지만, 정확성을 기하지 못하면서도 그 부정확성 때문에 오히려 생명력을 지닌다. 생명이란 정확한 것도 아니고 완성된 것도 아니고 아름다운 것도 아니고 지고한 것도 아니다. 그것은 움직이고 동요하는 미완의 것이다. 에드바르크 뭉크의 「절규」와 같은 작품이 우리에게 매우 인간적인 것으로 밀도감 있게 다가오는 것은 화면에 흐르는 불안하고 초조하고 절망스러운 면 때문이다.

최순우 선생이 내게 또 우회적으로 교시하여 준 것은, '나' 나 '우리'에 대해 생각해 본 적이 별로 없었던 나에게 그것을 생각하라고 강조한 점이었다. 서구문화의 세례를 직간접적으로 물씬하게 받은 나와 같은 사람에게 사랑의 감정법은 접근하기 어려운 면이 있었다. 첫째로 그것은 비과학적이었다. 그런데 최순우 선생은 사랑의 감정법이 매우 심리적이고 효율적이며 믿음에 기초한 것이라고 했다. 두 손으로 불상을 감싸안았다가 탁자 위에 올려놓고 그윽한 시선으로 본다는 것은 사랑으로 불상을 내 가슴속에 있게 하고 또 저만큼 밀어내 본다는 것을 말한다. 내 가슴속에 있으면서도 저만큼 밀어내어 있게 한다는 것은 이물관물以物觀物의 경지에 가깝다.

나는 오래 전부터 최순우 선생의 아름다운 산문에서 우리 문화의 좋은 점들을 배워왔다. 삼선재 김익안의 초상이 세잔이나 모딜리아니보다 개성적이며 인격적이라는 것을 배웠고 달항아리에서 넘치면서도 조금 헤리는 듯한 면을 배웠다. 사랑은 바로 그런 것이다. 넘치면서도 헤리는 듯한 어떤 것이다. 시인들의 모든 시는 넘치는 면에 대해서는 모르겠지만 덜 찬 면을 가지고 있다. 막스 피카르트는 시의 덜 찬 면을 침묵이 채워준다고 말한 바 있다. 그렇다면 침묵은 사랑과 그다지 먼 거리에 있는 것은 아니다.

사랑은 먼 곳에서보다는 가까운 곳에서 시작하여 빈 데를 채우고 빈 데를 더욱 드넓게 만든다. 사랑과 침묵과 여백이 시나 예술에서 때로는 겹치고 때로는 멀어지는 까닭이 거기 있으며, 사랑과 사막이 근거리라고 했던 어느 소설가의 시각이 거기 있다.

나는, 이제 무덤에 누워 있는 고 김현의 시학도 사랑의 시학이라고 생각하는 편이다. 그의 시론이 어떤 박래이론에 근거를 두고 있든 간에 그는 시를 통하여 시인의 창작심리를 들여다보고 독자의 수용심리를 살피는 평론가였으며, 시와 시인과 독자를 잇는 다리와 같은 평론가였다. 시를 통하여 시인의 창작심리를 들여다보고자 했다는 것은 창작심리의 끝에로 들어가 시를 보고자 했다는 것이 되며 그만큼 시를 깊이 사랑했다는 것이 된다. 김현의 서재에서 가장 중심축이 되었던 곳은 시집들이 진열돼 있던 시집서고였다. 그는 등단한 지 몇 해 되지 않는 시인들의 시집도 버리지 않고 시집서고에 소중히 꽂았다. 김현이 저 세상으로 간 지 십여 년이 지난 오늘에도 시인들이 그를 잊지 않고 기억하는 까닭이 거기 있다. 시인들은 김현의 시에 대한 지극한 사랑을 알고 있다.

점점 시를 사랑하던 사람들이 멀어져 가고, 시를 사랑했던 사람들을 기억하던 사람들도 줄어들어 간다. 최근의 사회는 시가 머물지 못하도록 거칠어져 가고 황폐화되어 간다. 거리의 술집과 게임방에서는 '대~한민국'이 계속 함성처럼 울려나온다. 월드컵의 4강신화는 축구 신화만이 아니고 국가와 민족의 신화가 되어 일류국가의 국민으로 격상된 것처럼 어깨를 펼치고 배를 내밀고 활보한다. 아이티와 조선, 반도체, 철강 등이 세계 일류에 들어선 것은 사실이다. 세계 일류의 품목들은 더욱 늘어날 수 있고 발전해 갈 수 있겠지만 그러나 지속적인 것이 못 될 수도 있는 법이다. 거품이 될 수도 있는 법이다.

어제와 오늘은 단속적인 시간이 아니다. 우리의 내면에는 여전히 가난에 찌들고 주름진 어제의 얼굴이 있으며 한서린 노랫소리들이 있다. 70여 년 전에 서울을 지나갔던 앙리 미쇼는 기생집에서 기생들의 '비극적이고도 무시무시한' 노래를 듣고 "이 나라에서는 이토록 억압이 심했단 말인가!"라고 탄식했었다. 그런 '비극적이고도 무시무시한' 소리가 우리의 마음 밑바닥에는 있다. 그것이 어제의 우리 얼굴이며 역사의 얼굴이다. 우리는 역사를 버리지 못한다. 역사적으로 우리는 여기 있으며, 그 역사 위에 떠 있다.

최순우 선생이 우회적으로 가르쳐 주었던 것처럼 우리는 무엇을 먼저 알고 무엇을 먼저 사랑해야 될 것인가를 곱씹어야 한다. 우리는 어제 속에 있는 나를 볼 줄 알아야 한다. 나(우리)를 알고 나(우리)를 사랑할 수 있어야 남을 알고 남을 사랑할 수 있게 된다. 세계는 나의 다음에 있으며, 세계화는 그 다음 항목이다.

3

음산한 풍경으로 있는
나의 민주주의

　내가 선거를 처음 경험한 것은 우리나라 사람들이 민주주의란 박제품적 정치형태를 최초로 접한 5·10총선거 때였다. 아직 예닐곱밖에 되지 않았던 나는 마을사람들이 '나는 누구를 지지한다' '나는 누구누구를 지지한다'고 편을 지어 몰려다니는 풍경을 매우 다이나믹하게 느꼈던 듯싶고, 인쇄물이 희귀한 때에 거리마다 나붙은 선거포스터를 신선하게 보고 다녔던 듯하다. 그 신선감이 어느 날은 가게 벽에 붙은 포스터를 침을 발라가며 뜯게 했다. 한 귀퉁이도 상한 곳 없이 조심스럽게 뜯어내어 손에 말아쥐려는 순간 큰 손이 내 등덜미를 휘어잡았다.

　"이놈의 새끼, 이것도 사람이라고 장흥염 선생의 벽보를 찢고 다니네."

　나는 길바닥에 내동댕이쳐졌다.

　나는 울면서 집으로 돌아왔다.

나중에 안 사실이지만 우리 집은 장흥염과는 경쟁상대였던 김아무개의 지지파였다. 어머니가 김아무개의 친척뻘이었다.

다시 내가 또 선거를 경험한 것은 신익희씨가 열차간에서 돌아가셨다는 비보를 접한 날. 회색바람이 불던 해안통 거리를 나는 친구와 함께 걸었다. 친구도 말이 없었고 나도 말이 없었다. 우리는 어째서 신익희가 죽어서는 안 되는가를 막연하면서도 매우 절절하게 가슴으로 새기고 있었다. 신익희의 죽음을 나는 그때 우리 민주주의의 죽음으로 여겼다. 다시는 우리 민주주의가 소생하지 못할 것 같았다. 그런 4년 뒤, 민주주의의 형식인 선거전은 다시 벌어져 이승만·이기붕 러닝메이트와 조병옥·장면 후보가 대결하게 되었고, 이번에도 선거가 절정에 이를 무렵 조병옥 박사가 무슨 병인가로 숨을 거두고 말았다. 장면만이 남편 잃은 과부처럼 홀로 지방도시를 찾아다녔다. 나와 내 친구들은 유세차를 따라다녔다. 이제 선거권을 갖게 된 우리들은 민주주의의 수호자이기라도 한 듯이 울분에 차서, 부정선거로 역사에 이름높은 3·15대선에 임했다.

지금도 그날의 정경이 선명하게 떠오른다. 이른 봄의 햇빛이 투명하게 초등학교 운동장에 쏟아지던 날, 나는 사람들의 긴 대열에 끼여 투표장으로 들어갔다. 동회 서기와 통반장들이 여기저기서 이승만 박사를 다시 대통령으로 뽑아야 한다고 공공연하게 말하고 있었고, 사람들은 힘없이 또 비굴하게 "그래야 하고 말고"라고 응대했다. 그런 강제적이고 무기력한 분위기 속에서 나는 대통령에 조봉암을, 그리고 부통령에 장면을 찍고 나왔다. 절망적이었다. 그리운 이라도 있으면 찾아가서 위로 받고 싶었다. 나에게 선거 혹은 민주주의는 그처럼 경험되었고 절망을 가져다 주는 어떤 형식으로 인식되었다.

왜 그래야 했을까. 그 까닭은 무엇이었을까. 미국이 처음 우리나라에 상륙할 적에 우리나라의 시인들은 너도나도 '오오 민주주의의 나라여, 에이브라함 링컨의 나라여, 자유와 평등의 깃발이여'라고 노래했다. 그것은 미국이 민주주의라는 가장 인간다운 정치제도를 영위하고 있으며, 그것을 세계에 심고 있다는 인식 때문이었겠지만 그밖에도 그들이 우리의 독립을 가져다 주었다는 감사의 마음도 상당부분 깃들어 있었다. 그런데 그런 귀한 미국의 민주주의는 우리 땅으로 들어오자 아수라장을 연출시켰다. 민주주의에 대한 수용능력이 갖추어지지 않은 때문이었을까. 그래서 민족적 민주주의니 한국적 민주주의라는 불편한 조어들을 만들면서 비민주적 행위를 밥먹듯 해치웠을까.

하긴 비민주적 정치행위에 의한 민주주의가 감행되고 있는 곳은 우리나라만이 아니었다. 필리핀의 민주주의도 민주주의답지 못했고, 대만도, 태국도, 인도네시아도, 칠레도 마찬가지였다. 마르께스의 소설을 보면, 남미에서 민주주의가 선보인 과정은 초장부터 난장판이었다. 마을의 장이 A정당에 드니까 그와 한 패였던 사람들이 모두 A정당원이 되고 그와 사이가 뜸했거나 좋지 않았던 사람들이 B당원이 되어, 의견대립이 생기고 갈등이 생기고, 싸움이 벌어져 혁명으로까지 치닫게 된다. 요컨대 민주주의라는 것이 이념과

정책에 의한 것이 아니고 감정에 기초한 그렇고 그런 욕구형태라고, 이 노벨문학상 수상자는 본 것이고, 그런 마르께스의 민주주의관은 내게도 별 이의 없이 받아들여졌다고 할 수 있다.

민주주의라는 제도는 매우 좋은 것이거나 나쁜 것이 아니다. 그것을 우리가 어떻게 좋은 것으로 만드느냐에 따라 그것은 좋은 것도 되고 나쁜 것도 된다. 사회적 수준이 제도를 만든다고 봐야겠지만, 그 수준이 또한 그 제도에 정당성을 부여하기도 하고 비정당성을 부여하기도 한다. 정당성이란 엄밀한 의미에서의 정의거나 불의는 아니라고 봐야 한다. 그것은 우리들 간의 어떤 합의일 뿐이다. 선거가 돈을 쓰고, 그 돈을 사람들이 나누어 갖는 것이라고 우리가 합의한다면 돈 쓰는 후보자는 정당성을 갖는 것이고, 그와 반대의 경우라면 돈 쓰는 자는 부정한 자가 되는 것이다. 선거 때 돈을 받으려고 무수히 내미는 손을 보면서, 나는, 저렇게 많은 손들이 돈을 받으려고 한다면, 돈을 주는 것이 바른 것이 아닌가 하는 절망스런 생각을 한다. 지난 대선에서도 그렇고 이번 보선에서도 마찬가지다. 선거 때만 되면 돈이 난무하고 지역감정이 거세어지고 학연, 혈연이 고개를 내민다. 대선에서 여당후보를 찍었던 자신의 손을 물어뜯고 싶다던 어떤 이는 다시 투표장으로 들어서자 여당 쪽으로 손이 갔다. 반성할 줄 모르는 민족이라고 할 만했다.

물론 반성이 밥먹듯이 되는 것은 아니다. 그것은 뼈를 깎는 아픔이 있어야 하고 반성해야 할 과거를 아프게 기억해야 한다. 1960년대 말, 목포에서는 '반성해야 할 과거'의 기억이 역사를 바꾼 적이 있었다. 몇 대째 총선이었던지는 모르지만 김대중, 김병삼 양씨가 대결했던 적이 있었다. 김대중이 박정희 대통령의 경쟁자로 등장하고 있을 무렵이었다. 독선적 성격이었던 박대통령은 경쟁자를 수용하지 못하고, 그를 떨어뜨리려고 목포에서 국무회의를 열고, 이른 새벽 변두리 지역을 돌면서 김병삼 지지를 호소했다. 그 바람에 초반에는 형편없었던 김병삼의 인기가 서서히 일어나, 중반에는 양 후보의 세가 반반하게 되었다. 반반이라고 하지만 심리적으로는 김대중이 쫓기는 형국이었다. 바로 그런 때였다. 김병삼 후보가 김구 암살에 연루되었다는 옛날 신문기사를 들고 나타난 사람이 있었다. 신문기사는 복사되고 여기저기 나붙었다. 민심이 돌변했다. "하나도 통일이요, 둘도 통일이요, 셋도 통일"이라고 했던 불굴의 애국자를 시해했을지도 모르는 사람을 목포시민의 선량으로 뽑을 수는 없었다.

이 사건이 상기시켜주는 것은, 한 사람이라도 '사실'을 잊지 않고 기억함으로써 역사는 다시 범죄를 저지르지 않고 소생할 수 있다는 것이다. 기억한다는 것은 과거를 되돌아보는 것이며, 과거를 반성하는 것이며, 과거 속에서 올바름을 찾는 일이다. 기억이라는 시간회로로 구성되어 있는 역사를 동양의 현자들이 '규감'이라 한 것도 그 때문이다. 한 사람이라도 기억하지 못했더라면 목포시민은 김병삼을 국회의원으로 뽑았을지 모르고, 목포시민은 죄인을 선량으로 뽑는 죄인이 되었을지 모른다. 역사는 기억에 의해 전승된다. 문자가 없거나 문자가 있었다 하더라도 소수층에만 전해져 사회적 역할을 하지 못했던 시대에는 사람의 기억에 의해 역사는 전승되었다. 아브라함이 이삭을 낳고 이삭이 야곱을 낳고 야곱이 유다와 그 형제들을 낳았다고 하는 마태복음의 첫장은 바로 기억하는 역사이며 유태민족의 실존을 증거하고 전파하는 역사다.

인간은 나이가 들면 '새로운' 일을 하기보다 '하였던' 일을 되돌아보며 산다. 되돌아본다는 것은 추억의 뜻도 있지만 과거를 돌아보며 오늘을 생각한다는 뜻도 있다. 그러므로 기억의 역사는 반성의 역사가 되고 어떻게 사는 것이 바르게 사는 것인가를 생각하는 도덕의 역사가 된다.

그럼에도 최근 우리는 얼마나 생각하지 않으려 하며 얼마나 돌아보지 않으려 하는가. 유행가 속에서도 우리는 "과거는 필요 없어"라고 외친다. 이 망각의 심리학을 따지고 들어가면 잊어버리지 않고는 살 수 없기 때문에, 잊어버리고 거짓 화해함으로써만이 살아갈 수 있기 때문에, 라는 사유가 놓여 있다. 전전 유태인수용소에서 유태인들이 독일군을 자애로운 아버지처럼 여김으로써 심리적 탈출구를 찾았던 경우와 흡사하다.

그렇다고 해도 최근 우리는 너무 망각을 좋아한다. 망각을 사회적 덕목으로 여기기도 한다. 아무것도 중요한 것이 없으며, 좋은 것이 좋다는 식으로 사람들은 여기저기서 어깨를 으쓱거린다. 이런 허위적 제스처 때문에 세상에는 야합이 판치고 음모가 독버섯처럼 피어난다. 어느 구석을 파헤쳐도 비리가 없는 곳 없고 뇌물이 넘쳐나지 않는 곳이 없다. IMF한파를 벗어나려고 갖가지 처방을 내려도 뇌물과 비리의 먹이사슬 때문에 작동이 되지 않는다. 경제개혁과 사정개혁이 동시에 진행될 수밖에 없는 까닭이 거기 있다.

19세기 철학자 쇼펜하우어는 "사람은 무엇이나 다 잊을 수 있으되 자기 자신만은, 자기의 본질만은 잊을 수 없다"고 했다. 이 문장이 함의하는 것은, 인간은 자기 자신을 잊을 수 없는 존재라는 것, 인간은 기억의 존재이며 역사적 존재라는 것이다. 우리는 비민주적인 방식으로 민주주의를 시작했고, 망각 속에서 비민주적인 민주주의를 성장시켰다. 이제 비민주적 민주주의의 독버섯은 만개했다.

과거를 거울로 삼고 우리는 이제 역사를 걸어가야 한다. 과거라는 거울에 비친 내 모습이 바른가, 그른가, 추한가, 아름다운가를 볼 수 있을 때 판단 가치는 살아날 수 있으며 판단조리가 세워질 수 있다.

기억하는 인간은 기억의 역사 속에서, 누가 언제 무엇을 했느냐, 무슨 죄를 저질렀느냐를 알고 주시한다. 누가 친일파였으며, 누가 친미파였으며, 누가 민족분단에 앞장섰던가, 누가 정경유착으로 검은 돈을 벌었던가, 누가 죽을 뻔했던가.

기억하는 사람들이 기억할 만한 역사와 사상을 낳을 수 있다.

(1999)

죽음의 양식樣式에 대하여

강가의 책석磧石처럼 역사는 많은 시간과 사건들을 과거 속에 버리면서 새로운 시간 속으로 강물처럼 흘러간다. 역사는 멈추어 있을 때가 없다. 우리 앞에 있는 이 '현재'도 눈을 끔벅이다가 보면 과거로 사라져 버린다. 그러므로 우리가 살고 있는 '현재'는 과거에로 가는 길목이자 미래에로 가는 입구라고 할 수 있다. 한 해를 보내고 맞이하는 정월이 두 얼굴을 가진 야누스로 불리는 것도 그 정월이 지난해를 돌아보는 반성적인 시간이자 또 새로운 해를 맞이하는 희망의 시간이기 때문이다.

희망! 희망의 시간이라고 방금 나는 말했다. 그러나 1977년의 1월에 나는 희망을 말할 수가 없다. 희망을 말하기보다는 어둠 속에 가려진 지난 시간들을 돌아보고 그 시간들이 품고 있는 의미를 재음미해 보고 싶다. 내가 이 같은 생각을 하는 것은 과거를 통해 현재를 본다든가 현재가 과거의 전개과정이라는 역사주의적 상념에서가 아니라, 희망을 말하기 어려운 현실의 어두운 그림자가 나를 짓누르기 때문이리라. 실제로 한 해가 가고 새로운 해가 올 적이면 하다 못해 창 밖의 벗은 나무라도 오래 보고 있어야 마음이 달래진다. 그럴 때면 소설책이나 역사책을 읽는다. 지난해 말에도 나는 초조감에 시달린 나머지 현대사에 관한 논문들을 두서 없이 구해 읽었다. 이 논문 저 논문들을 읽어가면서 새삼스럽게 나는 일제통치의 가혹성을 절감하게 되었고, 그와 더불어 어쩌면 그리도 숱한 문인들이 1930년대에 일제히 변절하게 되는지, 그 변절은 문학의 유약성 때문인지, 현실적이어야 하고 정서적이어야 하는 문학의 속성 때문인지, 문학을 업으로 삼고 있는 사람으로서는 얼굴을 붉히면서 읽어가지 않을 수 없었다. 그러나 그런 생각도 머지않아 가라앉아 갔다. 만약에 나에게 그 30년대의 삶이 주어졌다면 나는 절節을 지킬 수 있었을 것인가 — 한번의 옥중체험도 가지지 못했고, 또한 유혹도 받아본 적이 없는 내가 도덕적으로 그들을 규탄할 수 있을 것인가라는 질문이 머리를 들고 일어나자, 사는 일의 어려움과 엄숙함 앞에 절로 고개가 수그러졌다. 허나 한 사람이 고개를 숙인다는 것은 심정적인 이해를 뜻할 뿐이지 그 이상의 것이 되지는 못한다. 역사는 그들을 돌아보아 주지 않는다.

2차대전 후 프랑스 사람들은 하찮은 대독 협력자들까지도 모두 색출하여 형벌을 내리고 여자들의 경우엔 삭발시켰다. 중동의 오늘이 저렇듯 소란스러운 것도 반민족행위자들을 용허한 탓이라고 어느 저명인사가 하던 말을 들은 적이 있다. 하물며, 어느 땐가 할 말이 있을 거라느니, 민족을 위해서 친일했다느니 하는 따위의 변명을 역사가 어떻게 용납할 수 있겠는가. 그들이 얼굴을 들고 그런 변명을 늘어놓을 수 있었던 것은 여전히 해방한국에는 친일 기운이 충만해 있다는 증좌였으며, 그들이 그런 변명을 늘어놓고 있을 적에, 같은 서울에서는 처자식을 버리고 형제를 버리고 부모를 버리면서 만리이역에서 민족독립을 위하여 싸우던 현대사의 주역들이 한 사람 한 사람 흉한의 총탄에 쓰러져가고 있었다.

동양적인 용어를 빌자면 호걸풍이요 서구적 용어를 빌자면 영웅적인 로맨티스트였던 몽양夢陽은 그 활력과 달변과 대중적 인기를 지니고 있었으면서도 좌우합작 운동을 펼치다가 어느 날 자가용 안에서 권총 저격을 받고 서울대학병원에서 절명하였고, 하나도 애국이요 둘도 애국이요 셋도 애국이라던 백범白凡도 민족통일의 열망과 자주독립의 염원을 품은 채 경교장에서 안두희의 저격을 받고 피를 토하면서 쓰러졌다. 저격범들은 다같이 애국청년들이라고 자처하던 청년들이었고, 그 저격동기와 배후는 다같이 아리송했다. 그에 비하면 같은 현대사의 거물이요 신생한국의 국부적 존재였던 우남雩南의 죽음은 아무 베일이 없이 명명백백하기만 하다.

1960년 4월 26일 하야성명을 내고 이화장으로 물러간 우남은 아이젠하워 미국대통령의 한국방문을 따뜻이 맞이하라는 메시지를 각 신문사로 보내고(그 메시지는 모두 쓰레기통에 던져져 한 줄도 기사화되지 못했다) 하와이행 비행기를 탄 뒤 다시 고국을 밟지 못하고 수개월 동안 의식불명상태로 침대에 누워 있다가 숨을 거두었다.

이 세 거인은 각각 다르게 그들의 죽음을 가졌다. 한 사람은 선 채로, 한 사람은 달리던 채로, 한 사람은 누워서 명을 달리했다. 그 죽음의 상이성에 대해서 우리는 정치적 분석을 해 나갈 수 있으며 도덕적 질책을 할 수도 있으리라. 허나 나는 그들 죽음의 구체상만을 머리에 그릴 뿐 그 이상 생각을 밀어가고 싶지는 않다. 그들이 무엇으로 서 있었고, 무엇으로 달리고 있었고, 어째서 누워 있었던 가를 물음으로써 그 죽음의 양식에 문학적 의미를 부여하고 싶지는 않다. 결코 그러고 싶지는 않다. 그러나, 그럼에도 불구하고 서서 죽었다는 그 말이(달리다 죽었다는 말도 마찬가지다) '입지立志'를 연상시키는 것은 어설픈 한문지식 때문만은 아니리라. 조국광복을 위하여 헌신한 그 분들의 열렬한 민족애에 대한 경외감에 의해서이 리라.

'서서 죽었다'는 표현에서 연상이 된 것이지만, 해방공간의 암적 존재였던 김창룡(그는 이승만의 극진한 사랑을 받았다)을 사살했던 허태영 대령의 사형집행 기사도 나를 몹시 감명케 했었다. 무엇이 무엇인지 분간하지 못하는 고교시절에 나는 그 신문기사를 읽었는데, 야산에 마련된 사형장으로 눈을 가린 채 끌려가, 애국가를 부르고, '대한민국 만세'를 외치고, 집중사격 속에서 몸이 늘어졌다는 사형집행 기사를 읽으면서 무서운 상상 속으로 나의 의식은 몰려갔다.

"정치적 패배자가 무슨 할 말이 있겠느냐"는 한마디를 남기고 형장의 이슬로 사라진 죽산竹山의 죽음도 고교생이었던 어린 내 가슴을 사납게 흔들었다. 해방정국과 6·25 전후시기에는 수도 없는 사람들이 희생되었다. 대문 앞에 피투성이 시신으로 버려진 사람도 있었고, 한밤중에 행방불명된 사람도 있었고 백주대로에 총을 맞고 쓰러진 사람도 있었다. 흑인 시黑人詩를 쓰며 흰 양복을 입고 명동 거리를 활보하던 시인 배인철도 남산에서 연인과 데이트를 하다가 괴한의 총을 맞고 죽었다.

이밖에도 내 가슴을 울린 죽음들은 많다. 친구의 죽음도, 어머니의 죽음도, 어느 친척의 죽음도…… 그들은 가족과 친지들의 애도 속에서 고요히 눈을 감았다. 안온하면서도 행복한 죽음이었다고 말할 수 있는 것들이었다. 죽음이 누구나 마다할 수 없는, 생을 맺는 마지막 순간이라 한다면 행복스런 죽음이 저마다 찾는 죽음이어야 할 것이고, 그것이 당연한 것으로 받아들여지는 사회가 되어야 할 것이다. 그렇기만 한다면 누워서 죽은 죽음도, 변명하는 사람들이 맞으려 하는 편안한 죽음도 우리들의 애도를 받을 수 있을 것이다. 그렇기만 한다면 아무도 피를 흘리고 쓰러진 백범이나 몽양의 죽음을 따르려 하지 않을 것이고 그 죽음을 행복한 죽음이라고 아무도 말할 이가 없을 것이다. 실제로 그런 죽음은 결코 행복한 죽음이 아니다.

그런데도 역사의 책장 속에서는 그들의 죽음이 '행복하지 않은 것'이 아니라 몹시도 행복한 것으로 보이는 것은 무슨 아이러니란 말인가! 그들의 죽음이 생의 마지막 장이 아니라 무한한 전개가 되는 것은 무엇 때문이란 말인가. 역사란 그렇게 고통 속에서 의미를 갖고 죽음 속에서 영광을 구하는 이상스런 요술방망이란 말인가.
그런 요술스런 역사가 쌓이고 쌓여 평안하게 눈을 감는 사람들의
죽음을 욕하려는 것일까.

한 해를 보내고 맞으면서 그러한 역사의 재의미 부여가 이상스
레 내 마음을 사로잡는다.

(1979)

광주와 메타세쿼이아

땅속으로부터 떡잎이 솟아오르는 2월은 봄을 장만하는 달이라고 누군가 말했지만 지표 위에서의 2월은 춥기만 하다. 거리에 늘어선 메타세쿼이아의 가지들도 앙상한 모양으로 영하의 추위 속에 떨고 있다.

광주의 가로수는 플라타너스가 아니다. 은행나무도 아니다. 살아있는 화석이라고 하는 메타세쿼이아다. 이 나무는 가을이 되면 나무 껍질이 갈색으로 변하면서 벗겨지고 이파리들도 검붉은 색으로 변하여 떨어져, 한겨울에는 가지들이 앙상하게 죽은 나무처럼 남는다. 미관상 좋다고 말하기 어렵다. 그런데도 이제 시민들은 그럭저럭 정이 들어 '그래도 광주의 나무려니' 애정을 표시하곤 한다. 어쩔 수 없는 애정이라고 할 수 있다. 광주시민들은 이제 '나—내것'을 사랑하지 않고서는 아무것도 사랑할 수 없다는 것을 알고 있다.

사실 이 나무는 가로수로서는 적격이라고 말할 수 없을지 모른다. 가로수는 여름에 잎새가 넓어 햇볕을 가려주고 겨울에 볕을 막지 말아야 한다. 그런데도 이 나무는 뿌리가 짧아 홀로 살지 못하고 저희끼리 골짜기나 기슭에서 서로의 몸으로 바람을 막으며 산다. 나무와 나무 거리가 10여m는 돼야 하는 가로수로서는 그 면에서도 적합하다 할 수 없다. 그런데도 광주와 메타세쿼이아는 이제 뗄 수 없는 관계로 지울 수 없는 기억들을 더불어 간직하며 띄엄띄엄 춥고 고통스럽게 북위 35도 선상에서 어깨를 맞대고 있다. 그들은 그들이 갖는 기억이 너무 크고 엄청난 것이어서 쉽사리 잊어버릴 수도 말할 수도 없다. 말더듬이처럼 서툴고 볼썽사납게 더더더더… 할 뿐이다.

그래서 그런지 올해 신춘문예에는 예향藝鄕이라는 관형사에도 불구하고 광주·전남은 단 한 사람의 신인도 배출하지 못했다. 신인전무현상을 두고 문화계에서는 말이 많다. 농업이 토대를 이루었던 전근대前近代가 사라져가는 데 대한 어쩔 수 없는 결과라고도 하며, 5월 광주가 개개인간을 너무 억압하여 상상력의 자유가 깃을 펼 수 없기 때문이라고도 하며, 역대 정권의 호남 소외와 호남 차별 때문이었다고도 한다. 그 중에서도 특히 5월 광주 억압설과 소외-차별설은 논리적인 전후를 이루면서 분노의 목소리로 울리기도 하고 반성론으로 제기되기도 한다.

특히 반성론은, 문학이 혹은 예술이 존재의 가벼움을 추구하는 형식이라는 면에서 개인의 내면과 상상력이 확보될 수 있도록 시야를 열어야 한다는 소리를 높인다. 더 이상 5월은 당위로서 우위를 지배할 것이 아니라 숨쉬는 개인의 내면으로 들어가 정서화돼야 한다는 것이다. 그렇지 못할 때 문학 혹은 예술은 불모성을 면할 수 없을 것이라고 한다. 그러나 문학 혹은 예술이 '이렇게' 말함으로써 '이렇게' 되는 것일까. 상상력이 존중된다고 해서 무럭무럭 꽃피울 수 있는 것일까.

문학 혹은 예술은 그들이 태어난 조건 속에서 자라나 개화되는 것이지 강제적인 사항을 요구하는 것은 아니다. 기억의 고통이 아직도 생생한 거리에서 오렌지족들이 태어나기 어려우며, 포스트모던이 펼쳐지기 어렵다. 우리가 싸웠던 고통의 기억을 버리고 다른 존재로 변모할 수 없다. 우리는 이기고 다른 차원으로 변모해 갈 수 있을 뿐이다. 그러나 그때 우리 문학은 기억의 억압이 가하는 무게를 일정기간 짊어지고 가지 않으면 안 된다. 이처럼 앞이 보이지 않는 미로 같은 말들이 광주문화계에서는 오간다. 답답해서 말들은 더욱 거칠어지고 어떤 시인은 "메시아를!" 하고 술자리에서 단말마로 외친다. 이 절망적인 외침은 일전에 필자가 택시 안에서 "뉴스 좀 들읍시다" 했을 때 "뉴스 같은 걸 뭐 할라 들을라요"하며 거부하던 운전기사의 심정과 동일한 것이며, 비이성적이라는 사실을 알면서도 지난 대선에서 한 후보에게 94%를 몰아주던 일과 동일한 것이다. 광주·전남에 만연해 있는 이 비이성적 사고 행위는 더 이상 방치되어서는 안 된다.

그것은 어떤 형태로든 신속하게 치유돼야 한다. 이제 광화문에는 문민정부가 들어섰다. 문민정부는 말로만이 아니라 현실로 광주

치유책에 나서야 한다. 그럴 때 광주경험과 사상은 어둡고 추운 겨울을 끝내고 민족문화의 새로운 꽃으로 피어날 것이며 '나와 우리'가 있는 백화제방시대를 열어갈 것이다.

(1994)

총독부가 무너지는 소리

　문민정부가 들어서고, 반 년이 조금 지났건만 느낌으로는 십 년도 더 넘게 산 것 같다. 십 년 동안에 겪었을 많은 양의 사건과 변화를 우리는 반 년 동안에 집중적으로 경험했다. 때문에 반 년간의 문민정부 성격을 우리는 한마디로 줄이기 어렵다. 어떤 이는 보수의 배를 탄 진보정권이라 하고, 또 어떤 이는 정치군인들로 대표되는 구보수를 밀어내고 신보수가 헤게모니를 장악한 정권이라고도 한다. 그러나 대부분의 국민들은 언론이 표현하고 있는 대로 군부독재를 몰아내고 들어선 문민정부라고 호의적으로 받아들인다. 여기서 내가 '호의적'이라고 하는 것은 95%에 가까운 대통령에 대한 국민지지를 말하는 것이 아니다. 그보다는 사정개혁이라는 과거청산작업이 국민에게 새롭고 친근한 정부로 떠오르고 있다는 것을 뜻한다. 특히 8월 5일 '임정유해봉환'과 그 며칠 뒤에 나온 구총독부 건물 해체 발표는 그 같은 정부 이미지 형성에 대단한 도움을 주었다.

임정요인의 봉환과 구총독부 건물의 해체는 다소 감정이 개입된 것이며 과거시간에 대한 일들이다. 그러므로 그것은 현실적이며 이성적인 것이라 할 수 없을지도 모른다. 어느 면에서는 그렇되 다른 면에서는 그렇지 못한 점이 있다. 인간은 역사의 아들이다. 우리는 임정요인들의 길고 줄기찬 투쟁이 있었기에 민주혼이 살아 숨쉴 수 있었으며 임정요인들의 투쟁이 지속되었기에 을유광복乙酉光復이 주어진 것이 아닌, 싸워 찾은 광복일 수 있었다. 대한민국이라는 나라는 임정요인들의 그 같은 고귀한 투쟁정신이 지켜주고 이어주며 발전시켜 준 것이라 해도 된다. 8월 초 우리가 임정요인 다섯 분의 유해를 그처럼 경건한 마음으로 받아들이고 배향하였던 것도 그 분들의 헌신이 이 나라를 지켜주고 일으켜 세워주었다고 보기 때문이요, 구총독부 건물을 해체하라고 국민적 합의를 거둘 수 있었던 것도 일본제국주의의 조선지배 상징인 총독부 건물을 존치하고서는 영령들의 정신을 이어받을 수 없다고 믿기 때문이었다. 치욕의 역사도 역사이니만큼 보존되어야 한다는 주장이 없는 것이 아니다. 그러나 총독부 건물은 치욕의 역사로서만 광화문에 있는 것은 아니다. 그 건물은 남대문에서 광화문을 거쳐 근정전에 이르는 조선왕조 5백년의 정치체제와 질서와 가치를 단절시키고 있는 것이며 억압하고 있는 것이다.

역사는 기억하기 위하여 있는 것만이 아니라 기억의 시간 속에 얼굴을 비춰보고 그 얼굴에 희망과 용기가 넘치고 있는지, 야비한 욕망이 넘치고 있는지, 수치와 굴종이 넘치고 있는지를 보고, 알고,

판단하고, 바로잡기 위해서다. 역사는 과거의 편에서 보자면 미래로 건너가기 위한 다리다. 우리는 그 다리를 어떻게(어떤 가치관으로) 건너가야 하는가라는 문제에 직면해 있다. 전두환씨는 얼마 전 「국민에게 드리는 말씀」에서 '이제는 밖의 세계로 눈을 돌리고 미래를 지향하자'는 요지의 말을 했다. 과거보다는 미래를, 나라 안보다는 세계 밖을 보자는 것이다. 옳은 말이다. 그러나 그 말이 참으로 올바르려면 '과거를 통해서 미래를 보고 국내현실을 통해서 세계를 보자'고 말해야 한다. 과거의 잘잘못에 대한 비판과 청산이 없이는 참 미래가 전개되기 어려우며, 주체가 없이 객체가 설정될 수 없다는 사실을 우리는 지난 45년의 시행착오를 통해 너무나도 절실하게 느끼고 있다. 역사는 적당히 덮어두고 갈 수 없으며 간과하고 갈 수도 없다. 역사의 심판이 준엄하다고 하는 것은, 그것이 가려지지 않으며 호도되지도 않고 언젠가는 공명정대하게 밝혀지고 심판되어지는 까닭이다.

해방 후 친일파들은 이승만 정권의 일제 관료등용을 기회로 장기간 권력을 독점하면서 독립운동가로 변신하거나 반공체제구축 공로로 국가포상을 받았다. 그 포상은 그들을 영원한 역사적 존재로 만드는 것 같았다. 그러나 최근 재야 사학계와 젊은 역사학도의 공동작업으로 그들의 과거가 밝혀지고 국가포상을 재심해야 하는 사태로까지 진전되고 있다. 그것만이 아니다. 해방 직후 경찰권을 독점하고 있던 일제 고등계 형사들은 일제시대는 물론이요 해방 후에도 독립운동가, 애국지사, 지식인들을 강제연행하여 물고문, 매

고문, 전기고문 등으로 불순분자로 만들었다는 사실이 속속 밝혀지고 있다. 바이블식으로 설명하자면 한국 현대사는 악의 무리들이 하느님의 백성들을 환란의 극지로 몰아가는 시기라 해도 된다. 얼마 전 사법부의 승소판결을 받은 前민청련의장 김근태 고문사건도 이런 맥락에서 이해되어져야 한다. 재판부는 십여 차례에 걸쳐 물고문과 전기고문을 당했다는 피해자 진술과 뺨 한 대 때린 적이 없다는 피고인 진술을 놓고, 피해자가 치안본부에서 검찰로 송치된 직후의 여러 정황과 김씨의 구체적 진술 등으로 볼 때 피고인측 진술은 믿기 어렵다고 고문이 있었음을 인정했다.

고문은 제3자가 접근할 수 없는 밀실에서 이뤄진다. 그러기에 고문사건의 재판은 가해자와 피해자의 진술만을 토대로 판단할 수밖에 없고, 피해자측이 언제나 불리한 입장에 서기 마련이다. 그러나 이번 판결은 물증을 제시하기 어려운 고문사건의 특수성에 비추어 피해자측의 객관적이고 구체적인 진술과 정황제시만으로도 고문사실은 인정되고 남는다는, 이전의 권위주의 체제에서는 보기 어려운 판결을 내렸다. 그리하여 고문경관들은 법정구속되고, 그 경관으로 하여금 고문토록 사주한 권위정부의 도덕성은 땅에 떨어지고 말았다. 이것이 역사의 냉혹성이며 엄정성이다.

문민정부의 임정요인 봉환과 총독부 건물 해체, 김근태 고문사건 판결 등을 보면서 나는 엉뚱하게도 친일파의 거대한 탑이 붕괴되어 가는 소리를 듣는다. 친일파들이 수십 년 동안 교묘한 수법으로 조작하고 변조한 거짓 역사가 와르르르 와해되어 가는 소리를 듣는다. 그 붕괴와 해체의 틈서리에서 양심이 눈을 뜨고 정의의 역사가 살아나고 있다. 1920년대 광화문이 헐릴 때, 저것은 단순한 건물이 아니고 조선사람의 마음이며 정신이라고 가슴 아파했던 야나기 무네요시[柳宗悅]가, 친일파들이 무너지는 저 와르르르 소리를 들으면 어떨까, 그는 복원되는 역사를 기뻐할까. 아니면 어쩔 수 없는 일본인으로써 일본제국주의의 상징이었던 총독부 건물의 해체를 또 다른 면에서 가슴 아파할까.

역사란 단순한 것이 아니다. 미묘하기 이를 데 없는 구성체다. 야나기 무네요시가 울든 웃든, 또 역사가 단순하든 복잡하든 오늘은 ‘우리’ 안에서 기승하던 친일파를 상징하는 총독부 건물이 무너져 가고 있다. 나는 총독부 건물이 무너져가는 소리를 박수를 치고 깔깔 웃으면서 이 글을 쓰고 있다.

(1996)

무엇 때문에 전쟁을 하는가

우스갯소리로 이야기를 시작하기로 하자. 지난 1월 20일 저녁 TV를 보던 한 여학생이 브라운관을 스쳐 지나가는 뉴스의 행렬을 보다가 "오메, 얼마 만이래, 우리가 김대중, 김영삼을 본 것이……" 라고 했다. 온 가족이 함께 까르르 꺄르르 웃어댔다. 이것은 길게 설명할 것도 없이 미군을 주축으로 한 다국적군의 이라크 폭격으로 뉴스가 온통 '사막의 폭풍' 전에 할애됨에 따라 우리가 그토록 지겹게 보아온 3김과 뒤를 이어 나타난 1노를 잠시 보지 못했음을 의미한다. 얼마나 지겹게 보는 데에 길들여졌으면 3일간 못 본 3김 1노를 '오메' 하고 한 여학생이 탄성을 지르면서 반겼겠는가. 그러니까 그 '오메'라는 탄성 속에는 3김 1노로 상징되는 정치불신과 불신의 정이 아이러니컬하게도 범벅이 돼 있는 것이다.

정말 최근 브라운관의 주인공은 3김 1노에서 부시와 후세인, 스커드 미사일과 패트리어트 미사일로 바뀌어 있다. 연일 십여 발 이내이기는 하지만 이라크의 스커드 미사일은 이스라엘과 사우디로 날아가고, 패트리어트 미사일은 날아오는 스커드를 향해 날아가 공중에서 폭파시키고 있다. 그리고 배경으로 벌떼처럼 다국적군의 최신예 병기들이 이라크와 쿠웨이트로 날아가 군사기지들을 쑥대밭으로 만들고 있다.

처음 걸프 전쟁의 발단은 이라크의 쿠웨이크 점령에서 비롯됐다는 면에서 쑥대밭이 된 이라크의 참상은 자승자박이라 할 수 있다. 그런데 사담 후세인의 무모하고 무법적인 쿠웨이트 점령으로부터 유엔 안보리를 통한 철수경고와 경제봉쇄조치를 거쳐 다국적군의 무차별 폭격에 이르는 동안, 이 전쟁의 의미는 조금씩 조금씩 모습이 바뀌어져, 이제는 이라크가 돌멩이를 쥔 다윗이 되고 다국적군이 골리앗이 되고 있다는 인상이다. 이때의 다윗이란 도덕적 판단이 행해지지 않은 단순 약자라는 의미에서이다. 그리고 또 이 전쟁은, 이제는 전쟁이 '知彼知己면 必勝也'라 했던 손자병법식 정의를 넘어서서, 적을 알고 나를 알아도 적도 죽고 나도 죽고, 적과 나를 둘러싼 인간환경까지 죽이고 만다는 묵시록적 재앙이라는 사실을 극명하게 알려주는 전쟁개념 변화까지를 가져오고 있다는 인상이다.

이 점은 지난 1월 22일 이라크가 쿠웨이트의 한 유정과 저유탱크에 불을 지르고 수백만 배럴의 원유를 걸프만에 방류하면서 현상화되고 있다. 이란 당국은 벌써부터 "이란 남부지역에는 27일 검은 빛의 비가 쏟아져 검은 물의 시냇물을 이뤘다"고 아우성치고 있다. 그러나 이 정도의 검은 비는 약과라고 해야 된다. 만약 6백 70억 배럴에서 1천억 배럴 정도의 매장량을 자랑하는 쿠웨이트 유전에 불이 당겨질 경우, 매월 45만 톤에 이르는 엄청난 매연이 1년 이상 대기권 상층부를 두터운 연기구름으로 가려, 아시아는 물론이고 지구촌 전체가 기상이변을 맞게 될 것이며, 아랍의 어떤 지역은 햇빛을 받을 수 없어서 섭씨 8도 이하를 기록하는 재앙이 발생할 것으로 전문가들은 보고 있다.

원유배출도 이에 못지 않은 재앙거리이다. TV화면을 통해 우리가 생생하게 보고 있는 바와 같이 이라크가 방류한 원유는 현재 거대한 기름띠를 이루며 사우디의 동해안을 둘러싸가고 있다. 이 기름띠는 바닷물을 걸러 만드는 사우디의 식수원을 파괴시킬 것이고 만 안의 고기떼들과 새떼들을 질식시킬 것이다.

우리는 만 안의 갈매기와 가마우지들이 기름에 젖어서 필사적으로 암벽으로 기어오르려다가 떨어지는 모습을 화면으로 보았으며, 두 날개를 펴고 비상하려다가 넘어지는 바닷새의 모습도 보았다. 우리는 그것을 죽어가는 새의 모습으로 보았다. 그러나 그것이 어찌 새만의 모습일 것인가. 그것은 조개들의 모습이며 고기들의 모습이며 자연의 모습이며 인간의 모습이 아니겠는가.

쿠웨이트시티로부터 하프리 사이의 긴 해안선에서는 지금 검은 기름에 덮인 파도가 관성적으로 밀려와 해안을 치고, 그러고 나면 그 주위의 암벽이나 어린이공원, 비치호텔에는 기름덩이들이 덮이고 쌓인다. 지구 최후의 날을 연상시키는 비통한 풍경이다. 이 풍경을 보며 부시도, 고르바초프도, 미테랑도 통탄한다. 그러나 그와 마찬가지로 죽음의 빛을 띠고 있는 이라크 국민에 대해서는 아무 말도 하지 않는다. 이라크 국민의 죽음과 상처와 공포에 대해서는 모두 다 침묵한다. 이라크의 주미 대리 대사만이 "마치 외계인처럼 이라크 국민이 살륙되고 있다"고 비명을 지를 뿐이다.

왜 '풍경'은 통탄스럽고 '인간들'은 아무렇지도 않은가. 문명의 어머니 바그다드가 서서히 메두사와 같은 괴물로 변해가는 것을 보면서 《요르단타임스》의 한 여기자가 말한 바와 같이 "과연 이것이 서방세계가 꼭 취해야만 할 유일한 수단이었을까". 이것이 유엔헌장이 규정한 폭력금지 원칙을 폭력의 제거라는 이름 아래서 행하는 올바른 일이라고 할 수 있을까. 물론 여기에는 사담 후세인의 광적인 일련의 행동이 원인제공을 하고 있다. 그러나 우리는 후세인과 이라크 국민을 혼동하거나 동일시해서는 안 된다. 이라크 국민은 후세인 이전에도 그 땅에서 살았고, 이라크 국가성립 이전에도 그 땅에서 살았다. 죽어가는 그들을 적대국민이라고 해서 외면하려고 해서는 안 된다. 국가란 필요불가결한 존재가 아니다. 그것은 '너'와 '나'가 함께 모여서 질서를 유지하며 살고자 하는 집합개념일 뿐이다.

전쟁을 일으키는 것은 국민도 국가도 아니다. 힘의 논리가 전쟁을 일으키고 세계를 시끄럽게 한다. 우리는 이 전쟁으로 누가 승리하고 누가 패배하는가를 보려 하기보다는 누가 죽어가고 누가 이득을 보는가를 살펴야 하며, 더 이상의 무고한 인간들이 살상당하지 않도록, 베트남 전쟁시에 버트란드 러셀과 사르트르 등의 세계 지성들이 했던 것처럼, 그리고 세계 곳곳의 평화를 사랑하는 사람들이 했던 것처럼 전쟁을 중지하라고 요구해야 한다. 침략광인 후세인을 응징키 위해 전쟁을 일으킨다는 자체가 부도덕에 발목을 잡힌 일이라는 것을 알아야 한다. 후세인을 평화의 테이블로 걸어나올 수 있도록 그에게 아랍적 대의, 팔레스타인 국제회의와 같은 명분을 주어야 한다.

좋은 전쟁도 없거니와 나쁜 평화도 없는 법이다. 죽어가는 인간들을 살려내고 죽어가는 갈매기와 가마우지를 살려내고 대재앙에로 향해가는 아레스의 발걸음을 멈추도록 해야 한다. 그리하여 세계의 이야기로부터 우리의 이야기로 화제를 바꾸어야 한다. 지겨운 3김 1노를 다시 브라운관에서 보며, 우리의 민주주의를 키워야 한다. 가치는 먼 데 있는 것이 아니라 가까운 데서 시작되는 것이다.

(1991)

미국과 세계, 그리고…

6일 미상하원합동회의에서 모든 의원들의 열렬한 박수를 받으며 승전국 대통령으로서 부시는 '승전보고'를 했다.

"우리는 도덕적이고 정당하며 정의로운 것을 위해 지구의 반대편까지 건너갔고, 열심히 싸웠으며, 마침내 이겼다. 우리는 많은 국민들이 그 전까지 거의 이름을 들어보지 못했던 한 조그마한 나라로부터의 침략과 압제의 멍에를 제거했으나 그 대가로 아무것도 요구하지 않았다. 이제 우리는 자랑스럽게 자신감에 넘친 얼굴로 귀국한다. 나라 안에서나 밖에서나 우리가 할 일은 많다. 우리는 그 일을 할 것이다. 우리는 미국인이기 때문이다."

앞으로 펼쳐질 세계 질서의 향방을 보여준다고 해도 되는, 비전과 긍지에 넘친 부시의 연설에 참전을 반대했던 민주당 의원들까지도 일어서서 열렬하게 박수를 쳤다. 의사당 안이 떠나갈 듯했다. TV를 통해 생방송을 보는 모든 미국인들도 얼굴이 상기되어 국가를 부르거나 "부시, 부시" 연호했다. 우리도 언제 저런 열광과 환호를 연출할 수 있을까 하는 부러움과 함께 나는 외침에 시달려온 우리 역사가 부끄러웠다.

물론 역사는 승리와 정복만이 자랑스러운 것이 아니다. 한 민족이 어떻게 자기다움을 지키며 평화를 영위해 왔는가라는 문제도 도덕적인 면에서 승리 이상의 소중한 의미를 지닌다. 걸프전 진행과정에서 서방의 한 고고학자가 "우리는 승리자가 되기보다도 유프라테스 유적의 파괴자가 되지 말도록 해야 한다"고 경고했던 것도 인간의 삶이 창조한 문화의 보수자로서 마땅한 비판이고 공격이었을 것이다.

이 같은 점은 문화적 시각의 소유자가 아니더라도 수긍할 수 있는 면이 있다. 몰타회담으로부터 열려진 동서화해를 평자들은 화합의 시대이며 평화의 시대 서막이라고 역설했으되 그런 화합 평화가 채 일 년도 가지 못하고 우리 인류는 걸프전을 맞았다. 이 시점에서 보면 美蘇화해가 걸프전을 가능케 했다는 역설이 성립되며 앞으로도 1국주도의 국지전이 얼마든지 일어날 수 있다는 예견을 할 수 있게 한다. 왜냐하면 부시의 승전연설에서 볼 수 있듯이 그 1국은 '미국이기 때문'이며 미국 중심의 세계 평화를 위해서는 그들은 어떠한 일도 '할' 것이기 때문이다.

이 면은 냉전후체제의 성격에서도 유추될 수 있다. 기본적으로 냉전체제는 집단대결시대이며 역으로 집단안보의 시대이다. 미소 양극은 상대의 힘의 행사를 억지하며 불안한 평화를 유지시켰다. 이에 반해 미국 중심의 냉전후세계는 모든 나라들이 우방이고 침묵

속의 동조자들이다. 모두가 우방일 때 우방의 의미는 개별화되어 버릴 수가 있다. 개별 민족국가의 이익이라는 현실논리가 머리를 들고나와 비이성적 시대를 열어갈 가능성이 있다. 양극이 1극이 되었듯이 그 1국도 다국이 될 수 있다.

그러나 여기서 내가 말하고 싶은 것은 분열과 통합, 통합과 분열의 반복과정이 아니다. 그보다는 미국의 영광이라는 이름 아래 행해질 국가이기주의가 앞으로 세계에 무엇을 가져다주며 미국에 또 무엇을 가져다 줄 것인가이다.

외신들은 부시가 최근 국민의 90%를 상회하는 지지를 받고 있다고 전한다. 이 지지율은 미국역사상 유례가 없는 것이다. 부시 개인으로서는 흡족한 일이 아닐 수 없다. 그러나 이 지지 속에는 미국이 세계 제일 국가로서 국제질서를 계속 주도해야 한다는 요구와 미국의 이익에 반할 때는 언제든지 군사력을 동원해 다스려야 한다는 폭력중심사고가 도사리고 있다.

개중에는 파월 합참의장과 같은 균형감각의 소유자가 없는 것은 아니다. 파월은 소련의 걸프전협상 중재를 워싱턴 강경론자들이 무시해버렸을 때 미국을 30분 내에 깡그리 파괴할 수 있는 나라는 소련뿐이라고 하면서 그 나라를 제외하고 세계 평화를 운운해서는 안 된다고 군사전문가적 견해를 피력했다. 그러나 워싱턴의 강경론자들은 그 말을 무시했고, 앞으로도 계속 소련을 무시하려 할 것이고, 그러기 위해서는 더욱 첨단무기를 개발하려고 할 것이다. 그 첨단 무기들이 지구촌의 평화와 안녕을 어떤 방식으로 가져다줄 것인가.

걸프전에서 본 바와 같이 지구촌의 환경을 파괴하고 지표를 부수지 않겠는가.

우리가 심사숙고해야 할 바는, 표면적으로 세계를 주도하고 있는 국가는 미국이지만 그 뒷면에는 거대한 인구의 영토를 지닌 중국과 점점 독자적 위상을 정립해나가고 있는 EC, 그리고 여전히 군사강국인 소련이 도사리고 있다는 사실이다. 그들 국가들은 정치·경제·군사적으로 힘을 나누어 가지고 있다. 헨리 키신저 박사가 계속 힘의 균형이 필요하다고 역설하는 까닭이 거기 있다.

힘의 균형상태에서는 영원한 적도 없고 영원한 친구도 없으며 있어서도 안 된다. 적이 있으면 싸움이 일어난다. 적도 친구도 없는 상태에서만이 견제에 의한 불안한 평화가 지속될 수 있다. 평화를 보장해 주는 이 '힘의 균형'이, 그럼에도 우리에게 비인간적이며 부도덕해 보이는 것은 그것이 가치중립적 요소를 띠고 있는 까닭이다.

가치 혹은 이념이 분명히 인간다운 요소이기는 하되 인간의 도그마란 사실도 우리는 염두에 두어야 한다. 마르크스-레닌주의가 금세기인들을 얼마나 괴롭혔는가를 돌이켜보면 이 점은 납득이 될 것이다. 미국은 도그마일 수밖에 없는 가치(미국제일주의)를 강제적으로 만들어 가려고 해서는 안 된다. 성경에서 우상으로서의 가치(이념)를 섬기지 말라고 했던 것도 우상이란 탐욕과 관계되는 것이기 때문이었다.

미국은 굳어져가는 국가이기주의를 버리고 세계와의 대화를 통한 선별적 입장을 취해야 한다.

미국은 미국의 군사력이, 그들이 지불해야 할 가치가 있는 대의 명분을 위해 사용되는가 아닌가를 도덕적인 입장에서 물어야 한다. 그들은 유프라테스 유적을 파괴하고 있는가 지키고 있는가 물어야 한다.

그 물음은 고리타분한 것으로 보일지 모르지만 가장 인간적인 것이고 인간이 발딛고 있어야만 하는 지반이다. 승리하고 지배하려고 해서는 안 된다. 그런 데 길들여져서는 안 된다.

승리는 평화를 보장해 주지 못한다. 걸프전 후 미국이 이라크에서 후세인의 바트당黨을 궤멸시켰음에도 이제 또다시 시아파의 회교근본주의 대두를 염려하고, 이를 견제하고자 하는 데서도 이 예를 우리는 볼 수 있다.

(1991)

우리가 가야 하는 세계

새해 들어 매스미디어를 도배하다시피 하고 있는 '국제화'와 '지방화'는 얼른 보면 모순된 것처럼 보인다. 국제화가 남을 내 안으로 받아들이고 남의 속으로 내가 들어가는 '나'의 확대를 의미한다면 지방화는 나의 축소를 뜻할 수 있을 터이다. 나의 '확대'와 '축소'를 뜻할 수 있는 이 두 유행어는 그러나 중심의 이동이라는 측면에서 보면 이해가 된다.

이제 더 이상 세계는 국가단위로 살아갈 수 없게 되었으며, 자국의 안보와 경제성장 또한 남과 협력하지 않고 협조하지 않으면 어렵게 되어 있다. 과학의 급속한 발달과 정보의 전지구촌화는 국경의 담을 무너뜨렸다. 동독일과 동유럽이 개방된 것도 서유럽의 힘이 넘쳤거나 외교전략이 탁월해서라기보다는 개방의 물결이 더 이상 그들을 그곳에 가두어둘 수 없을 만큼 거셌기 때문이며 클린턴이나 호소카와 같은 세계적 지배자들이 지방정치무대에서 배출되어 나온 것도 지방의 국제화 현상에 따른 것으로 보인다.

우리는 내년 5월 지방자치단체장선거를 앞두고 있으며, 더불어 지방의 국제화작업들은 미미한 것이기는 하지만 용틀임이 서서히 진행되고 있다. 이제는 지방이 중앙의 부분이라는 수직개념에서, 지방이 있음으로써 중앙이 있고 그 연장선상에 세계가 있다는, 지구의 중심에 나와 내가 사는 마을이 있다는 수평개념으로 바뀌고 있다.

수직에서 수평으로 바뀌는 이 같은 인식의 변환을 자크 아탈리 같은 철학자는 농업문화가 퇴장하고 유목문화가 재등장하는 것이라고 재미있게 표현하고 있다. 농업이 씨를 뿌리고 거둘 수 있는 농지를 필요로 하며, 그 필요성이 고향사랑과 나라사랑, 자급자족정신으로 이어지고 있는 데 반해 유목은 초원이라는 먹이밭을 위해서라면 마을과 국경을 얼마든지 넘나들 수 있다는 점에서 오늘 우리가 만들어가고 있는 문화와의 유사성을 본 것이다.

현대의 유목민들은 욕망과 풍요의 초원을 찾아 경주마를 타고 아메리카를 달리고 중국평원을 가로지른다. 그 달림 속에는 당연히 선두와 낙오자가 생기게 마련이다. 프랑스의 대표적 철학자 기 소르망은 우리 문화에 강하게 나타난 민족주의적 요소를 보고, 그것이 국민에너지를 모으는 데는 유효하겠지만 그 이상의 효과를 거두는 데는 장애요인으로 작용할 수 있다고 지적한 적이 있다. 우리 민족주의가 가지고 있는 민족자존은 반외세적 성격을 내재하고 있다고 그는 본 것이다.

여기서 우리는 '민족자존'과 '반외세'가 어떻게 다르고 어떻게 같은가를 살필 여유는 없다. 하지만 '자존의 민족주의'가 다른 민족의 자존을 수용할 수 있는 공간을 확보하고 있다면 별 문제되지 않겠지만 '자존의 민족주의'가 다른 민족을 배척하고 거부하는 반외세 민족주의라면 거부되어 마땅하다. 이제는 그런 민족주의가 발디딜 틈이 없다. 이스라엘과 팔레스타인이 손잡을 수밖에 없는 까닭이 거기 있으며 세르비아와 크로아티아도 마찬가지다.

우리는 남을 거부할 수 없다. 이 같은 세계내 국가의 존재방식은 지방의 존재방식에도 그대로 적용된다. 우리는 광주-전남사람으로서만 살지 못한다. 우리는 이웃나라와 이웃 道, 이웃 市, 이웃 郡과 더불어 살아야 하며, 그들에게도 우리와 똑같은 사랑과 가치와 자존이 있다는 사실을 인정해주어야 한다. 인간존재는 상대적인 것이다. 남이 인정해 주었을 때 나의 존재는 비로소 지금, 여기 우리 사이에 있는 것이 된다.

이처럼 나와 남이 같다는 인식 위에 설 때, 내 마을은 내가 가장 잘 아는 곳이므로 내가 마을을 위해서 일하지 않으면 안 된다는 적극적이고 능동적인 사고를 할 수 있는 것이며, 그 사고는 남의 인정을 받을 수 있는 보편성을 갖게 된다.

그런데 과연 우리는 우리 마을을 위해 우리가 일하겠다고 말할 수 있겠는가. 우리는 도청소재지를 정하는 데 지역이기주의를 벗어날 수 있었으며, 망월동묘지를 성역화하는 데 시민 스스로가 마음을 모둘 수 있었던가. 결코 그렇다고는 대답할 수 없을 것이다.

우리는 광주문제를 풀어가는 데 많은 좌절을 겪어야 했고 환경

되살리기에서도 지역이기주의에 시달림을 받았다. 우리는 '소유'를 내 것으로만 생각한다. 소유의 공동성을 인정하려고 하지 않는다. 군부권위정권이 사라진 이래로 지역분쟁이 잦아지고 떼강도가 날뛰고 사회도덕이 바닥나는 것도 우리에게 더불어 사는 지혜가 모자라기 때문이다.

광복 50년 동안 우리는 놀라운 경제성장을 이룩하였으며 민주화도 어렵사리 궤도에 올려놓았다. 그러나 그것만으로는 부족하다. 일본의 지방자치단체들은 1993년 말 현재 22개 都·道·府·縣이 아프리카를 제외한 세계 곳곳에 해외사무소를 차리고 무역진흥과 관광유치에 나서고 있다. 그들 자치단체들이 세계 곳곳으로 뛰고 있는 것은 질좋고 값싸고 편리한 상품이 마련되어 있기 때문이기도 하지만 그보다 먼저 '뛰어야 산다'는 적극적이고 능동적인 사고를 갖고 있기 때문이다. 우리는 이제 '대한민국은 금수강산'이라는 근거없는 우월감과 배타성을 버리고 사회의 모든 영역에서 새롭게 뛰는 노력을 기울여야 한다. 세계는 넓고 할일은 많다. 이제 우리는 편협한 지방주의적 사고에서 벗어나 지방의 산천과 풍물을 보되 세계적 시각으로 보려는 인식의 지평을 열어야 한다. 21세기는 새 세기답게 우리에게 오고 있다.

(1994)

북한 TV의 두 화면

7월 9일 12시.

김일성 사망뉴스가 전파를 타고 흘러나오자 시민들의 동공은 한동안 정지되었다. 북에 감정이 있는 사람이거나 없는 사람이거나 노인이거나 젊은이거나간에 우리 속으로 들어와 우리를 끊임없이 괴롭혔던 인물이 역사의 현장에서 사라졌다고 하는 데 대한 당혹감을 떨쳐버리지 못하는 모양이었다. 평소에 김일성이 죽어야 통일의 전기를 마련할 수 있다고 목소리를 높이던 사람도, 김일성 때문에 향리에서 쫓겨나 타향설움을 씹게 되었다고 넋두리를 늘어놓던 실향민들도 그 순간만은 묵묵히 TV화면에서 전개되고 있는 북한사람들의 움직임을 지켜보고 있을 뿐이었다.

처음 TV화면에 등장한 것은 남자 아나운서였다. 그는 심하게 떨리는 목소리로 '김일성有故'를 알렸다. 다음으로 김일성 동상이 있는 만경대에서 엎드려 흐느끼는 남녀노소가 화면 가득히 나왔다. 그들은 울다가 실신하여 구급차에 실려나가기도 했고, 울며 수령동

무에게 충성을 맹세하기도 했고, 질서를 지키라는 방송에도 아랑곳 없이 동상 앞으로 기어나가기도 했다.

비정상적인 사회에서 종종 표출되는 집단심리의 광란극으로서, 프로이드설에 의하자면 그들 지도자에 대한 사회구성원의 동일시 과정이 그 같은 광란현상을 일으킨다고 해석할 수 있을 것이다. 북한사회가 49년 동안 1인체제를 유지할 수 있었던 것도, 김일성-김정일 세습체제를 이뤄나갈 수 있었던 것도 구성원 개개인의 자아포기와 추종에 따른 결과인 셈이다.

물론 그 '자아포기'와 '추종'을 NYT기고가 스테븐 린턴 같은 사람은 유교사상으로 결속된 북한의 전근대적 村문화 때문이라고 풀이하기도 한다. 전근대적 村문화에서는 촌장이 도덕적 결함을 보이지 않는 한 지배-복종관계가 일반화된다는 것이다. 하지만 그 집단통곡이 '동일시과정'에서든 '村문화적 관행'에서든 20세기적 합리의 사고로 닦여진 우리 눈에는 집단히스테리로 보일 밖에 없다.

그런데 더욱 놀라운 것은 북한이 집단히스테리극 속에서도 매우 침착하고 정연하게 권력의 이동을 진행하고 있으며, 그것을 우리에게 보여주고 있다는 점이다. 북한이 세 번째로 보여주는 필름은 김일성의 시신에 김정일이 조상을 끝내고 문상객을 받는 장면이다. 김정일이 문상객과 인사를 나누며 움직일 때마다 오진우 인민무력부장과 강성산 정무원총리는 좌로 또는 우로 자리를 바꾸며 보좌한다. 죽은 자와 산 자, 사라지는 자와 떠오르는 자를 극명하게 대비시키는 연출력이 돋보이는 화면이다.

여기서 우리는 북한사회가 우리와 미국 및 세계에 무엇을 보여주고 있으며 어떻게 대응해와야 되는가를 암시해 주고 있다고 판독할 수 있다. 북한사회는 우리가 생각하고 있는 것처럼 뿔 달린 도깨비들이 춤추고 노는 사회가 아니다. 그들은 조문에서까지도 대외적 계산을 할 수 있는 치밀한 두뇌를 가지고 있다. 김정일은 '판단력이 빠르고 치밀하다'고 그를 아는 사람들은 평가하고 있다.

또 그는 남한의 경제부흥이 어느 수준이며 어떻게 가능했는지를 파악하고 있으며, 그러기 때문에 미국과의 수교를 바라고 있다고 한다. 이 같은 북한의 정책방향을 정확히 분석해냈기 때문에 클린턴 미대통령은 김주석 사망 즉시 조의를 표했으며 밥 돌 상원의원의 반격을 받았을 때도 "그것이 외교다"라고 치받고 나올 수 있었던 것으로 보인다.

최근 미국과 일본은 '有故'를 당한 북한의 체면 세워주기에 급급한 인상이다. 북한의 자존심을 추켜세워 그들로 하여금 굴욕감 없이 북미협상테이블로 걸어나오게 하려는 술책이다. 우방들의 이 같은 발빠른 행보에도 불구하고 우리 정부는 아직까지 대對북한 정책결정을 내리지 못한 채로 우왕좌왕하고 있다.

심지어 여당의 한 인사는 클린턴의 조문을 '경망스런 언동'이라고 책망까지 했다. 남북정상회담에 대해서도 정부는 '안보태세만전'을 역설하는 과정을 거쳐 "회담합의는 유효하다"고 총리로 하여금 발표케 하더니 다시 회담은 원점에서 재논의돼야 한다고 방향을 바꿨다. 남북정상회담이 김일성 개인과의 면담이 아니고 남북정상의 만남을 통하여 민족공동체의식을 확인하자는 데 있는 것이라면 상황논리에 따르는 정부의 태도는 선진적이라고 말하기 어렵다.

정상외교의 제1장은 미래전망적인 차원이어야 된다. 상황은 어느 때보다 북한지도자를 자유롭게 하고 있다. 김일성은 대남-대미 관계에서 대화의 문을 열었으며 김정일은 주석의 유지를 받들어 유지를 계승 추진하겠다고 밝혔다. 북한사회의 폐쇄적 사고를 감안하더라고 유지계승 추진에 반대할 자가 나올 리 없다. 따라서 김정일은 상당한 재량권을 가지고 대남-대미관계개선을 도모할 수 있는 입장에 선다. 이것은 우리에게 다시 없는 기회일지도 모른다.

쫓기는 입장에 있는 김정일을 남북-북미회담으로 끌어내어, 아웃라인이 거의 정해진 것으로 보이는 핵문제를 타결짓고, 뒤이어 남북 경협을 통한 민족공동체 의식을 다져놓도록 해야 한다.

남과 북은 체제경쟁이나 체제전복을 포기하고 손쉬운 원자재나 경공업 부분부터 거래를 터나간다면 말과 피가 같은 우리는 쉽게 가까워지고 동화되어갈 수 있을 것이다.

김일성유고를 방영한 북한의 TV화면들이 그런 메시지를 나에게 전해주었다면, 그것은 당신의 기대심리가 작용한 주관적인 것이라고 당신은 항변하겠는가?

(1994)

세계화와 영어조기교육

교육부가 마련한 영어조기교육시행방안을 보면, 오는 1997년부터 국교 3년 이상의 학생에게 주 2시간씩 영어교육을 실시키로 돼 있다. 21세기를 승자勝者로 살아가려면 세계 공통어가 되다시피 한 영어를 조기에 가르쳐 여러 나라 사람들과 여러 가지 용건으로 만나 대화를 나누는 데 지장이 없도록 중점 교육해야겠다는 것이다.

우리나라 영어교육의 역사는 1세기를 넘었다. 1894년 〈한성영어학교〉가 세워지고 영어를 가르치기 시작했으니까 올해로 꼭 101년이 된다. 그럼에도 우리 영어교육은 '말하고 듣기'보다 '읽고 쓰기'의 비실용적 측면에 치중하는 면이 있었다. 때문에 중고교를 거쳐 대학을 나와도 영어 한마디 제대로 할 수 없었으며, 어쩌다 외국인을 만나게 되면 통역을 찾거나 꽁무니를 빼기 일쑤였다.

말하고 들을 수 있는 영어교육은 이런 면에서 제기되어 마땅했다. '세계화'가 국정운영목표로 정해지고 나서부터는 대통령부터 교육부, 기업인에 이르기까지 영어조기교육을 역설했다. '세계화'

가 아니더라도 21세기를 살아갈 사람으로서 말하고 들을 수 있는 영어교육의 필요성은 제기될 수 있다. 이제와서 우리는 '나라 안 개구리'로 살 수 없다. 장사를 하자고 해도 국제적 동향을 파악할 수 있는 시각이 요구되며 국제적인 기업들과 만나 대화하고 설득시킬 수 있는 말을 가져야 한다.

김영삼정부가 내세우고 있는 '세계화'란 '세계를 살아갈 수 있는 시민'이 되자는 것이겠지만 국제경쟁에서 살아남아 '일류—流'가 되라는 것이라 할 수 있다. 모든 나라는 '一流'가 되고자 하는 꿈을 갖는다. 19세기에는 영국이 그랬고 20세기에는 미국과 소련이 그랬으며 20세기 후반에는 일본이 一流꿈을 가지고 뛰고 있다. 21세기에는 우리도 일류국—流國이기를 꿈꿀 수 있다. 미국의《이코노미스트》誌는 세계에서 일본을 따라잡을 수 있는 나라는 한국밖에 없다고 말한 적이 있다. 이 같은 국가적 목표를 실현하려면 '말'이라는 무기를 구비하여야 한다.

개인이나 기업, 국가를 막론하고 영어의 필요성을 모르는 자는 없다. 그런 면에서 영어의 조기교육은 국가의 당위라고 주장할 수도 있다. 하지만 '영어조기교육으로 일등국가를'이라는 구호는 현실논리는 있으되, 언어가 민족의 2대 기둥이며 일등국가 개념도 민족주의에서 우러나온 것이라고 볼 때 상충되는 면이 보인다. 즉 영어조기교육론은 세계지향적이며 대미의존적이라면 일등국은 '모든 것 위에 한국을'이라는 다소 파시즘적인 민족주의가 되는 것이다. 따라서 영어조기교육론이 균형을 갖추려면 그 이전에 '우리 말 바로 알기'라든가 '우리 말 바로 쓰기', '우리 詩 외기' 같은 우리 말 사랑 운동이 광범위하게 전개되어야 하며, 우리의 정체성[identity]이 과연 무엇이고, 대외정책이 의미하는 바가 또 무엇이냐는 질문이 뒤따라야 한다. 이들 질문에는 또 한국이 동아시아와 세계에 대한 관계정립의 순위를 어떻게 둘 것이냐는 물음도 추가된다.

지난해 클린턴 미대통령이 "일본은 태평양공동체의 중심국가가 돼야 한다"(와세다대 연설)고 말했을 때, 일본지식인들은 미국이 아시아·태평양의 종주국으로 지위를 굳히려는 의도를 받아들일 것이냐, 한국·중국과 함께 동북아경제권을 모색할 것이냐로 왈가왈부한 적이 있었다. 이 같은 일본지식인의 모습은 미국 시애틀에서 아·태경제협력체(APEC)정상회담이 열렸을 때 아시아국가들과 미국과의 중재역을 자임하고 나섰던 김영삼 대통령의 외교를 예찬했던 우리 지식인들의 모습과 큰 차를 보인다. 미국의 소매를 잡고 세계로 나서려는 우리 태도는 대외의존적이라는 비판을 면키 어렵다. 더욱이 말레이시아 같은 나라가 APEC에 반대했었다는 사실을 감안하면 더욱 그렇다.

나는 우리 외교가 자주적이냐 대외의존적이냐를 논할 생각은 없다. 그보다 최근 문제로 떠오른 영어조기교육이 옳은 것인가를 살펴보고 싶을 뿐이다. 경제면에서 볼 때 우리는 미국 또는 영어교육을 중시하지 않을 수가 없다. 국가경제가 수출에 달려 있다고 해도 과언이 아닌 우리 현실에서 22.1%를 차지하는 미국시장의 비중은 절대적이라고 해야 된다. 영어사용인구는 15억으로 세계인구 54억의 26%

를 차지한다. 그 넓은 시장을 누비려면 말하고 들을 수 있는 영어교육이 한층 요구된다. 하지만 우리는 최근 대미수출 비율이 점점 낮아지고 중국 동남아비율이 높아져가고 있다는 사실에도 주목할 필요가 있다. 한국무역협회는 얼마 전 중국, 대만, 싱가포르 등 중화경제권이 우리의 최대시장으로 떠오르고 있다고 밝힌 바 있다. 중화경제권에 대한 수출실적은 29.1%로 미국보다 7%를 웃돌고 있다. 여기서 우리는 국력배가를 위해서라면 영어보다 漢字·중국어를 더 배워야 하는 것이 아닌가 하는 생각을 해 볼 수 있다. 그러함에도 정책당국자들은 한자와 중국어교육의 필요성을 역설하지는 않는다. 영어교육이 국력차원에서만 논의되어지는 것이 아니라는 증좌가 된다.

일부에서는 한자사용을 중시해야 한다는 잠재여론을 죽이기 위해 영어조기교육론을 제창했다는 주장도 있으며, 이를 헌팅턴의 문명충돌적 시각에서 풀이하는 측도 있다. 어차피 기독교문화권과 유교문화권은 나누어질 수밖에 없으며 대립적이 될 수밖에 없다는 것이다. 이런 시각을 취하고 보면 우리가 영어를 중심으로 한 영어문화권을 택할 것이냐(미국이 주도한 APEC도 문화적으로는 그 범주에 속한다), 유교와 한자를 공유하고 있는 동북아문화권을 택할 것이냐는 민족정체성 문제와 맞닿아질 수밖에 없게 된다.

영어조기교육은 단순해 보이지만 그것이 역사와 문화에로 뿌리를 내리고 있으므로 복잡해진다. 교육을 경제의 필요 측면에서 요리하려고 하는 것은 잘못이다. 영어조기교육이 가져올 수 있는 이득과 해를 장기적 안목에서 검토하고 분석해야 된다.

(1994)

앵무새 죽이기

그레고리 펙 주연의 「앨라배마에서 생긴 일」을 흥미있게 본 적이 있다. 스카우트라는 어린 소녀의 눈을 통해 다중사회가 한 흑인을 어떻게 소외시키고 희생시키는가를 그리고 있는 이 영화는 한마디로 지배문화에 속하는 다중의 '앵무새 죽이기'라고 할 수 있는 것이었다. 이야기는 이렇게 시작된다. 주인공 스카우트는 점심을 싸오지 못하는 흑인 소녀를 마을의 학교에서 만나게 되고, 그 소녀가 점심을 싸오지 못하는 흑인이기 때문에 미워하게 되고 그 미움은 갈등과 대립의 긴 싸움으로 전개된다. 이런 기본 줄거리 위에 백인사회가 무고한 흑인을 살인범으로 몰아 처형하는 과정이 덧칠해진다.

인간은 편견일 수 있는 언어와 사고와 사상으로 일생을 산다. 20세기 말에서 20세기로 넘어가는 전환기를 사는 우리도 해방과 6·25, 군사독재 치하에서 배우고 육화된 반공논리로 말하고 판단하고 행동하며 살아왔다. 따라서 우리와는 다른 논리로 말하는 사람들을 만날 때 우리는 그들이 껄끄러울 수밖에 없다. 더욱이 철학이나 사상이라고 이름하기에는 내용의 빈곤을 면치 못하는 북한의 주체사상을 떠들고 외치며 사회 물의를 일으키는 젊은이들의 경우에야 너무나 당연한 일이다.

그런데 6·25세대가 새로운 세대를 싫어하고 거부하는 것과 6·25세대가 새로운 세대를 이적시하고 매도하는 것은 다른 차원의 문제이다. 전자는 감정이지만 후자는 외표된 현실이다. 서강대 박홍 총장이 "주사파 뒤에는 사노맹이 있고, 사노맹 뒤에는 사노청이 있고, 사노청 뒤에는 김정일이 있다"고 하면서 주사파 타도를 외친 이후의 정국은 매카시선풍이 일 때의 미국처럼 사뭇 음산하다.

범민족대회를 마치고 귀향하는 학생들을 무더기로(1천 3백여 명이나) 강제연행하는가 하면 또 교수는 교수들대로 언론은 언론대로 박홍 총장과 같은 용기있는 사람들이 더 많이 나타나 주사파를 뿌리뽑아야 한다고 이구동성으로 외친다. 그들은 전국 곳곳에서 학생들이 강제연행, 불법구금되고 있는 현실을 돌아보려 하지 않는다. 임의동행에는 본인의 동의가 반드시 필요하며 동행에 응한 다음에도 본인의 의사에 따라 얼마든지 돌아갈 수 있다는 경찰직무수행법상의 규정을 무시한다. 임의동행에 대한 거부와 거부의 자유는 자유민주주의가 자랑하는 신체자유의 핵심부문에 속한다. 이 원칙이 무너지면 자유민주주의도 무너지고 만다.

더욱 우려되는 것은 자유민주주의를 위협하는 강제연행과 불법구금이 대대적으로 자행되고 있다는 사실보다 그것을 지적하고 비판하는 소리가 침묵하고 있다는 사실이다. 주사파 척결수사가 불가 피하다거나 용인돼야 한다는 그릇된 인식이 이성적 판단을 가로막고 있는 것이다.

이런 가운데 박총장의 주사파 폭로시리즈는 주사파 학생에서 주파사 교수로, 주사파 정치인과 주사파 언론인으로 확대되어가고 있다. 주사파 발언의 근거를 제시하라는 야당과 피해자측의 요구에도 박총장은 "제보자를 희생시킬 수 없다", "국민의 경각심을 불러일으키려는 충정에서 한 것이다"라는 밑도 끝도 없는 발언을 하고 있다. 그의 발언 때문에 매카시적 선풍이 불어 사회가 불안에 떨고 있는데도 그 발언의 비논리성과 무근거성을 지적하는 소리는 어디서도 들리지 않는다. 문민정부 이후의 급개혁에 대한 반대급부라고 치부하기엔 개혁에 대한 국민의 기대가 너무 서글프다.

우리는 지난 반세기 동안 냉전시대를 살아오면서 좌와 우, 진보와 보수라는 개념들을 남용해왔다. 사실 '좌냐, 우냐'는 이분법적 상황에서는 복종과 추수가 있을 뿐 선택하고 지지하고 비판하는 정치사고는 자라기 힘들다. 좌우 긴장속에서도 선택하고 비판할 수 있는 사고가 정치사고이며 개혁사고이다. 문민정부가 그의 정치슬로건으로 내걸었던 변화와 개혁에 충실하려면 공권력의 유혹에 넘어가서도 안되고 6·25세대의 반공논리에 기울어져서도 안된다. 문민정부는 몰타 이후의 화해와 화합정신에 알맞게 변해가지 않으면 안된다.

물론 6·25세대의 반공경험이 소중하지 않은 것은 아니다. 하지만 그것은 6·25세대의 가치이고 경험이지 새로운 세대의 가치이고 경험일 수 없다. 역사를 정치시키거나 되돌릴 수는 없다. 문민정부가 반복해서 외치는 '안정 속의 개혁', '변화와 개혁'이 국민의 마음을 일시적으로 붙잡으려는 속임수가 아니고 이 땅을 살 만한 곳으로 만들기 위한 슬로건이라면 근거없는 폭로로 국민을 불안케 하는 요소들은 제거돼야 마땅하다. 국가가 학생들을 주사파로 만드는 일이 있어서는 안 된다. 냉전논리가 팽배해져서는 안 된다. 그럼에도 불구하고 작금의 현실은 보수회귀 조짐이 역력하다.

「앨라배마에서 생긴 일」에서 아버지가 한 말—남의 입장에 서서 보지 않고서는 결코 남을 이해할 수 없다는 말을 우리는 이제 되새겨야 한다. 새로운 세대의 입장에 서서 변화를 받아들이고 변화를 이해하는 노력이 필요하다. 어린 스카우트가 그와 다른 세계에 사는 흑인소녀와 화해에 이를 수 있었던 것도 '다른 세계'로 들어가 사물을 보는 변화된 시각을 갖게 되면서부터였다. 그 면에서 변화—그것은 개혁에 다름 아닌 것이라 할 수 있다.

(1994)

거짓말

중견언론인들의 모임인 관훈클럽에서 여야대표들을 초청하여 벌이는 토론회가 계속되고 있다. 5일에는 신한국당 대표가 나갔고 6일에는 국민회의 대표가 나갔으며 7일에는 민주당 대표가, 오늘은 자민련 대표가 나갈 차례다.

민주당은 약간 다르지만 신한국당이나 국민회의, 그리고 오늘 토론마당에 나설 자민련은 한결같이 정치의 '안정'을 강조하고 있으며 '우리 당만이 진정한 보수'라고 주장하고 있다. 그 바람에 '원조보수', '진짜보수', '보수본류', '중도온건'이란 급조어들이 탄생되고 있다. 보수성향의 유권자들에게 던지는 추파라 할 수 있다.

일반적으로 유권자들은 자신을 보수적이라고 여기는 성향이 있다. 벽난로 앞에서 흔들의자에 앉아 아침신문을 읽는다는 영국의 중산층처럼 우리 유권자들도 자신의 상을 보수적 중산층이라든지 향보수적 중산층이라고 생각한다. 그래서 선거철이 되면 입후보자들은 동서고금을 막론하고 보수주의자로 자처한다. 흑인해방이라

는 미증유의 조치를 단행했던 링컨도 "나는 보수주의자"라고 목소
리를 높였다. 그러고 보면 작금 정가를 요란하게 하는 보수주의 바
람도 정치속성의 하나라 할 수 있는 위장언어로 보면 될 법도 하다.
하지만 보수의 전제 아래 "정치 안정을 위해서는 과반수 의석을 확
보해야 한다(신한국당)"라든지 "지나간 역사가 그 무엇이든 간에
이를 소중히 여겨야 한다(자민련)"는 등의 말들에 이르면 그냥 보
고 넘어가기 어렵다. 세상에 과반수 의석 확보가 어떻게 정치안정
을 기약하며 민주주의를 발전시킬 수 있는가. 민주주의란 견제와
균형, 대화와 타협의 제도가 아닌가. 과거를 소중히 여겨야 한다는
논리도 과거를 거울삼아 고칠 것은 고치고 반성할 것은 반성하자는
것이지 고문치사, 간첩조작, 쿠데타, 비자금을 본받자는 것은 아니
다. 고문치사, 쿠데타, 비자금을 다시는 우리 역사에서 반복하지 못
하게 하자는 데에 역사바로세우기의 정신이 있으며, 그 면에서 보
수논쟁은 의미가 없다. 그런데도 고문치사, 쿠데타세력과 한가지로
역사바로세우기 세력은 보수본류를 자처하고 있다. 그러니 우리 정
치에서 보수는 어중이떠중이거나 거짓말인 셈이다.

　하긴 보수주의라는 개념 자체가 고정된 것은 아니다. 영국의 보
수주의는 신흥산업계층의 자유주의적인 도전에 대한 반작용으로
나타났으며, 미국의 보수주의는 미국 탄생 자체가 자유주의적 이념
에 기초한 것이므로 자유주의적 전통을 지키고 펼치자는 뜻을 담고
있다. 하지만 우리가 일반적으로 인식하는 보수주의는 자유주의적
인 것이거나 반자유주의적인 것만은 아니다. 작은 정부 아래 전래

의 도덕규범과 가치 제도를 올바로 이어받으며 민족국가의 정체성을 살리는 것을 뜻한다. 그런 의미에서 봉급생활자의 근로소득세율을 낮추고 물가 안정을 기하는 경제제일주의는 보수주의적이라 할 수 있을지 모르지만 세계화는 그렇게 말하기 어렵다.

지난 3년간 김영삼정부는 금융실명제, 토지실명제, 盧-全비자금 수사 등 개혁적 조치를 단행했다. 이 같은 조치들은 5·6共 치하에서 부를 축적했던 기득권세력으로 하여금 자신을 죄인시하는 공포감정을 가지게 하였으며, 금세라도 불러들여 은행계좌를 뒤지고 윽박지르는 악몽에 시달리게 했다. 이 공포와 악몽의 틈서리를 파고드는 것이 자민련이고 보수논리다. 그런데 웃지 못할 사실은 기득권세력을 공포와 악몽으로 몰아 넣었던 신한국당도, 그리고 개혁이라고 보았던 국민회의도 '우리는 보수'라고 속삭인다는 사실이다. 4黨이 경쟁적으로 내건 1백 가지 공약이라고 하는 것도 실현이 의문시되는 것들을 백화점식으로 나열하는 것들이다. 오죽했으면 정부조차 실현성이 없다고 문제삼고 나섰겠는가.

이런 '아사리잡탕' 때문에 유권자들 사이에서는 '인물론'이 등장한다. 정당 속에서의 인물이라면 모르겠지만 정당 밖 인물이라면 가당치도 않는 이야기다. 정당정치 아래 어떻게 정당 밖 인물이 운위될 수 있겠는가. '대쪽'이라는 이회창의 대중인기가 거기서 비롯된다. 개인적으로 나는 김근태와 제정구를 좋아한다. 이회창도 어느 정도 좋아한다. 그들의 말이라면 어느 정도 믿고 따를 수 있다. 그럼에도 정치인 이회창으로 바뀌면 '대선자금은 밝혀야 한

다'에서 '대선자금에 관해서는 당에서도 자료가 없어 밝히기 어렵
다'로 태도가 달라진다. 국민의 정치불신과 정치허무주의는 이 같
은 말바꾸기에서 비롯된다. 보수주의라는 말도 그 연장선상에서
읽으면 된다.

우리 정치가 희망을 가지려면 어째서 이런 말바꾸기가 횡행하게
되었는가를 묻고, 그런 거짓말이 국민의 가슴에 남긴 상처를 이해
와 사랑으로 쓰다듬는 포용의 정치가 펼쳐지도록 해야 된다.

(1996)

청빈을 그리워하는 마음

의재毅齋 허백련許百鍊이 어느 날 TV에 나왔다. 그는 어떻게 사는 것이 행복한 일이냐는 대담자의 질문에 어눌한 말씨로 "제가 하고 싶은 것 하고, 안하고 싶은 것 안하는 것이 행복한 일이제"라고 했다. 이 말은 욕망의 극대화처럼도 들린다. 하고 싶은 것을 마음껏 하고 가지고 싶은 것을 마음껏 갖는다는 것은 우리 내부에 숨어 있는 욕망의 마성에 불을 붙이고 부채질하는 일에 다름 아니다. 그것은 양심과 정의에 위배되는 일이다.

사회적 금기의 그물을 벗어나서 욕망이 키를 키우면 욕망의 걱정거리들도 그림자처럼 키를 키운다. 욕망과 욕망의 그림자들이 상승작용하면서 욕망의 에스컬레이터 현상을 야기시키는 그런 것이 의재가 하고 싶은 것은 아니다. 의재의 '하고 싶은 것'은 인간의 이성과 도덕과 예지가 하고 싶다고 느끼는 중용적 세계를 말한다. 최근 들어 신문지면을 장식하고 있는 공직자 재산공개 파문은 의재의 세계와는 거리가 먼 것이다. 그것은 욕망의 현시극이다.

이번 재산공개의 하이라이트는 단연 정몽준 의원이다. 그의 공개재산은 무려 799억 원이다. 이 액수는 150만 원을 받는 월급쟁이가 (보너스까지 합쳐) 4천 년을 한푼 안 쓰고 보태야 모을 수 있는 거액이다. 거금巨金을 비난할 마음은 없다. 남보다 잘 살기 위해서 힘껏 뛸 수 있는 것이 자유민주주의 체제의 특성이고, 사회주의를 이길 수 있는 장점이라면 장점이다. 그런 장점을 우리 사회가 갖추고 있기 때문인지 1백억 원에서 8백억 원을 가진 공직자가 10명, 50억 원에서 1백억 원까지가 29명, 30억 원에서 50억 원까지가 63명, 20억 원에서 30억 원까지가 72명이었다. 그것도 존비속은 제하고 소유토지는 공시지가로 계산해서였다. 부富가 얼마나 특수공직자들에게 집중되었는가를 살필 수 있는 수치들이었다.

또 이 부의 집중도를 보면, 입법부에서는 민자당이 휩쓸다시피 했으며(입법부 상위 50명 중 36명이 민자당 의원이다), 행정부에서는 특허청과 건설부, 사법부에서는 헌법재판소가 차지했다. 국민의 시선을 모았던 장성들은 의외로 4억 원선을 맴도는 낮은 수준을 보인 반면(이 수준은 군의 문민화 수준으로도 보인다), 청렴한 곳으로 여겨왔던 사법부는 축재부로서 각광을 받았다. 특히, 이 부서의 수장인 대법원장은 투기바람이 들끓던 1980년대에 용인에 수만 평 땅을 사고 전두환의 처남 이창석씨 변론을 맡는 등 전력이 드러나 망신살이 뻗쳤다. 어느 부서, 어느 공직자고 냄새 안 나는 데가 없다. 공직이 멸사봉공의 길이 아니고 권력과 명예와 축재의 길이 되었다. 요직에 앉았던 공직자치고 재산명세서가 간단한 사람이 없

다. 그런 사회는 미래가 없다. 국민과 국가를 위하여 땀 흘려 일해
야 될 사람들이 제주도로 용인으로 이천으로 서초동으로 뛰어다니
며 축재와 착취를 일삼는다면 그런 사회를 우리는 어떻게 공동체라
고 할 수 있으며, 국민이 공동체의식을 상실한 사회를 어떻게 무간
지옥이라 아니할 수 있겠는가.

> 세상 곳곳에서
> 물러가라 사라져 버려라
> 땅 속으로 꺼져가라
> 인간이 하는 일이라면
> 나는 무엇이든지 해보이겠다

라는 멕베드의 저주가 들리는 듯하다.

그러나, 그렇다고 해서 우리는 마냥 병든 사회를 개탄하고 체념
하고 부정할 수만은 없다. 아직도 보이지 않는 곳에서는 꿰맨 옷을
입고 헤진 짚신을 신은 청백리들이 있다. 부산고법의 조무제趙武濟
부장판사와 광주고법의 맹천호孟千鎬 부장판사가 그들이다. 조판사
와 맹판사는 누옥 한 채와 1천여만 원 정도의 적금을 가지고 있다.
그러면서도 조판사와 맹판사는 "공직자가 집 한 채 가지면 되는 것
아니냐", "저는 돈과 인연이 없는 것 같아요"라고 청빈을 뽐내지 않
고 그것을 오히려 부덕의 소치로 돌리는 겸양을 보였다. '겸양'에
는 공직자가 두 손을 마주잡고 허리를 구부리고서 명예나 부를 사

양하거나 남에게 돌린다는 뜻이 깊숙이 담겨 있다. 조판사나 맹판사가 "집 한 채면 되는 것 아닙니까"라거나 "저는 돈과 인연이 없는 것 같아요"라고 나직이 말하는 모습이 바로 그 모습이다.

예로부터 우리는 그런 공직자를 가지고 있었다. 갈아입을 옷이 없었던 황희黃喜 정승이 그런 분이었으며, 십여 년 전 작고한 최대교崔大敎 검사장 같은 분이 그런 청백리였다. 우리는 지금 오사汚史를 가려내는 일도 중요하지만, 청백리淸白吏를 찾아내는 일이 더욱 시급하다. 청빈하기 때문에 이해에 놀아나지 않고, 청빈하기 때문에 남을 받아들일 줄 알고, 청빈하기 때문에 참을 줄 아는 청백리는 우리 내부로부터 솟아오르는 위대한 빛이다. 그런 사람들이 속속 나타나야 사회가 밝아지고 투명해진다.

지금 우리는 과도기를 지나고 있다. 문민정부라고 하지만 정확히 말하자면 독재권위체제에서 문민으로 옮겨가는 과정에 있다고 해야 한다. '평화의 댐'과 '율곡사업'의 구린 데를 들추고, 금융실명제를 실시하고, 공직자 재산공개를 추진한 것도 냄새가 진동하는 사회의 알몸뚱이를 드러내어, 속이 보이는 사회, 논리가 일관한 사회, 도덕이 살아 숨쉬는 사회를 만들기 위해서다. 개혁의 요체는 사회정화이다.

개혁이 진행되는 동안 우리는 공직자의 물갈이를 어느 정도 해낼 수 있을 것이고, 그 물갈이를 통해 권력과 명예와 돈을 동시에 움켜쥘 수 없다는 사회통념을 만들어낼 수 있을 것이며, 그 통념이 도덕의 인간다운 덕목을, 강물과 같이 유유하게 사회 곳곳으로 흘

러가게 할 수 있을 것이다. 그때는 청백리도, 간절한 사람이 아니라
어느 곳에서나 만날 수 있는 보통사람이 될 것이다. 그런 사회를 위
하여 우리는 힘써야겠다.

(1995)

일본 대중문화의 수용 논쟁

"이제 일본가요나 영화의 수입을 검토할 단계에 왔다"는 지난 달 공노명孔魯明 주일대사의 계산된 듯한 말은 우리 사회에 조용한 파문을 던졌다. 한쪽에서는 왜색문화의 수입은 '절대불가'라고 반대하고 있으며 또 다른 쪽에서는 '건전한 것만 골라 개방하면 될 것'이라는 긍정적인 반응도 나오고 있다. 어떻든 이제까지 부정일변도였던 일본문화 수용이 '단계적 개방'에까지 이르렀다는 것은 진전이라면 진전이라 할 수 있겠다.

일본과 우리는 '과거사'를 가지고 있다. 그리고 그 '과거사'에는 쉽사리 씻어내기 어려운 감정이 잠재돼 있다. 그 감정이, '일본영화나 가요가 한국에서 상영되기를 바라는가'라는 설문조사에, 서울에 거주하는 일본인 중 53%가 '그렇다'라고 대답하게 한 반면 12%는 '한국인의 감정을 고려하여 현상태에서도 만족할 수 있다'는 어정쩡한 대답을 낳게 했을 것이다.

53%에 비해 12%는 적은 수라고 할 수 있다. 그러나 그 적은 수

가 어떻게 존재하게 되었으며 존재하고 있는가를 감안한다면 12%
의 의미는 53%보다 더 크고 무겁다고 할 수 있다.

재한일본인 니시지마 신지씨는 거년 세모에 모방송국 PD로부터
딸의 노래를 방송하고 싶다는 전화를 받고, "그래도 괜찮느냐"고
물었더니 "우리도 이제는 국제화의 길을 걷는다"고 하더란다. 그리
고 2월 8일 신지씨 딸의 「즐거운 히나 마츠리」는 전파를 타고 나갔
고, 이렇다 할 시청자들의 항의는 없었다 한다.

문제는 항의가 없었다는 데 있지 않다. 아직도 "그래도 괜찮느
냐"고 묻지 않을 수 없는 일본인의 한국인에 대한 경계심리에 있다.

한국의 국민감정을 제쳐놓고 일방적으로 문화개방에 압력을 가
해서는 안 된다고 재한 일본인들은 생각하고 있는 것 같으며, 일본
문화에 대한 열린 시각을 가지고 있는 한국인들 또한 그런 것 같다.
압력으로 일본문화가 수용되어서는 안 된다. 문화는 스스로의 힘과
논리에 의해 수용되어져야 한다. 일본에서 한국의 대중문화가 전파
되고 있는 것은 그것의 정서적인 힘과 일본인의 요구 때문에 가능
한 것이지 우리가 강요하는 것도, 일본정부가 장려하고 있는 까닭
도 아니다. 일본인들은 대개 조용필과 계은숙, 김연자, 양수경을 알
고 있다. 그들의 노래는 많은 팬을 확보하고 있다. 도쿄 시라유니여
자대학에 다니는 미키 히라이(22)는 양수경의 외모와 노래가 깜찍
하다고 말한다. 이 경우 '깜찍하다'는 감정은 외부의 작용에서가
아니고, 스스로 느껴 아는 것을 말한다. 하지만 미키 히라이가 그렇
게 느낄 수 있었던 데에는 일본 정부의 한국가요수용불가정책이 없

었기 때문이며, 우리가 일본가수들을 알고 느낄 수 없었던 데에는 우리 정부의 빗장정책이 있었기 때문이다.

국제화를 국가정책으로 추진하고 있는 우리도 이제는 일본에 대해 '과거사'의 감정에서 벗어나 객관적인 시각을 갖도록 해야 한다. 국제화란 감정이 아닌 현실이며 계산된 이성이다. 국제화가 아르헨티나와 같은 먼 나라와의 교류로부터 시작되지 않고, 바로 지척의 이웃으로부터 비롯되는 것은 가까운 그곳에 경제적 이해와 문화적 교류를 손쉽게 할 수 있기 때문이다.

우리는 일본과 먼 과거부터 오늘에 이르기까지 뗄 수 없는 관계를 맺어왔다. '친화親和'의 시기도 있었고 '적대敵對'의 시기도 있었다. 이 같은 역사지리적 관계는 우리가 의식하든 의식치 않든 우리 속에 일본을 있게 했고, 우리 속에 일본이 새롭게 침투해 들어오도록 했다. 이 침투를, 과거를 잊지 못하는 한국인들은 불편한 심사로 보게 되는 것이며, 일본대중문화 수용 불가론을 부르짖거나 시기상조론을 역설하게 하는 것이다. 불가론이 '왜색은 안된다'는 일제강점시기의 적대감정의 연장선상에서 나오고 있다면 시기상조론은 일본의 저질대중문화가 우리 시장을 지배해 버릴지도 모른다는 우려에서 시작되고 있다.

일제 36년의 쓰라린 기억과 최근 한일간에 전개되고 있는 경제적 마찰과 대립은 일본 혹은 일본문화에 대한 적대감을 키우고도 남는다. 그러나 문제는 의식의 표면에 떠도는 적대감만 가지고는 일본을 따라잡을 수 없으며 밀려오는 일본의 문화상품을 막을 수 없다는 데에 있다. 적대감이라는 감정은 '반일反日'하게 할 수는 있지만 '극일克日'하게 할 수는 없다. '극일'이란 왜색에 대한 폄하나 경계가 아니고 그에 적극적으로 맞서서 그것을 우리 속에 용해시키는 일이다. 일본문화수용경계론은 용해능력이 없다는 열등감의 발로에 지나지 않다.

물론 일본문화수입에 대한 우려가 없을 수 없다. 그러나 그 우려는 지엽적인 것이고, 일본과 우리는 수십 세기에 걸친 교류와 동화의 역사를 가지고 있다. 일본과 우리는 같은 유교문화, 대승불교문화를 가지고 있으며 같은 도작稻作문화를 가지고 있다. 그리고 무엇보다도 일본과 우리는 띠〔帶〕 같은 바다 하나를 사이에 둔 근린이다. 근린이기 때문에 문화를 주고받을 수밖에 없는 숙명을 안고 있다. 우리가 국제화로 나서는 길에 있어 미국이나 유럽보다 일본 및 중국과 극동 블럭을 형성할 수밖에 없으며, 경제적으로나 문화적으로 그런 날이 올 수밖에 없다고 나는 생각한다. 일본의 저질문화를 경계하는 시선들이 있지만, 문화는 물과 같은 것이어서 좋은 문화가 흘러올 때는 저질문화도 함께 흘러 들어오게 된다. 좋고 나쁜 것을 선별해서 들여오자는 것은 억지다. 미국의 민주주의가 우리에게 올 때 상업주의문화나 추잉검문화가 따라오지 않았던가. 이제는 상업주의를 경계해서 민주주의를 거부할 수 없으며 농촌농민을 위해서 UR을 거부할 수 없다.

우리는 국제화·개방화의 길목에 서 있다. 그 앞에 일본이 있다.

(1996)

작은 예술공간이 필요하다

1994년도 광주예술은 단연 무용이 견인해왔다고 해도 된다. 지난 8월 열린 광주국제발레페스티벌은 말할 것 없고 9월 열린 전국무용제도 시민 다수의 참석리에 '광주·전남 무용의 현주소가 어디'이며 '어디로 나아가야 할 것인가'를 한눈에 보여주는 뜻깊은 행사들이었다.

사실 그동안 광주·전남의 무용은 불모에 가까웠다고 할 수 있다. 외부와의 교류는 더욱 그러했다. 광주문예회관이 운암동 언덕에 위용을 드러내기 전 시민들은 마고트 폰테인이 내한했다든지 볼쇼이발레, 마사 그레함의 현대발레가 서울공연중이라 해도 그것을 소문으로 접할 뿐 향유할 길이 없었다. 공연장다운 공연장을 가지지 못한 우리는 세계 정상 예술단들이 지방공연차 대구·부산으로 간다 해도 그것을 신문이나 TV를 통해 먼소리로 들을 뿐이었다. 우리와 세계의 문화적 거리는 점점 멀어져 갔다.

그러던 것이 광주문예회관 석조건물이 운암동 언덕에 들어서고,

음악·무용·미술 등의 세계 정상무대가 연달아 열리게 됨으로써 갑자기 우리는 세계 정상 예술의 물결에 휩쓸리게 되었다. 올해만 해도 성페테르부르크관현악단의 영혼을 흔드는 것 같은 연주를 비롯하여 강동석 바이올린 독주회, 이갈 페리가 참가한 발레 페스티벌, 필립 다장이 주도한 프랑스 현대회화전 등을 대할 수 있었다. 너도나도 시민들은 부푼 기대를 갖고 문예회관의 돌층계를 밟았다. 예술의 필요성이 시민의 삶을 풍요롭게 하는 데 있는 것이라면 이제 우리는 선진적 문화를 향유하고 있다고 해도 될 정도였다.

그런데 세계 정상무대가 계속 열리고 이에 대한 시민의 관심과 향수가 높아지는 가운데, 이제까지 우리 곁에서, 우리 것으로 아끼고 사랑하던 것들이 갑자기 볼품없고 왜소한 것으로 변환되는 것을 우리는 보았다. 신문이나 TV에서도 톱 자리를 정상무대에 내어주고 우리는 작은 박스나 1단기사로 취급되었다. 지방 국제화시대를 목전에 두고 있는 시점에서 우리 문화(남도문화)가 세계 중심문화에게 밀려나는 몰沒주체적 현상을 드러내고 있는 것이다.

두루 알고 있듯이 문화는 특별한 것이 아니다. 강가의 책석처럼 시간이 지나감에 따라 쌓이는 관습이라든지 도덕, 신앙, 가치 같은 것이다. 따라서 참답게 문화가 머물고 싹트는 곳은 도청 앞 광장이라든지 금남로가 아니고 궁동거리·장동거리 같은 곳들이다. 그곳에서는 사람들의 삶이 슬프되 정답게 영위되고 대화가 도란도란 나눠지고 관습과 가치 같은 것들이 숨쉬고 있다. 예술공간은 그런 곳에 들어서서, 시민들이 이웃집 들르듯이, 주부들은 시장바구니를 들고, 학생들은 책가방을 메고 찾을 수 있는 곳이어야 된다.

그런 것이 문화인데도 최근 우리는 문화를 파르데논과 같이 크고 웅장한 것으로 잘못 인식하는 경향이 있다. 오랫동안 로마에서 살아온 한 동포가 서울에 왔다가 대형백화점을 보고 놀랐다는 글을 읽은 적이 있다. 그 분에게 백화점이란 알차고 소박한 상품들을 모아놓은 전문매점 같은 것으로 여기고 있었는데, 서울에 와보니 호화상품을 산더미처럼 진열해놓고 양적 위세를 부리는 곳으로 돼 있더란다. 우리의 문화이해도 그런 백화점식이 돼 있다.

그렇다고 내가 지금 대형문화 공간을 부정하고 있다고 생각해서는 안 된다. 우리는 글로벌시대에로 한발짝 들어서고 있다. 글로벌문화를 수용할 준비를 갖추지 않으면 안 된다. 운암동 언덕에 선 광주문예회관은 그 소임을 담당할 준비를 하고 있다. 그런데 우리가 광주문예회관을 통해서 세계문화를 보다 잘 수용하기 위해서는 '우리가 왜 세계문화를 수용하려 하는가'를 한 번쯤 깊이 물어볼 필요가 있다. 두말할 것도 없이 세계문화의 수용은 세계와 우리의 보폭을 맞추기 위해 요구되는 것이지만, 우리 문화의 보편성 획득을 위한 것이기도 하다. 시쳇말로 우리 문화의 보편에로의 '열음'을 의미한 것이라고 할 수 있다.

허나 우리 문화의 '열음'이 요구되는 것은 우리 문화의 내일을 위해서이지 우리 문화의 특수성을 외면하거나 배제하기 위해서가 아니다. 우리 문화를 외면·배제시키는 세계문화라면 우리는 마땅히 우리 문화의 '닫음'을 주장해야 한다. 주체성이 없는 보편성도,

보편성이 없는 특수성도 바람직한 것은 아니다.

그 면에서 광주문예회관이 세워지기 전 우리는 작은 예술공간을 우리의 때가 묻은 거리의 이곳 저곳에 세워, 세계문화와 우리 지역 문화가 교류하며 새로운 문화로 꽃필 수 있도록 했어야 했다. 그리 하여 지역예술인들의 전시회가 썰렁하고 지역공연들이 시민의 외 면을 받는 사태가 오지 않도록 지역문화에 대한 각별한 제도적 배 려가 있어야 했다. 여기서 세계문화와 지역문화의 교류란 그 둘을 혼합시킨 제3의 문화가 아니다. 세계문화를 받아들임으로써 지역 문화의 특수성이 오히려 제 몫을 확인하게 되고, 그 몫을 존중하는 것을 배우는 '자극'과 '반성'을 의미한다.

작금 광주문예회관을 통하여 이뤄지고 있는 현상은 크고 웅장한 것을 좇는 또 하나의 해바라기 문화를 만들어 가고 있다는 인상이 다. 이 같은 그릇된 문화 흐름을 바로잡기 위해서는 광주문예회관 의 충격을 흡수할 수 있는 작은 예술공간들을 옛거리와 작은 골목 에 서둘러 세워, 지역예술가들이 한바탕 놀며 시민들을 부르도록 해야 한다.

(1994)

4

열정이 흐르는 곳에 명철이 있다고
그 누가 말했던가

역사 그리고 인간

— 가브리엘 가르시아 마르케스, 『백년 동안의 고독』

마르케스의 『백년 동안의 고독』을 손에 들기까지는 이상스럽게도 여러 징검다리를 건너야 했다. 예전 같으면 어떤 책이 좋다고 할 때, 그 '좋은 책'이라는 평가에 호기심이 붙어서, 그것은 바이블 이상의 굉장한 책이고, 읽지 않으면 숨이 막혀 버릴지도 모른다고 위기감이 덧붙여져, 부랴부랴 책방으로 달려가게 되고, 그날 밤부터 그 책에 달라붙어 끝장을 보아야 마음이 풀리는 편인데, 어떻게 된 셈인지 『백년 동안의 고독』은 '좋다'는 세평을 접한 지 근 3년이 지나도록 나는 책방으로 가지 않았다. 내가 모르는 작가여서도 아니고, 이름 때문도 아니었다. 이유는 없었다고 해야 할 것이다.

그런 어느 날 소설가 조해일씨가 사무실에 들렀다. 버릇처럼 나는 요즘 무슨 책을 읽느냐고 물었다. 『백년 동안의 고독』이라고 했다. 그는 그 특유의 어법으로 "무지무지한 소설이에요. 뭐라고 할까, 아마존의 밀림이라고 할까……." 그 뒤로도 서너 달이 일없이 흘러갔다. 나는 직장일로 광주에 내려갈 일이 생겼다. 볼 일을 다

보고, 내가 좋아하는 화가 아산雅山 선생이 계신가 싶어 금남로 옆 수련다방에 들렀더니 아산은 안 계시고 옛날 대흥사 불일암에서 뵌 적이 있는, 새벽마다 열심히 마당을 쓸던 스님이 앉아 계셨다. 어느새 머리가 허연 노스님이 되어 있었다.

'지금도 불일암에서처럼 부지런하실까. 물론 그러시겠지. 천성을 버리기는 쉬운 일이 아니니까' 라고 생각하면서 앞으로 가 인사를 드렸더니 알아보지 못했다. 몇 년 몇 월에 누구와……라고 설명하자 "아아 시를 쓰시는 최선생님" 하고 반갑게 손을 내밀었다. 이른 새벽마다 불일암의 앞과 뒤를 티 하나 없이 깨끗이 쓸어내던 손이었다. 그 분과 한참 옛날 이야기를 주고받고 있는데, 이번에는 전라도 사투리로 하면 '뜬금없이' 황석영이 나타났다. 여전히 어깨를 건들건들하고 길고 단단한 턱은 금방이라도 장광설을 쏟아낼 듯한 폼을 취하고서……. 이런저런 이야기 끝에 나는 또 "요즘 어떤 책을 읽었느냐?"고 물었다. 그의 입에서도 『백년 동안의 고독』이 나왔다.

이만한 사람들의 이만한 추천을 받고서 나는 책방으로 달려가지 않을 수 없었다. 나는 다방에서 나온 즉시 나라서점에 들러 『백년 동안의 고독』을 사서 들고 여관방으로 들어갔다. 밤새 읽었고, 서울행 차칸에서도 읽었다. 서울역에 떨어졌을 때는, 고등학교 때 한 선생님이 철학서적이나 경제서적을 읽은 뒤 꼭, 나는 철학을 떼었고 경제학을 떼었다고 했는데, 그 선생님의 표현마따나 나는 『백년 동안의 고독』을 완전히 떼었다. 특히 나의 마음을 끈 것은 마콘도 마을에 선거라는 제도가 들어오고, 그에 따라 마을 사람들이 진보와 보수가 무엇인지도 모르면서 진보당과 보수당으로 갈리게 되고, 얼마 후 사창이 생기고, 사창의 건너편에 철조망이 쳐지고, 백인들이 핑, 핑 테니스를 친다는 것이었다.

꼭 그와 같은 모습은 아니었지만 내가 어렸을 때 우리 마을에도 선거제도가 들어왔다. 청년들은 "장홍염 선생이 당선돼야 합니다. 장홍염 선생은 애국자이자 진보주의자입니다" 하고 소리치고 다녔다. 그런데 그 분이 마을로 선거연설을 하러 왔을 때 달려가 보니까, 그는 중절모를 쓰고 도수 높은 안경을 끼고 약간 멍한 표정으로 자꾸 허리를 굽혀 인사를 하고 있었다. 『백년 동안의 고독』에서 보면 선거가 치러진 뒤 마콘도 마을에는 진보당과 보수당의 갈등과 대립, 싸움이 벌어지고, 보수당은 경찰과 군대를 동원하여 진보당 인사들의 집을 습격하는 것은 물론이고, 그들을 구속하고 처형한다. 진보당 인사들은 산으로 도망쳐 반란군을 형성한다. 마르케스는 이것이 아르헨티나, 콜럼비아, 에콰도르의 현대사라고 하며, 이 시기의 충격을 중남미 작가들은 50여 권의 소설로 써냈다고 말한 바 있다. 그것이 중남미의 폭력소설이자 정치소설이라는 것이다.

다음으로 나의 감동을 자아내는 부분은 시인 기질의 아우렐리아노가 드디어 진보파로 몰리고 혁명에 가담하여 혁명군 대장으로 마을에 입성하는 부분이었다. 20세 전후만 해도 아우렐리아노는 하루 종일 집에 틀어박혀 금으로 나비를 만들던 금세공가였다. 그는 사람들을 싫어하고 이야기하기도 싫어했다. 말하자면 시인 기질의 고독한 사나이였다. 그런 사내가 죽을 고비를 수도 없이 넘기고 적들을 수없이 죽이며, 마침내 장군이 되어 돌아왔다. 그런 아들을 보고, 그러나 어머니는 따뜻하게 대해주지 않았다. 그렇게 많은 사람들을 죽인 사람이 내 아들일 수 없다는 것이다. 그 죽임이 혁명의 이념에 의해서든, 복수에 의해서든, 심지어 신의 이름에 의해서라고 할지라도 바르다고 말할 수 없다는 것이다. 살인의 죄악이라는 것이다. 여기까지 읽어내려가자 나는 이 소설이 그야말로 정치소설이라는 것을 깨우치게 되었고, 그것도 서구적 리얼리즘의 가치관에서 그려진 것이 아니라 옛날 우리 할머니들이 우리에게 들려주었던 민담식의 기법으로 씌어진 소설이라는 것을 알게 되었다. 나는 소설이 이러한 방식으로도, 민담식으로도 씌어질 수 있다는 사실에 놀랐다.

나는 『백년 동안의 고독』의 주제가 아우렐리아노라는 집안으로 대표되는 민족의 문제라고 파악되었으며, 따라서 아우렐리아노 집안의 연속되는 근친상간은 외세의 침략과 그 앞잡이들의 압제와 탄압에 대한 종족 순수성의 보존이라는 측면으로 읽혔다. 침략자들은 민주주의와 자유라는 이름으로 당파를 만들고 사창을 만들고 빈부 격차를 발생시키고 분쟁을 일으킨다. 아우렐리아노라는 상징적 집안의 식구들은 한 사람 한 사람 매장된다. 아우렐리아노 집안의 사람들은 그들끼리 모이고 만나 근친상간이라는 비윤리적인 방식으로 씨를 이어가다가 마침내 꼬리 달린 아이를 낳고 멸망해 버린다. 근친상간이 종족보존의 의미로, 민족주의의 안간힘과 같은 수단으로 해석되고 있는 것이다.

마르케스는 아우렐리아노 집안의 연대와 결속의 대극對極이 고독이고, 그것이 『백년 동안의 고독』의 본질이라고 말한 적이 있다. 이 고백은 음미할 만한 부분이다. 시인 기질의 아우렐리아노 집안 사람들이 민주주의의 탈을 쓴 지배와 폭력에 한 사람 한 사람 희생되고, 마콘도의 골목골목이 빈민가와 사창가로 변한 것은 비인간적인 고독의 극단적인 형태다. 고독은 연대의 벽이며 사랑의 부정이다. 이 소설에서 고독과 사랑을 융화시켰거나 뛰어넘은 사람은 마지막 장면에서 등장하는 돼지꼬리를 달고 나온 아이뿐이다. 그러나 그 아이는 지상에 머물며 사랑의 전설을 만들어내지 못하고, 어느 날 바람에 날린 옷자락처럼 하늘로 날아가버린다.

이 소설을 읽은 감동이 채 가시기도 전에 나는 또 감동적인 한 소설을 대하게 되었다. 숄로호프의 『고요한 돈강』이었다. 『백년 동안의 고독』이 다이내믹하고 다채롭고 비의적이었다면, 『고독한 돈강』은 러시아 혁명이라는 전대미문의 격변 속에서 코사크족의 한 사내가 어떻게 참가하고 고통을 감내하고 좌초하게 되는가를 리얼하게 그린 매우 슬픈 시와도 같았다. 특히 시간과 계절이 바뀜에 따라 변하여가는 돈강의 묘사는 예전 같으면 적어도 서너 편의 시를 나로 하여금 쓰게 하고도 남았을 것이다. 그러나 나는 시를 쓰고 싶은 욕구를 누르면서 이야기를 따라 읽어갔다. 마지막 그 힘에 넘치던 코사크사내가 패배한 사람이 되어 둑가에 서 있는 아들의 모습을 눈부시게 보는 장면에서는 나도 모르게 눈물이 주르르 흘러내렸다. 아우렐리아노의 마지막 아이가 돼지꼬리를 달고 하늘로 날아가는 장면과 같은 느낌이었다.

변화는 좋은 것이고, 필요한 것이다. 사람의 삶, 즉 역사가 나아가는 것이 바로 그 변화일 터이고 변화의 운동일 터이니 말이다. 그러나 그 변화가 개인의 삶을 무참히 짓밟는 것이고, 그것을 예사로이 하는 것이라면 아우렐리아노의 어머니 우르슬라가 말했던 것처럼, 우리는 그것을 인간적인 것이 아니라고 단호히 말해야 할 것이고, 그렇게 말할 수 있음으로써만이 역사는 인간적이 될 수 있을 터이다.

『토지』와 『대지의 버림받은 사람들』

　　야구용어로 말하자면, 나의 독서는 인터벌이 조금 긴 편이다. 1970년대 말, 거의 모든 문인들이 황석영의 『객지』를 읽고 담론을 끝냈을 때, 나는 비로소 『객지』를 읽기 시작했고, 조세희의 「난장이가 쏘아올린 작은공」이 노학연대의 교과서로 읽힐 무렵, 그의 「내 그물로 오시는 가시고기」를 읽었다. 늦게 읽은 일이 자랑이 될 수는 없다. 그것은 패덕에 속한다고 봐야 한다. 그럼에도 불구하고 유행이 한 시대를 점령군처럼 짓밟고 가는 시대에는 게으름이 약이 되는 경우도 있다.

　　나는 늦게 일어나고, 늦게 세수하고, 늦게 밥먹고, 늦게 책을 읽으며, 누추하고 헐벗은 모습으로 1970년대의 후미를 어슬렁어슬렁 따라다녔다. 그때 나는 지식산업사라는 쬐그만 출판사에 다녔다. 하루도 지각하지 않는 날이 없었고, 하루도 술을 마시지 않는 날이 없었다. 그런데도 무슨 근거로, 그 시절 나는 성실하게 살았노라고 말하게 되는지 이해되지 않는다. 술 마시고 지각하는 일의 치열성을 성실성이라고 착각했는지도 모른다.

그런 여름 어느 토요일 오후, 나는 벌써 몇 달 전에 사다 둔 삼성출판사판 『토지』를 들고 마루로 나갔다. 오후의 양광이 알맞게 마루로 구르고 있었고 마당의 나무 그림자들도 적당히 기어들고 있었다. 나는 발을 쭉 뻗고 심심파적으로 한 페이지 한 페이지 읽어나갔다. 그러다가 저녁이 가고 밤이 이슥해서 월선의 임종 장면에 이르렀을 때는 쏟아지는 눈물을 막을 수 없었다. 용이가 뼈만 남은 월선을 안고 '우리 많이 살았제' 할 적에는 꺼이꺼이 울음이 터져나왔다. 용이는 '우리 많이 살았제'라고 했지만 실제로 그들이 많이 살았던 것은 아니다. 그들은 사랑했으면서도 부모의 반대로 결혼하지 못했고 기존의 도덕률 때문에 몸을 섞기도 어려웠다. 그러나 그들은 너무 열렬히 사랑했으므로 멀리 떨어져 있으면서도 함께 있었고 남남이면서도 일심동체였다. 며칠 후 『토지』를 빌려간 이웃집 새댁도 이 장면에서 꺼이꺼이 울었다고 했다. 그러고 보면 이 소설은 독자들을 꺼이꺼이 울리고 독자들의 가슴을 휘어잡는 슬픔과 기쁨, 감동과 서스펜스가 적절하게 곳곳에 배치돼 있다고 봐야 한다. 그런 감초 같은 요소들 때문에 이 소설은 단행본으로나 전집으로나 대성공을 거두었으며 TV드라마나 영화로도 공전의 히트를 기록했다.

그러나 이상과 같은 요소만이었다고 하면 아마도 이 소설은 내 독서일기에 거론되지 않았을지 모른다. 이 소설은, 그 위에 1920년대의 여러 역사적 사건들과 사상운동, 민중행태 등이 예리하고 적나라하게 기술되고 있다. 또 이 소설에는 무수한 인물들이 그들의 사회환경인 계층성격과 풍토성을 강력하게 발산하면서, 때로는 대립 충돌하고, 때로는 화합하면서, 역사가 어떤 계층의 것도 아니고 어떤 계층만이 올바를 수 없다는 냉엄한 시각을 구비하고 있다. 이런 시각은 이념화를 요구하는 시대의 흐름을 거스를 수 있고 소설가가 전인적 인간일 수 없다는 비판을 불러올 수 있다. 그 대표적인 것이 '부르조아적이며 보수적인 작품'이라는 지적이다.

소설작품이 보수적이냐 진보적이냐는 어떤 화자의 눈을 통해서 세계를 보느냐에 따라 결정된다는 아놀드 하우저의 말을 원용하지 않더라도『토지』가 한말 지주의 현대적 전개라는 것은 자명한 일이고, 그런 면에서 부르조아적이라는 공격을 면할 수는 없다. 그러나 어떤 시대 또는 어떤 인물이 부르조아적이라고 해서 반드시 그르다고 할 수 있을까. 오히려 어떤 인물의 부르조아적 성격보다는 그 인물이 어떻게 시대를 살아가고 있으며 그것을 소설가가 어떻게 보고 있느냐에 문제가 있는 것이 아닐까.

『토지』의 한 인물을 예로 들어보자.

양반출신인 이동원은 1920년대 초엽에 고향을 버리고 만주로 가서 독립운동을 한다. 그런데 세월이 흐를수록 만주독립운동의 주체가 양반층에서 상민층으로 바뀌어져감을 보고 "누구를 위해 나는 독립운동을 하느냐? 왕조냐? 강산이냐? 민족이냐?"라고 회의에 가득 찬 질문을 자기 자신에게 던지게 된다. 왕조라고 하기엔 그것의 이념이 이미 낡아버렸고 강산이라고 하기엔 그것의 주체가 설정되지 않았으며 민족(＝민중)이라고 하기엔 그의 관습과 감정이 허용하지 않았다. 그래서 그의 독립운동은 점점 허구화되어가고 이념과 감정의 괴리를 씹게 된다. 이것은 이동원의 그릇됨에서 연유하는 것이 아니다. 그의 시대가 그를 그렇게 결정해주고 있는 것이다. 중요한 것은 그럼에도 그가 상민출신의 길상이, 환이 그리고 권필응을 비롯한 일단의 독립운동가들과 시대의 전면에로 나아간다는 점이고, 그것이 바로 모든 계층의 이해관계를 감싸고 전진하는 역사의 도도한 면을 따라간다는 것이다. 하루에도 몇 번씩 착잡한, 감정적 혼란을 맛보면서도 이동원은 권필응으로 대표되는 운동가들의 흐름 속에 휩쓸려 들어간다. 여기에 『토지』의 진정한 사관이 있다.

실로 『토지』는 어떤 역사서적이나 독립운동기록보다 역사적이다. 나는 많은 역사서적들과 역사논문(한국 근대사에 관한)들을 읽었지만, 누구를 위해 독립운동을 하느냐? 왕조냐? 강산이냐? 민족이냐? 라는 것과 같은 뼈아픈 질문을 만나본 적이 없다. 단재 신채호까지도 독립운동은 '조국 독립을 위해' 라고 당위적으로 말하고 있을 뿐이며 그의 민중개념도 민중→민족→역사주체라는 피상적 수준을 넘어서지 못한다. 그에 비해 『토지』의 질문들에는 역사와 개인, 국가와 국토, 계층의 이해가 개입돼 있다. 그래서 『토지』의 질문들은 아프다. 그 질문들은 이동원으로 하여금 눈보라 치는 만주벌판을 밤새껏 헤매게 하고 술 마시게 하고 눈물 흘리게 한다. 그리고 그 눈물과 헤매임과 술마심이 이동원을 새사람으로 다시 태어나게 한다.

나는 이 세 가지 질문을 한용운의 「님의 침묵」에 대입하여 분석해보려고 벼른 적이 있었다. 「님의 침묵」의 전편 해설에 해당되는 셈이었는데, 왕조냐? 강산이냐? 민족이냐? 라는 질문을 던지자마자 한용운의 님은 안개 속으로 흐물흐물 모습을 감추어 버렸다. 내 미천한 알음알이 때문이었겠지만 그 님은 불교적 관념 이상의 것이 되지 못했다. 물론 여기에는 한용운과 박경리의 시대 거리가 있다. 한용운의 시대가 국권상실의 시대이며 계몽주의적 시대였다면 박경리의 1970년대는 중화학공장이 울산에 들어서는 시대로 민족주의가 학문과 정치현실에서 주창되고 비판되는 시대였다. 그 거리는 너무 멀다.

민족주의적 상념으로 가슴앓이를 하던 그 무렵, 나는 한용운과 박경리의 거리를 보려고 하지 않았다. 그것의 옳고 그름만 따지려고 들었다. 그런 틈서리에서 만난 것이 프란츠 파농의 『대지의 버림받은 사람들』이었다. 나는 이 책이름을 화장실에서 《독서신문》을 읽다가 우연히 접했다. 당시 서울대 사회학과 교수였던 황성모 교수가 「명저안내」란에 소개한 것이었다. 한 20매 정도 되었다. 민족주의에 굶주려 있던 내 눈에는 화등잔만하게 보였다. 그날로 종로서관으로 가서 서가를 뒤져 사가지고 왔다. 「명저안내」를 쓴 황성모 교수가 번역한 것이었다. 네그리뛰드 개념이 나오고 아프리카 흑인과 아메리카 흑인이 어떻게 다른가가 고찰되고 아프리카 시인들의 시가 왜 저항적이 아니면 안 되는가를 매우 감정적인 어조로 역설하고 있었다. 그러나 그러한 역설들은 가지에 불과했다. 이 책의 핵심적인 부분은 흑인들이 어떻게 백인들의 세례에서 벗어나 흑인 본래적인 모습으로 되돌아갈 수 있는가라는 데 있다고 할 수 있었다. 그것은 『토지』의 이동원이 눈보라치는 만주벌판에서 맞닥뜨린 고뇌와 같은 것이었다.

프란츠 파농은, 백인의 오랜 세례를 받은 흑인들은 백인천사를 꿈꾸며 자라고 백인이 되고 싶어하는 소망 속에서 산다고 그의 첫 저서 『검은 피부 흰 가면』에서 해부한 바 있다. 흑인들은 예수를 백인이라 생각하고 하느님이 흰 피부를 가지고 있다고 본다. 그래서 그들의 검은 피부는 저주의 낙인이 되고, 이는 거의 모든 흑인들에게 정신이상징후를 일으키게 한다는 것이다. 정신과 의사였던 파농은 정신병원 근무중 임상기록들을 검토하다가 이 사실을 발견했다. 그는 그것을 백인들의 오래고도 집요한 정치적·문화적 식민화의 결과라고 보았으며, 이로부터 치유되는 길은 검은 피부의 저주를 부정하고 검은 피부의 정당성을 위하여 싸우는 것이라고 주장했다.

실제로 파농은 총을 들고 알제리독립운동에로 뛰어들었다. 그는 정신과의사에서 가장 래디컬한 사상가로 흑인운동가로 변한 것이다. 그는, 정신과의사라는 서구화된 지식인은 그들의 동포를 배반한 자이며 미구에 서구로부터 버림받을 존재라고 규정했다. 이것을 자각한 지식인 파농은 무엇에든지 매달리려는 처절하고 열띤 회귀의 자세를 취하게 되며, 그리하여 뿌리에로, 야만의 흑인의 품 속으로 돌아가려 하고, 마침내는 그 품 속으로 돌아가게 된다. 그런데 파농은 흑인의 품 속에서 문제해결의 열쇠를 찾았던가. 아니다. 그가 찾은 것은 흑인의 현재적 시간이 아니고 흑인의 역사에만 그림자를 드리우고 있는 과거시간이었다. 그는 흑인의 현재 속에서 문화적 양분을 섭취하려 하지 않고 서구에 접응하기 전의 순수하고 고유한 흑인문화를 희구했다. 그런데 그 순수하고 고유한 흑인문화라는 것은 이미 원형을 잃어버렸으며 시간 속으로 사라져 버렸다. 흑인의 현재란 이미 서구화된 것이었다. 여기서 흑인의 순수하고 고유한 피로 세례 받으려던 파농의 사상은 실패를 맛보게 되고 민족주의란 이데올로기도 끝을 본다고 할 수 있다.

이제 역사지평에는 이동원의 왕조는 없고 파농의 검은 대지도 없다. 세계는 한 울타리 속으로 들어가, 민족도 국가도 흑인도 백인도 황인색도 한 울타리로 변해가고 있다. 길상의 민족주의와 권필응의 이데올로기도 거대사회의 출현과 함께 역사속으로 사라지고, 역사의 지평에는 그들의 그림자만이 어둡게 드리워 있을 뿐, 새로운 사람들이 그들의 사상을 가지고, 오고 있다. 새로운 사람과 사상이 등장하고, 그 사람과 사상을 기다린다.

하이젠베르크의 『부분과 전체』

하이젠베르크를 쉽게 설명하기는 어렵다. 물리학이 결코 쉬운 학문이 아닐뿐더러, 이 학문도 '아브라함은 이삭을 낳고 이삭은 누구를 낳고'라는 식의 계보를 가지고 있기 때문에 나 같은 문외한에게 하이젠베르크의 물리학은 닫힌 문이라 해도 된다. 그래서 많은 사람들은 하이젠베르크의 물리학을 윤곽만이라도 살피기 위해서는 뉴턴물리학을 이해할 필요가 있다고 말한다.

주지하듯이 뉴턴물리학은 고대희랍의 궁극적 존재라는 것에 대한 탐구로부터 비롯된다. 뉴턴에 의하면, 우리가 사물의 본질을 안다고 하는 것은 그 사물이 지니고 있는 근본적이고 불변적인 어떤 성질을 인식한다는 것을 뜻한다. 그 성질은 더 이상 분해할 수 없으며 주관과는 고립된 객관적인 것으로서 존재한다. 불변적 성질을 지닌 그것은 절대공간과 절대시간 속에 놓여 있다. 시간과 공간은 물질보다 더 궁극적 실체가 되는 셈이다.

또 뉴턴물리학은 실험적 탐구과정을 통해서만 기초개념과 법칙들이 성립될 수 있다고 믿는 데 특징이 있다. 반복하자면 그의 물리학은 실험으로써 입증되지 않는 결론은 없으며 실험으로써 확장되지 않는 가설도 없기 때문에 실험은 오히려 불완전한 원리로 존재할 수밖에 없다. 이 같은 이론적 결함들은 20세기 들어 자주 지적되어 왔다. 그 중에서도 아인슈타인 같은 사람이 대표적 존재다. 그는 "뉴턴은 사변적인 관찰을 통해서 이론을 만든다"고 비판했다. 즉 뉴턴은 연역적 방법에 의한 사실에서 이론적 가설을 만드는 것이 아니고, 가설이론에 의한 관찰 사실들을 정리하고 있으며, 그 때문에 그 이론은 새로운 증명방식의 출현과 더불어 수정, 변화될 수밖에 없는 숙명을 지닌다는 것이다.

이러한 '가정'은 철학적 성격을 다분히 내포하고 있다. 과학적 관찰자에게는 과학적 인식대상보다 과학적 인식대상과의 관찰 거리를 먼저 갖는다. 아인슈타인의 상대성이론이나 하이젠베르크의 불확정성 원리는 과학적 인식대상과 관찰자간의 관계거리를 중시함으로써 새로운 인식론적 터전을 마련한다. 하지만 아인슈타인이나 하이젠베르크의 인식론에도 틈새가 있다. 아인슈타인은 대상관찰에 있어서 확률을 부정하는 반면 하이젠베르크는 위치와 운동량을 동시적으로 측정하기는 불가능하기 때문에 확률분포에 의한 통계론적 측정을 할 수밖에 없다고 주장한다. 예컨대 동일조건을 갖고 동일한 실험을 한다 해도, 첫 번째 할 때와 두 번째 할 때 그 질점質點의 위치와 운동량의 값은 다르게 나온다는 것이다. 따라서 확률분포에 의한 통계론적 측정이 동원될 수밖에 없다는 것이다.

이 같은 차이는 아마도 스위스에서 홀로 연구했던 아인슈타인과 코펜하겐의 닐스 보어 아래서 연구했던 하이젠베르크의 학문적 배경에서 오는 것이라 해도 된다.

아인슈타인과 더불어 금세기 가장 위대한 물리학자였던 닐스 보어는 휘하에 많은 젊은 물리학자들을 거느리고 있었다. 그는 칼스버그 맥주회사에서 대주는 풍부한 연구기금으로 유럽의 젊은 물리학자들을 불러들이고 도왔다. 뒤에 '코펜하겐학파'라고 불리게 되는 젊은 물리학자들은 서로 돕고 토론하고 술마시며 그들의 연구를 심화시켜 갔다. 그들은 모두 닐스 보어의 상보성 원리에 직간접적인 영향을 받았다. 하이젠베르크의 「확률분포에 의한 한 예측」도 그에 속한 편이다.

우리나라에는 덜 알려져 있지만 닐스 보어는 매우 특이한 존재였다. 그는 서부극을 좋아했는데, 줄거리가 너무 복잡하다고 늘 불평이었다. 그래서 영화관에 갈 때면 언제나 서너 명의 젊은 물리학도들을 거느리고 갔다. 그는 늘 이런 불평을 했다. "글쎄, 젊은 아가씨가 로키산맥의 좁은 골짜기로 홀로 걸어갈 수는 있겠지. 그리고 발을 헛디뎌 낭떠러지에 굴러 떨어질 수도 있겠지. 운좋게 나뭇가지를 붙잡고 살았을 수도 있고, 젊은 카우보이가 지나가다가 구출해 줄 수도 있겠지. 그런데 그때 카메라맨이 어떻게 지켜 서서 찍을 수 있느냐 말야. 그런 확률은 물리학적으로는 제로야." 젊은 제자들이 그것은 픽션이라고 해도 받아들이지 않았다. 픽션이라 해도 확률 제로 속에서는 불가능하다는 것이다. 그에게는 위와 같은 에피소드가 늘려 있다.

하이젠베그크의 자전적 에세이인 『부분과 전체』는 닐스 보어에 대한 추억을 여러 곳에서 소중히 담고 있다. 매우 존경심이 넘치는 글발이며 낭만적 분위기다. 특히 그로센 트라이덴산으로 겨울 스키 여행을 떠났다가 길을 잃고 "닐스! 닐스!" 부르는 장면은 시적 분위기가 넘실댄다. 산마루에 올라가 발 아래로 흘러가는 구름에 그들의 그림자가 어리는 모습을 보면서, 종교적 광배光背도 이런 경험 속에서 만들어진 것이라는 대화들도 코펜하겐학파의 미학적 수준을 과시한다.

나는 이 책을 1982년, 광주항쟁의 고통을 참으면서 읽었다. 물리학에는 까막눈인 나이면서도 그 대화의 진지성과 열정적 분위기에 끌려 단숨에 내리 읽었다. 특히 2차대전 때 하이젠베르크가 미국 방문 중 페르미로부터 "미국으로 오라"는 망명 권유를 받은 부분에서는 숨을 쉴 수 없었다. 하이젠베르크는 어떤 대답을 할 것인가. 예스인가, 노인가. 하이젠베르크는 "전쟁이 끝난 뒤 독일에서 과학을 재건코자 하는 젊은이들을 위하여 나는 조국에 머물겠습니다"라고 한다. 페르미가 다시 "당신은 독일이 승리하리라고 생각하느냐" 묻자 "히틀러는 곧 패망할 것"이라고 하면서 다음과 같은 음미해 볼 만한 말을 한다.

"나는 사람들은 누구나 그 결단에 있어서는 시종일관해야 한다고 믿습니다. 우리는 어느 누구 할 것 없이 어떤 일정한 주위환경과 일정한 언어와 사고영역에서 태어나서, 그곳에서 가장 적절하게 성장할 수 있으며, 또 그곳에서 가장 능률적으로 일할 수 있습니다. 결과적 경험에서 미루어 본다면 어느 나라도 혁명과 전쟁을 만날 가능성이 있습니다. 그때마다 망명할 수는 없습니다. 사실상 모든 사람들이 망명할 수는 없습니다. 때문에 사람들은 가능한 한 비극이 일어나지 않도록 미연에 방지해야 하며, 도망갈 생각부터 해서는 안 됩니다."

히틀러의 숭배자인 젊은 조수가 "선생님은 왜 새로이 건설되고 있는 나라에 참여하지 않습니까"라고 질문했을 때도 그는 그와 유사한 답을 한다.

"먼 장래에 가시화될 정치적 예측에 대한 가치판단은 매우 어려운 것이라는 점을 말하고 싶습니다. 나는 정치적 운동가란 큰소리로 외치며 달성하려고 하는 목표에 따라서 판단할 것이 아니라, 그 실현을 위해 사용하고 있는 수단에 의해 판단하여야 한다고 믿습니다. 이런 점에서 국가사회주의자의 경우나 공산주의자의 경우, 유감스럽게도 그들이 사용하고 있는 수단을 바른 것이라고 하기 어렵습니다. 거기에 참여하고 있는 사람들조차도 그것을 정당한 것이라고 확신하지 못할 것입니다. 나는 그 두 주의가 독일의 불행만 가져올 뿐이라고 확신합니다."

『부분과 전체』에는 이념적 목표보다 과정을 중시하는 하이젠베르크의 신중한 태도가 정치적 대화에 있어서 늘 견지되고 있다. 그 과정적 실제성은 필요성에 따른 것이 아니다. 그것은 수단의 정당성을 수반하는 것이며, 그의 사회와 문화에 대한 책임을 함께 하는 것이다. 전쟁이 끝난 뒤, 전쟁의 폐허 속에서 하이젠베르크가 그의 제자들과 함께 원자력의 평화적 이용에 적극 참여하며, 정계와 재계에서 높아지고 있는 핵무장의 요구에 적극 반대하고 나선 것도 과정적 실제성의 시각 때문이라고 보아야 한다. 그는 서독의 핵무장이 서독의 외교적 입장을 악화시킬뿐더러 새로운 위험 속으로 서독을 몰아가게 될 것이라고 본다.

이 같은 시각은, 사람은 언제나 커다란 드라마 속의 관객인 동시에 공연자라는 닐스 보어의 말을 상기시킨다. 하이젠베르크는 전쟁 중이나 전쟁 뒤에도 현실에 발을 담고 있었던 참여자였으며 그것을 비판하는 관객이었다. 이 같은 참여와 비판의 조율은 그의 음악적 조예 속에서 우러나온 것이었다는 설이 있다. 그는 대학 진학 때 물리학을 택할까, 음악을 택할까 고심할 정도였으며, 일단 물리학을 택한 다음에도 피아노와 바이올린으로 연구에 지친 몸을 풀곤 했다. 『부분과 전체』의 마지막 장에서도 그는 폰 홀스트(그는 뛰어난 생물학자이며 비올라 연주자이며 악기제조자였다)의 베토벤 세레나데 D장조를 들으며 '중심적 질서를 향한 어떤 믿음이 인간의 무기력과 피로를 달래준다'고 적고 있다.

이처럼 하이젠베르크는 물리학의 딱딱한 수식 속에서만 살지 않았다. 그는 늘 철학과 음악을 가까이했으며 철학적 세계관 혹은 자연관이 물리학과 어떻게 연관되고 있는지 관심을 쏟았다. 때문에 그의 물리학 및 물리학적 사고에는 플라톤과 아리스토텔레스, 데카

르트와 칸트가 끊임없이 넘나들고 있다.

나는 이 책을 읽은 이후, 물리학의 안내서들을 예닐곱 권 더 찾아 읽었다. 『현대물리학 입문』, 『물리학을 뒤흔든 33년』, 『과학의 역사 1 · 2』, 『연금술』, 『퀴리부인』, 『아인슈타인』 등이 그것들이다. 어려운 물리학적 수식들은 뛰어넘고 '빛은 파장으로 이루어져 있다' 는 부분 같은 곳에서는 거기에 언어라든가 이미지를 대입하여 생각을 실어가면서 읽었다. 그런 결실로 나는 빛이 어둠으로부터 나와 어둠으로 돌아가듯이 말도 고요(없음)로부터 나와서 고요로 돌아가는 것이라는 생각을 갖게 되었으며, 물질의 불멸설도, 물질이 빛으로 환원할 수 있다는 퀴리부인의 설에 의해 무너지는 것이 아닌가 하는 의구심을 갖게 되었다.

어쨌든 이 시기, 『부분과 전체』는 역사적 사건과 얽매여 있던 내 생각들을 상당부분 풀어주었다. 시간은 길고 공간은 무한하다는 생각을 새삼 갖게 하였다. 고통이 기쁨이 된다는 생각도 확인시켜 주었다. 고통이 기쁨이 된다는 것은 1978년 김현이 어느 글에서 내게 넌지시 해준 것이었다. 그때 나는 그에게 반발했었다. 그런데 이 책은 내 반박이 단선적인 것이었음을 새삼 일깨워 주었다.

아마도 나는 '나를 크게 변화시킨 책' 을 들라면 『부분과 전체』와 함께 어빙 하우의 『정치와 소설』, 카잔차키스의 『영혼의 자서전』, 공자의 『논어』 등을 들 것이다. 내 사고의 성숙과 열림은 이 책에 힘입은 바가 크다.

로마와 송宋에 대한 호기심

율리우스 카이사르는 대군을 이끌고 루비콘강을 건너면서 "왔다, 보았다, 이겼다"고 했다. 카이사르가 역사에 기록된 대승리를 세마디로 줄일 수 있었던 것은 무엇보다도 그의 막강한 군대와 그리고 그 뒤를 받쳐주고 있었던 농업경제력에 의한 것이었다.

당시 카이사르는 갈리야 지방을 그의 영지로 확보하고 있었다. 공화정의 실력자들은 모두 로마 밖에 광대한 영지를 소유하고 있었지만 먹고 마시고 노는 일이 너무 심해서 호주머니에 돈이 남아나지 않았다. 역대 어느 나라도 로마만큼 먹고 마시고 노는 일에 재산을 탕진한 나라는 달리 없었다. 원로들은 배를 바닥에 깔고 산해진미를 먹어대다가 만복에 이르면 음식통에 꾸역꾸역 토한 뒤 다시 먹어댔다. 목욕탕 문화도 이때 발달했고 격투기, 레슬링도 이때 시작되었다. 소비가 극성을 이루었다.

갈리야는 오늘날의 동프랑스와 서독일에 속한다. 그 지역은 사철 따뜻하고 비가 부슬부슬 내려 곡실들이 자라기에 안성마춤이었다. 한 해 수확량이 북이탈리아나 오스트리아 지방과는 달랐다. 공화정의 실력자들은 모두 음으로 양으로 카이사르에게 도움을 받지 않을 수 없었고, 카이사르의 말은 실제로 로마를 지배하는 말이 되었다. 그의 군대는 발칸반도를 거쳐 아시리아로, 이집트로 향진했다. 모택동은 '권력은 총구로부터 나온다'고 했지만 이 시기의 로마권력은 갈리아 지방의 농업생산력으로부터 나오는 셈이었다. 이런 이야기들이 『세계의 대역사』(전5권, 삼성출판사)에는 장마다 가득가득 실려 있다.

기본적으로 책은 재미가 있어야 한다. 그래야 읽을 맛이 나고, 즐겁게 읽혀야 그 이야기들 속에 담겨진 의미들을 요리조리 더듬으며 음미할 수 있게 된다. 옛날에는, 나는 책에서 재미를 찾는 편이 아니었다. 1980년대 초까지만 해도 나는 그와 정반대였다. 그런데 80년대 후반에 들어서면서 재미없는 사회과학서적들을 너무 많이 읽은 반작용으로였던지, 재미라는 것에 굴복하기 시작했고, 실제로는 그것이 생을 살맛 나게 하는 윤기가 된다는 사실을 눈치채게 됐다. 나는 좋은 귀를 가진 사람을 부러워했고, 좋은 혀를 가진 사람을 증오했다. 그런 어느 날 책꽂이에 꽂아둔 채로 잊어버렸던 『세계의 대역사』가 눈에 들어왔다. 뽑아서 한 페이지 읽어보았더니 읽을 만했다.

어느 책이고 쉽게 구한 책은 재미가 배가 되는 법이다. 나는 이책을 거저 얻다시피 했다. 어느 해 여름, 회사측에서 보너스 대신

준다며 책 한 질을 주었다. 표지가 불그죽죽하고 저자도 역자도 없었다. 오랫동안 출판사에서 일했던 사람의 감각으로 '별 볼일 없다'는 판단이 쉽게 내려졌다. 거의 25년 동안(25년이라면 반반세기에 해당한다) 나는 이 책을 책장에 방치해 두었다. 그런데 극히 최근, 나는 이 책의 재미를 알게 되었고, 책장의 아름다움과 책의 내용이 등가관계를 갖지 않는다는 것도 알게 되었다. 『세계의 대역사』는 별 볼일 없기는커녕 장마다 흥미진진한 이야기가 산재해 있었다.

카이사르의 다음에 나오는 아우구스투스 시대에 대한 기술만 해도 그렇다. 이집트에 주둔해 있던 안토니오 군대를 물리치고 삼두정치를 청산한 아우구스투스는 검소하고 신중한 성격이었음에도 불구하고 삼두정치와 그의 시대를 외양으로부터 구별하기 위해 로마의 개조에 나섰다. 그는 벽돌건물이 대부분이었던 로마거리를 대리석으로 바꾸고 집마다 발코니를 만들어 꽃을 내걸도록 했다. 여기저기서 공사가 시작되었고 인부들이 모여들었고 대리석을 운반하는 마차가 줄을 이었다. 로마는 벽돌 건물을 철거하고 대리석 건물을 신축하는 공사뿐만 아니라 인부들이 먹고 자는 주택을 짓느라 부산했다. 자연 공기단축을 꾀하지 않을 수 없었고 부실공사가 만연했다. 그리고 5, 6년 뒤에는 삼풍백화점 사고와 같은 대형 사고가 펑, 펑, 터졌다. 대정치가이자 웅변가였던 키케로까지도 "내가 소유한 집 두 채가 붕괴되었다. 세 살던 사람뿐이 아니고 쥐새끼까지도 살 집을 잃어버렸다"고 분통을 터뜨렸다.

여기서 우리는, 과시행정은 동서고금을 막론하고 붕괴드라마를 연출하게 된다는 사실을 보게 된다. 5·16 직후 박정희 정권은 '잘 살아보세'의 요구를 외양으로 보여주기 위해 시민아파트를 대대적으로 건축하였다가 여러 곳에서 붕괴되는 참사를 빚었다. 군인이 중심이 된 정권은 계획을 세우고, 타당성을 조사하고, 사업을 시행하는 조심성이 없다. 그들은 목표(계획)가 세워지면 어떤 수단을 통해서라도 그것을 작전하듯 해치웠다. 그래서 초기 업적은 그럴 듯해 보이지만 결국에는 실정의 누적으로 좌초하게 된다. 군인으로 출발하였던 아우구스투스도 그 범주를 벗어나지 못했다.

하지만 아우구스투스는 박정희와 같은 정치가는 아니었다. 그는 대귀족 출신이었으며, 위에서도 말했듯이 매우 신중한 사람이었다. 그는 국민의 여론을 중시했고, 법을 존중했다. 국민여론을 '아우구스투스 지지'로 돌리기 위해 그는 식민지로부터 거둬들이는 엄청난 부를 로마 시민들에게 월급 형식으로 나눠주었다. 이와 같은, 국민을 위하고 법을 존중하는 정치 때문에 아우구스투스는 '팍스 로마나'의 기초를 다져갈 수 있었다.

'팍스 로마나'가 아우구스투스 이후에도 오랫동안 명을 유지할 수 있었던 것은 위의 두 가지 외에도 배타성의 배제를 들어야 한다. 로마인들은 이민족을 열등시하지 않았다. 그들은 식민지 청년들을 양자로 받아들이는가 하면, 이민족의 종교인 기독교를 국교로 삼았다. 2천 년이 지난 오늘에도 중동에서 돈 벌어 온 사람들을 깔보고 흑인과의 결혼을 결사반대하는 우리와는 큰 차이가 있다. 그런 면에서 아직 우리는 선진국민이 되기에 이르고 세계인이 될 자격을 구비하지 못했다고 해도 된다. 세계인이 되려면, 세계에 사는 남들을 인정하고 더불어 살려는 의식을 갖추어야 된다.

농업생산력 이야기를 하다가 이야기가 옆길로 새나가 버렸는데, 생산력이 뒷받침되지 않는 권력은 없고 승리도 없다. 몇 년 전 일본 하네다공항에 내린 나는 1시간 남짓 100km/h의 속도로 평원을 달려 동경에 도착하는 공항버스를 탄 적이 있었다. 이 한 시간 남짓의 거리는 임진왜란 직후 일본내전을 벌인 도요토미 히데요시의 추종 세력과 도쿠가와 이에야스의 근거지가 위치한 거리였다. 그런 넓고 넓은 평야를 바탕으로 싸우고 있었으니 천하를 거의 손에 넣었다 해도 되는 도요토미 세력이라 할지라도 승리를 쉽사리 낚아챌 수 없었다.

두 세력은 몇 년 동안 일진일퇴를 거듭하다가 도쿠가와의 승리로 끝을 맺게 되는데, 그것도 농업생산력 때문에 승패가 난 것만이 아니고, 당시 오사카항을 중심으로 일고 있었던 해외무역의 도움에 의한 것이었다고 한다. 고려 초기 견훤에 대한 왕건 세력의 승리도 개성을 중심으로 한 대중對中무역의 부 때문이었다고 보는 이들이 많다.

어쨌든 『세계의 대역사』는 나에게 역사를 보는 눈을 크게 열어 주었다. 18세기 유럽의 과학문명은 중세 수도사들의 연금술 연구에 힘입은 바 크며, 그리스 신화도 발칸반도에 선주하였던 사람들과 관계되는 면이 많다는 것들이 그런 것이다.

『세계의 대역사』에 대한 감흥으로 나는 또 동대문 헌책방들을 뒤져, 현암사에서 낸『세계사』두 권을 구했다. 중국사에 속한 것들이었다. 그 책도 표지가 불그죽죽했다. 하지만 이번에는 '별 볼일 없다'는 생각을 하지 않고 구해온 날부터 읽어내려 갔다. 『세계의 대역사』이상으로 문장이나 내용이 감칠맛이 있었다. 특히 송대사 宋代史의 머리 부분에서는 눈이 활짝 트이는 느낌이었다. 저자는 (이 책에도 저자 이름은 없었다. 하지만 일본의 유명한 학자가 쓴 듯했다) 도자기로부터 송의 역사 성격을 설명했다.

그에 따르면, 도자기는 역사의 공기라 할까 빛깔과 같은 것을 내재한다. 세계국가였던 당은 그의 위용을 과시하기라도 하는 듯이 당삼채唐三彩를 만든다. 찬란하기 그지없었던 이 도자기는 전시용으로서는 그만이었으되 실용적인 면이 거의 없었다. 용기로서도 소용이 없었고 물을 담아놓을 수도 없었다. 외형적인 아름다움은 영속성을 가질 수 없는 법이다. 형식미뿐이었던 당삼채는 당의 멸망과 더불어 모습을 감추어 버리고 실용주의의 소산이라 할 수 있는 송백자宋白磁가 나타났다.

당의 뒤에 나타난 송은 여러 면에서 세계제국이었던 당의 반성으로부터 출발하고 있는 면이 있다. 당삼채와는 달리 송백자에는 당문화에 대한 반성과 그것의 비판정신이 담겨 있다. 송백자가 채색을 버리고 질박한 흰색을 선택했던 것이나 견고성을 취했던 까닭이 거기 있으며, 우리가 중국 사대부의 전통을 말할 때 실사구시實

事求是 혹은 실용성과 검소성을 드는 이유가 거기 있다. 송백자의 흰색은 검소한 색이고, 선비적인 색이며 신유학적인 색이다.

나는 고유섭高裕燮이 어떻게 백자가 구워지고 초기청자에 녹색이 띠게 되며 후기청자에 비취빛이 감도는지를 기술적 측면에서 검토한 글(『고려청자高麗靑磁』)을 읽은 바 있다. 그리고 그 글이 일본의 도예사가인 野守建의 「고려청자의 연구」에서 도움을 받아 쓴 것이라는 사실도 알았다. 하지만 도예가, 무엇으로 가마에 불을 때며 얼마의 열량을 뿜어내 색깔을 빚느냐보다 그 시대 문화를 만들어가는 사람들의 정신에 의해 그릇의 형태가 주어지고 색깔과 내용이 담긴다는 사실을 나는 『세계사』를 읽으면서 비로소 알았다. 이 앎은 예사인들에게는 별일 아닐지도 모른다. 하지만 미술과 도예에 대한 관심이 매우 컸다고 해도 되는 그 시기의 내게 이 책의 암시는 섬광과 같은 것이었다.

나는 문화창조자들과 자기의 성격에 대해 다른 사람들과 별로 이야기를 나누지 못했다. 내 주변이 문학인들로 싸여 있었기 때문이기도 했지만 어쩐지 말하고 싶지 않았다. 오랜 지기였던 원동석元東石과는, 어느 자리에서였던지는 기억에 없지만, 그것을 거론한 적이 있었다. 그런데 민중미술의 전위역을 담당하고 있었던 그는 그다지 색다른 반응을 보이지 않았다. 아마도 "글쎄, 그럴 수 있겠지" 정도의 반응이었던 것 같다. 늘 대립적인 위치에 서 있었고, 그래야 직성이 풀렸던 우리 두 사람의 관계에서 "글쎄"라는 반응은 김빠진 맥주 같은 것이었다. 허나 그렇다고 그의 멱살을 잡을 수도 없는 일이었다.

아마도 원동석과 내가 가장 멀었던 것은 이 대화의 전후 시기가 아니었던가 싶다. 우리는 그때 반 년에 전화 한 통화 없이 살기도 했다. 그런데 최근엔 한 달이 멀다하고 건강을 묻는 밤 전화를 나누고, 때로는 관매도로 구경가는 계획을 짜느라 장시간 수화기를 들고 있기도 한다. 기회가 주어진다면 그와 함께, 송은 한민족漢民族주의적인 국가인가, 보편성을 획득한 세계국가인가, 그리고 로마는 어떻게 이민족문화를 수용할 수 있는 보편성을 얻게 되었던가 논의해보고 싶다. 그리고 르네상스에 대해서도 물어보고 싶다. 아니, 그와 중국과 로마를 한번 꼭 다녀오고 싶다.

나는 갈수록 르네상스에 대해 매료돼 간다. 너무 멀리 보이는 나라이기 때문에 그런 끌림이 있는지도 모른다.

『전시하 일본정신사』와
『동아시아의 위대한 전통』

「라이프—세계의 국가」 시리즈 중의 '일본' 편에는 다음과 같은 이야기가 끼여 있다. 2차세계대전이 끝난 지 29년이 지난 뒤에도 필리핀 루방섬의 밀림 속에는 오노다 히로오라는 일본군 중위 한 사람이 귀신처럼 돌아다닌다. 그는 그의 영역에 나타나는 침입자들을 정확히 가격, 쓰러뜨린다. 그의 총질에 목숨을 잃은 사람이 30명을 넘었고 부상한 사람도 1백 명이나 되었다.

1974년 겨울, 스즈끼라는 젊은 모험가가 이 소식을 듣고 루방섬을 찾는다. 그때에도 오노다는 해진 군복을 입고 총을 메고 밀림 속을 돌아다니고 있었다. 스즈끼가 전쟁은 오래 전에 끝났다고 하자 오노다는 "알고 있다"고 짧게 답했다. 그러면 왜 항복하지 않고 밀림을 돌아다니는 것이냐고 되묻자 "일본의 충성스런 군대는 상관의 명령이 있기 전에는 항복할 수 없다"고 했다. 스즈끼는 오노다의 직속상관이었던 전 육군소령 다니구치 요시미를 수소문하여 찾아냈다. 다니구치는 비행기로 루방섬에 날아가 "귀관의 의무를 오늘로서 해제한다"고 명령했다. 오노다는 총을 내려놓고 밀림 속에서 나왔다.

오노다 이야기와 너무도 닮은 이야기가 쓰루미 쓴스께의 『전시하의 일본정신사』에도 있다. 캐나다대학에서 한 학기 강의한 노트를 정리하여 묶은 이 책에는 한 작가의 고통과 양심의 쓰라림이 진솔하게 기술돼 있다. 쇼와천황이 무조건 항복을 한 한 달쯤 뒤, 일본의 오지에 있는 한 형무소에는 미군들이 진주한다. 뜨거운 여름이었고 저녁 무렵이었다. 사상범들을 주로 수감했던 그 형무소에는, 그때 수감자 대부분이 천황지지를 선언하고 출감한 뒤였으므로 텅 빈 상태라 해도 되었다. 수감자는 단 일곱 명뿐이었다. 한 사람은 좌익성향의 소설가였고, 다른 여섯 사람은 제칠일안식일 교도들이었다.

미군은 좌익성향의 소설가에게 "당신의 형은 해소됐으니 나가라"고 말한다. 좌익소설가는 움직이려고 하지 않는다. 그는 너무 지쳐 있었고 '일본제국주의' 같은 것에 패배해버린 듯했다. 다시 미군이 나가라고 재촉했다. 그러자 좌익성향의 소설가는 "나를 투옥시킨 것은 일본의 법이었고 일본의 교도관이었다. 미국군인들이 아니었다. 그러므로 나는 일본 교도관이 나가라고 해야 나갈 수 있다"고 느릿느릿 대답했다. 다시 미군은 일본인 교도관을 찾아 "나가라"고 하자 소설가는 비로소 일어나 뙤약볕이 퍼붓는 교도소 마당을 어슬렁어슬렁 걸어나갔다. 뒤를 이어 제칠일안식일 교도들이 앞서거니 뒤서거니 따라나갔다. 제칠일안식일 교도들은 그 길로 안식일교회 미국본부가 '교회의 승리'를 떠들고 있었음에도 불구하고, 그들을 멀리하고 북해도 오지로 숨어들어갔다. 그들은 '본부'의 지시로 천황과 전쟁을 거부했던 것이 아니고 그들의 종교적 사념으로 거부했다고 여겼기 때문에 교회를 등지고 북해도로 갔던 것이다. 이때의 '교회를 등지고'라는 표현은 매우 단호한 거부와 거역의 뜻을 담고 있다. 따라서 오노다의 거부와 소설가의 거부, 제칠일안식일 교도들의 거역은 유사한 것이되 큰 차이를 갖고 있다. 오노다의 거부와 복종이 단순한 것이라면 소설가와 안식일교도들의 거부와 복종은 선택적인 것이다.

이때의 '거부와 복종'의 선택을 나는 우리 현대사가 가져본 적이 있었던가 종종 생각해 본다. 우리는 국권 상실로부터 문민정부에 이르기까지 1백 년 동안 수많은 고통과 좌절의 비애를 경험했다. 우리는 좌우대립의 피비린내나는 골육 상쟁도 겪었고 고문치사 사건도 보았으며 전향과 밀고, 배반 등 무수한 사건을 경험했다. 그런 암흑의 터널을 1백 년 동안 걸어 왔으면서도 우리는 한 사람도 "나는 지쳤다", "나는 패배했다"고 말하는 경우를 보지 못했고 "나는 북해도라는 개인적인 길을 나서겠다"고 술회한 사람도 만나보지 못했다. 변절과 야합, 배반을 밥먹듯 해왔으면서도 역사의 자리에 나서기만 하면 민족을 위해서 일했으며 독립을 위해서 싸웠다고 목소리를 높였다. 위선의 이력이라고 할 수 있는 것이었다. 나는 그 까닭으로 '개인'이 '역사' 혹은 '집단'으로부터 독립할 수 없는 데서 오는 폐단이 아닌가 홀로 생각해 볼 때가 있다. 어쨌든 『전시하의 일본정신사』를 읽으면서 역사 속에서 인간들이 신음하는 소리를 들었으며, 그 신음을 토로한다는 것이 얼마나 측은하고 또 정직하며 어려운 일인가를 새삼 깨달았다. 나는 일본을 다시 보기 시작했다.

나의 일본 이해에는 물론 그보다 먼저 읽은, 패어뱅크와 라이샤워가 함께 쓴 『동아시아의 위대한 전통』(역서 『동양문화사』)이 먼저 기반역할을 한다. 나는 이 책을 70년 직초 세대잡지에 근무할 때 읽었다. 내가 막 역사에의 개안을 시작할 때였다. 장강과도 같은 중국역사도 흥미로웠지만 일본 주부들이 콩나물가게에서(19세기 말) 1원을 아끼려고 흥정하는 대화에서 자본주의적 사고의 개입을 기술하는 분석은 탄성을 자아내게 했다. 나는 그 책에서 소설이 어떻게 역사자료가 되고 역사가 소설보다 재밌는가를 실감했다.

거의 같은 무렵, 민두기 교수와의 친교도 내 역사관심의 폭을 증대시켰다. 놀랍게 섬세하고 날카로운 감각을 지닌 민교수는(고교시절 민교수는 시를 썼다) 별로 술을 좋아하지는 않았으나 안방에서 술상을 마주하는 자리를 좋아했다. 그런 자리에서 민교수는 거의 대부분 화제를 끌고 나갔다. 그는 홍콩 거리를 빠르게 지나가는 인력거에서 제국주의의 흔적을 보았고, 중국이 하노이를 공격하자 사회주의 인터내셔널의 허구를 재빨리 눈치챘으며, 애국주의와 학문의 객관성이 동렬에 서기 어렵다는 지적도 했다. 일가를 이룬 사람들이 대개 그렇듯 매우 진보적이고 또 보수적인 면도 있었다. 하

루는 우리를 암사동(그때는 그곳이 매우 벽진 곳이었다)댁으로 초
대하더니, 모택동 시와 해방 직후 간행된 말똥종이 책들을 십여 권
내놓았다. 레닌과 고리끼의 서한집, 맑스 엥겔스의 『정치와 문화』,
김기림의 『바다와 나비』 등등이었다. 나는 그 대부분을 빌려가지고
왔다. 지금도 나는 그 책들을 서재에 꽂아놓고 민교수님을 생각하
면서 책장을 더듬는다. 지금도 "막부시대 오사까 성하촌城下村에는
거리가 바둑판처럼 반듯했다"고 하던 교수님의 목소리가 귀에 잉
잉거린다.

그 무렵 나는 학문의 세계가 맑고 향기롭게 보였다. 그 길로 걸
어가고 싶었다. 그 길은 또다른 유토피아이고 무릉도원일 듯싶었
다. 그래서 나는 문학서적보다 역사서적들을 읽기 좋아했다. 동경
대 출판회에서 낸 『중국철학』(전3권)도 읽었고, 불교입문서들도 다
수 읽었으며, 암파에서 낸 신판 『일본역사』도 한 권 한 권 빌려 읽
었다(그 책은 전30권이었던 것으로 기억한다). 『일본역사』 중에는
「1920년대(大正시대) 데모클라시와 향촌세력」이라는 챕터가 기억
에 남는다. 그 필자는 당시대를 흔히 민본주의시대라 하는데, 민본
주의자들은 도시의 한줌 지식인에 불과하고, 도시를 둘러싼 지방
향촌에는 천황지지 세력이 날로 커가고 있었으며, 그래서 마침내는
천황세력이 데모크라시세력을 누르고 승리, 태평양전쟁을 일으키
게 된다고 보았다. 이 시각은 내게 매우 신선한 충격을 주었다. 나
는 70년대 후반의 서울 지식인들과 새마을운동원들이 같은 시각에
서 이해되었으며, 88년 광주에 와서도 항쟁세력과 지방의 향군 평

통 체육회 회원들이 역시 같은 구조로 판독되었다. 미국의 문학평론가 어빙 하우가 투르게네프의 소설 「루딘」의 주인공을 패배할 수밖에 없는 인물로 본 바 있다. 왜냐하면 루딘은 민중의 소리에 귀기울이거나 그들과 어깨를 나란히 하면서 걸음을 옮기려 하지 않고 너무 앞질러 나가기 때문이라는 것이다.

일본책들과 일본지식인의 사고는 여러 가지로 내게 깨우침을 주었다. 단재 신채호에서 백낙청까지를 계몽주의적이라고 보았던 가지무라 교수의 말도 내게 재빨리 이해되었다. 그리고 이때의 계몽주의는 민족주의와 다른 것이 아니라는 것도 이해되었다.

이쯤 되면 내가 매우 '친일적親日的'이라는 사실을 이 글을 읽는 분들은 눈치채게 될 것이다. 동아시아의 위대한 문화전통이 일본에 와서 현대화되고 보편화된다고 보는 편이며, 그래서 나는 일본문화를 상찬하고 또 상찬한다. 내가 미국을 가기 전에 일본에 갔던 것도 의도적인 것이라 할 수 있다. 나는 동아시아의 현대를 본 눈으로 아메리카를 보고 아메리카를 비판하고 싶었다. 나는 교오또에 갔을 때, 석정사石庭寺와 청수사清水寺의 뜰에서 오랫동안 홀로 앉아 있었다. 벚꽃이 눈처럼 져내리고 병사들이 함성을 지르며 달려가는 것 같았다. 소설 『대망』의 여러 장면들이 지나갔다. 그리고 그 위로 또 가모가와(경도의 중심을 흐르는 내)의 모래를 밟으며 걸어가는 정지용과 윤동주의 모습이 떠올랐다. 그들은 30년대 말과 40년대 초 가모가와를 거닐며 시심을 키웠었다.

나는 한옥의 단아한 선들도 좋아하지만 일본가옥의 멋에 더욱 끌리는 편이다. 정원 쪽으로 시원하게 트인 거실도 선미禪美가 흐르지만, 비좁은 층계며 다락의 선들도 몬드리앙의 그림을 옮겨다 놓은 듯한 운치가 있다. 예술에 조예가 깊은 사람들만이 만들어 낼 수 있는 자연과 역사, 생활, 종교가 어울린 건축물이다. 그 건축물들은 (특히 금각사나 은각사를 볼 경우) 미를 허무의 끝까지 밀어가 만들어낸 조형물이란 느낌이 들 때가 있다. 도요토미 히데요시는 조선의 막사발을 보며 "조선인들은 참으로 신묘한 데가 있단 말야" 했다지만, 나는 그 반대로 "일본인들은 깊숙이 걸어들어갈 줄 아는 혜지가 있다"고 말하고 싶다. 그들은 인도, 중국의 불교를 일본화시켰고 바둑을 일본화시켰으며, 그러면서도 서양의 기독교는 물리쳤다.

이상과 같은 일본인의 정신적이며 미적인 어떤 수준이 태평양전쟁의 아수라 속에서도 일본작가로 하여금 미국군의 명령을 거부하고, "나를 감옥에 넣은 일본교도관이 나가라고 해야 나갈 수 있다."는 담대한 말을 하게 했을 터이다. 이 말은 지치고 지친 가운데서 우러나온 진솔한 사론이다. 민족주의니 주체를 동원할 것도 없다.

『역사란 무엇인가』

1970년대라는 기간을 나는 역사책들을 읽으면서 보냈다고 해도 된다. 우리 교육의 역사결핍(혹은 역사왜곡)이 나로 하여금 우리 역사에 매달리게 했겠지만, 그밖에도 역사속의 이야기들을 찾아 읽기 좋아하는 성미 때문이었던 듯도 하다. 그런데 80년대 고비를 넘어서면서는, 내가 그 분들의 저서와 논문에서 무엇을 얻었던가, 역사사실에 불과한 것이 아니었던가, 회의하게 되었고, 실증사학의 결구가 이런 것이 아니었던가 하는 느낌도 왔다.

통일이라는 문제에 대해서도 그 분들은 대개 삼국이 통일신라로 이어지고 고려가 조선으로 이어졌듯이 남북한도 마침내는 통일로 맺어질 것이라는 귀납적인 면을 취하고 있었다. 그래서 한 사론집을 읽은 뒤 원동석(목포대 교수)에게 "사학자들은 귀납적이더군" 했더니, "에세이 수준이야" 한마디로 재단해 버렸다. '에세이 수준'이라는 말이 마치 내 역사 관심에 비수를 겨룬 듯싶어서 그 밤을 소리소리 지르면서 대들었지만 이길 수 없었다. 그 논쟁은 질 수밖에 없는 것이었다.

당시 역사책이나 논문들은 '민족' 이란 개념에도 어설펐다. '민족' 이 '우리' 와 동의어로 쓰일 뿐, 그 민족이 어째서 우리에게 이토록 절박한 것으로 다가오게 되는지 논리적으로도, 경험적으로도 설명해 주지 않았다. 그들은 저항 민족주의만이 식민치하에서 더럽혀진 민족혼을 정화해 줄 수 있다는 프란츠 파농 같은 직설적 논리도 보여주지 않았다. 그 무렵 이기백 교수와 《독서신문》 기자로서 서강대 캠버스에서 인터뷰했던 적이 있다. 당시 매우 민족주의자였던 나는, 샤토프와 같이 러시아 땅을 사랑하고 그 땅 위의 사람들을 신성시하는 뜨거운 피가 끓는 사람이 쓰는 역사가 아니라면 무의미한 것이 아닌가 하고 도전적으로 질문을 던졌었다. 성품이 온화하고 단아한 이교수는 "잘 들었다"고 말하고, 그 부분을 기사에도 꼭 써넣으라고 했다. 나는 그 이야기를 써넣으려다 그만두었다. 나는 질문하는 사람이었지 응답하는 사람이 아니었다. 나는 한동안 이교수를 따랐던 듯하다. 그분의 평상심이 혼돈과 열망으로 들끓은 내 피를 식혀 주었던 듯하다.

'이제 우리는 우리 역사를 한국사로 객관화해야 한다' 는 변태섭 교수의 발표요지가 한국 역사 교육회 세미나에서 물의를 일으켰던 것도 그 무렵이었다. 쓴다고 하는 일은 그것이 픽션이든 논픽션이든 비판적 과정을 거쳐서 이뤄진다. 쓴다는 행위는 독백일 수 없다. 거기에는 독자가 있고, 그 독자를 설득할 수 있는 객관적인 서술과 논리가 요청된다. 하지만 또 역사책은 쓰는 '나' 와 '역사' 의 대화라는 관계도 더불어 지닌다. 때문에 모든 역사책들은 개인인 역사가가 어떤 시각으로 역사를 보고 있으며 무엇을 문제시하고 있는가 하는 물음을 내장하게 된다. 범상할 수 있는 이 같은 물음들이 얼마나 어렵고 무거운 것인가를 나는 E · H 카의 『역사란 무엇인가』를 읽고 나서야 어느 정도 깨우쳤다.

나는 『역사란 무엇인가』를 두 번 읽었다. 첫째는 이 책이 탐구신서로 처음 번역되었을 때였고(그때 친구들은 너도나도 이 책을 읽었으므로 나도 덩달아 읽었다), 두 번째는 이 책을 출판하는 출판사의 편집자로서 한 센텐스 한 센텐스 새겨 읽었다. 나는 카의 『새로운 세계』와 『러시아혁명사』를 이미 읽은 뒤였으므로 '확대되는 지평선' 이라는 챕터가 무엇을 의미하는지를 눈치챌 수 있었다. 그의 역사는 민족주의에서 세계주의로, 단일민족 국가에서 국가연합으로 거대화된다는 기본인식으로부터 출발한다.

카는 러시아혁명을 새로운 사회의 개시로 본다. 그는 혁명의 의의를 거대화된 경제 모델을 통하여 19세기 이후로 서유럽을 지배해왔던 자유방임주의를 무너뜨린 것으로 본다. 두루 알고 있듯이 서유럽에서의 지나친 자본 독점화, 과점화 현상은 경제적 혼란을 가중시켰다. 더 이상 보이지 않는 손에 국가경제를 맡길 수 없었다. 경제에 대한 국가의 개입과 계획이 요청되었다. 그것을 실현한 것이 러시아혁명이었다.

여기까지는 E · H 카와 마르크스가 등거리를 걷는다. 그런데 민족국가에서 국가연합으로 거대화되어 가는 과정을 마르크스-레닌이 필연적인 역사 발전과정으로 보는 데 반하여 E·H 카는 비연속적으로 본다. 예컨대 서유럽에서는 필연적인 것 같은 길을 걸을 수 있으며 아시아, 아프리카에서는 그와 반대의 길을 걸을 수 있고, 또 그 발전은 이어졌다가 끊어지고, 끊어졌다가 이어지는 비연속적인 길을 걸을 수 있다는 것이다. 한마디로 카는 발전이라든가 진보를 '행로가 뚜렷치 않은 지도'라고 본다. 역사는 지그재그일 수 있다고 본다. 이 책에서 독자의 구미를 가장 강하게 끌어당기는 '역사는 과거와 현재의 대화'라든지 '과거와 현재를 잇는 다리'라는 말들도 역사발전의 법칙성보다 인과성을 강조하는 면이 크다고 볼 수 있다. '대화'나 '다리'라는 말은 발전의 법칙성과는 얼마쯤 거리가 있다. 과거의 조건에 따라 오늘과 내일이 결정될 수 있다는 것은 이렇게도 저렇게도 될 수 있다는 뜻을 내포한다. E·H 카는 "계기가 되는 여러 시대의 요구와 조건이 그 나름의 독특한 내용을 지니면서 역사과정이 된다"고 말한 바 있다. 즉 그는 역사를 과정으로 이해하고 있으며 진보라는 개념도 그와 동류의 것으로 파악하고 있는 것이다. 그는 진보를 다음과 같이 설명한 적이 있다.

진보는 한 시대가 획득한 기술을 다음 시대로, 그리고 또 그 다음 시대로 전승해 감으로써 이루어지는 어떤 가치다. 그 가치가 기독교인들에게는 종말론으로 헤겔에게는 절대정신으로, 마르크스에게는 계급 없는 사회로 나타나며, 액튼과 같은 역사가의 경우에는 '사건의 과정으로서의 역사는 자유를 향한 진보의 걸음'이라는 자유의 의미로 파악된다. 여기서 종말론, 절대정신, 자유, 계급 없는 사회 등은 그것을 비전으로 삼고, 그것을 성취하기 위한 역동적인 운동을 바라게 되고, 그리하여 역사가들이 진보의 시대라고 이름했던 계몽주의시대 이후의 크고 작은 혁명과 반혁명을 일으키게 된다. 그러나 그 성취욕구가 너무 빨랐거나 너무 강했거나 간에 그것은 그것을 바란 사람들의 염원만큼 성취되지는 않는다. 이 지점에서 카는 액튼과 같이 역사의 과정이라는 면에서 진보를 보려 하고, 그리하여 그의 진보는 점진주의적인 색채를 띠게 된다. 그는 다음과 같이 진술한다.

"예컨대 시민의 권리를 만인에게 확대하려고 싸우는 사람들, 형사소송절차를 개혁하려고 하는 사람들, 인종이나 부의 불평등을 제거하려고 싸우는 사람들은 바로 그 일 자체의 실현을 의도하는 것이지 진보를 달성하겠다거나 어떤 역사법칙이나 가설적 진보를 실현하겠다거나 하는 의식을 가지고 있는 것은 아니다. 그들의 행위에 진보의 가설을 적용하고, 그 행위를 진보라고 해석하는 것은 역사가이다. 다시 말해서 19세기 사상가들은 흔히 역사의 진보에는 명백히 규명할 수 있는 목표가 있다는 생각을 자명한 이치로 삼아왔지만, 이런 생각이 적응불가능한 무용지물임은 이미 밝혀졌다. 진보를 믿는 것은 결코 어떤 자동전이나 불가피한 과정을 믿는 것이 아니라 인간능력의 진보적 발전을 믿는다는 것을 뜻한다. 진보라는 것은 추상적인 말인 것이다."

여기서 E · H 카는 진보라는 말에 우리가 부여했던 어떤 구체적인 가치를 버린다. 그는 진보, 발전, 유토피아와 같은 말들이 니체와 도스토예프스키를 거쳐 러시아혁명에 이르면 실질적으로는 폐기되었다고 본다. 그는 진보가 폐기된 마당에 우리가 취할 수 있는 것은 '무엇이 옳으며 무엇이 바른가'가 될 수밖에 없다고 믿는다. 『역사란 무엇인가』 속의 「역사와 과학과 도덕」은 그와 같은 배경과 믿음 속에서 씌어진다. 출판편집자로서 내가 이 책을 읽으면서 가장 감동 받은 곳은 이 챕터였다. 그때는 5·18이 일어난 때로부터 3년 뒤였으므로 역사와 개인, 역사와 전체 같은 명제가 내 머리를 짓눌렀다.

그 시기 나는 짙은 회의에 빠져 있었다. 역사는 참으로 전진하는 것인가, 전체 속에서 개인은 얼마나 무력한 것인가, 정의라든지 양심이 인간을 구원해 준 경우가 실제로 있었던가. 나는 그런 허무주의적 질문을 날마다 씹어야 했고, 인간을 구원해 주고 위로해 주는 것은 예술뿐이라는 결론에 도달했다. 그 예술은 우리가 걸어가고 있는 캄캄하고 캄캄한 지옥길에서 붉은 꽃 같은 것이었다. 그 무렵 내 시와 산문들은 그런 분위기에서 씌어졌다.

그 즈음 한 해직기자와 나눈 격렬한 토론이 떠오른다. 내 사무실로 찾아온 그는 무슨 말끝이었던지 박순천 여사의 육영수 추모를 두고 '반역사적'이라고 매도했다. 나는 육영수 추모는 매도될 수 있을지 모르지만 박순천의 일제시대 독립운동과 해방 후 민주화운동은 평가돼야 하는 것이 아니냐고 조심스럽게 반론을 제시했다. 그러자 가슴이 뜨거운 그 해직기자는 '과거'는 현재에 의해서 재평가된다고 하면서 박순천의 과거도 현재의 반민주행위에 의해 부정되어 마땅하다고 했다. 나는 그렇게 생각지 않았다. 인간의 행동은 그때 그때의 조건에 의해 평가돼야 한다. 그 행동은 그 현실 조건에서 우러나온 것이다. 논쟁은 거칠어졌고, 마침내 나는 "우리 자신이 그런 상황에 놓였을 때, 우리는 어떻게 할 것인가. 바른 길을 갈 수 있을 것인가, 좌로 우로 비켜가고 돌아가고 머리를 숙이며 갈 것인가"를 물어보아야 하며, 그런 연후에 비판행위가 가능하다고 소리를 높였다. 나는 그때 극단적인 청교도가 되어 있었다. 정치에 대한 지나친 불신과 혐오가 나를 그런 곳으로 밀고 갔다. 때문에, 역사가는 역사사건을 특수화해서는 안되고 일반화해야 한다는 E · H 카의 논지는 비위에 상했지만, '역사사실'이라고 역사가들이 말한 것은 어느 정도 도덕적 판단이 내려진 것이라는 주석은 마음을 끌었다.

"역사라는 것은 좋게 판단하든 나쁘게 판단하든, 직접 혹은 간접적으로, 한 집단이 다른 집단을 희생시켜 성취한 것이다. 결국 지는 편이 손해를 보는 것이다. 역사에는 재난이 따라다니기 마련이다. 모든 위대한 역사시기는 승리와 더불어 희생이 있다. 이것은 아주 복잡한 문제다. 왜냐하면 우리에게는 한쪽의 증대된 행복을 다른 쪽의 희생 앞에 놓고 계산할 수 있는 척도가 없기 때문이다."

여기서 '우리'란 역사가이다. 그리고 그는 척도가 없다고 말하면서도 "어떤 사람의 불행을 다른 사람의 행복으로 정당화될 수 있다"는 결론을 유보한다. 이것은 실제로 진보나 혁명의 의미를 유보하고 부인하는 것이기도 하다. 그렇다면 그의 논지에는 척도에의 몸부림이 남는 셈이다. 그것은 도덕적인 고뇌라고도 바꿔 말할 수 있는 것이다. 이것은 여러 가지 사회나 사회현상을 어떤 절대적인 기준 속에서 규정짓자는 것이 아니고 상호관계에서 규정하자는 것이다. 이때의 규정 척도는 역사가 개인의 판단에 맡겨지고, 그 판단 행위에는 도덕적인 잣대가 상당한 역할을 할 수밖에 없다. 그리고 그 '도덕적'이라고 하는 것도 역사의 산물이며 역사현실과 관계되고 있는 것이다. 그런 면에서 E·H 카의 '다리'는 '고뇌하는 다리'라고도 할 수 있다.

W·H 월쉬가 그의 『역사철학 입문』에서 객관성의 문제를 심도 있게 거론한 뒤 '역사적 회의주의'를 말하는 것도 역사라는 다리는 끊임없이 고뇌하고 되질문할 수밖에 없는 것이라는 뜻이 담겨진 것 같다.

『헬렌켈러 자서전』과 『영혼의 자서전』

'선현을 본받으라'는 말을 자주 듣는다. 선현의 말과 행동 속에는 우리가 살아가면서 만나는 어려운 경우에 반추해 볼 만한 점이 많다는 뜻일 터이다. 위인들의 자서전이나 평전도 그 경우에 속한다고 볼 수 있다. 그들의 저서전이나 평전에는 인간으로서 가지기 어려운 용기와 지혜와 인내가 수놓여 있다.

내가 자서전이라는 형식의 저술에 끌리게 된 것은 우연한 계기를 통해서였다. 1979년, 쌍문동에서 우이동으로 이사간 적이 있는데, 2층에 서재를 꾸미려고 청소를 하다보니 베란다 한쪽에 책이 두 꾸러미 쌓여 있었다. 펴 보니 모 덤핑출판사에서 출간한 간디, 토인비, 드골, 이사도라 던컨 등의 자서전들이었다. 버리기가 아까워 서재 구석에 쌓아두었다. 올 여름에는 저것이나 읽으면서 휴가를 보내려니 생각했는데, 그 해 여름이 지나고 또 서너 해 여름이 지나도 나는 그 책을 손에 들지 않았다. 그 책을 다시 꺼낸 것은 광주로 이사간 뒤로, 시간이 비교적 남아돌면서였다. 나는 토요일, 서울에 가지 않는 날은 거실에 돗자리를 펴고 누워 자서전들을 한 권 한 권 읽어갔다. 드골 자서전에서는 사태의 정확한 인식과 표현에 놀랐고, 던컨의 자서전에서는 맨발로 바닷가를 거닐면서, 맨발의 감촉과 바다의 햇빛이 자유로 연결되어 가는 데 대하여 감명받았다. 가난한 성장 과정을 가진 사람들은 대개 맨발과 햇빛을 좋아한다. 그들은 양말을 벗고 신발을 벗고 들녘과 바닷가를 눈부신 햇빛 아래 힘껏 달리는 경험을 갖고 있다. 바람이 소년들의 머리칼을 날리고 목덜미를 간질이고 발바닥을 달군다. 감각이 충만하게 달떠오르고, 소년들은 자연 속에 섞인다. 이 같은 경험을 소년들은 모두 가지고 있지만 우리는 그것을 자유와 연결시키지는 못한다. 던컨의 천재성은 바로 그 곳에 있으며, 그것이 그의 춤의 개성이 되었으리라고 느꼈다. 하지만 그런 자서전들은 감흥과 감동을 주기는 했으되 심심파적 수준을 넘어서지는 못했다. 다음날이면 나는 감흥과 감동을 잊고 평범한 시간 속으로 헤엄쳐 들어갔다.

내 뇌파가 심한 진폭을 그린 것은 『헬렌켈러 자서전』을 읽으면서였다. 특히 그녀가 말을 배우기 시작하는 장면에서는 감동의 눈물을 참을 길이 없었다. 그 자서전은 볼 수도 없고 들을 수도 없고 말할 줄도 모르는 헬렌에게 어느 날 설리번이라는 여선생이 찾아오는 데서 시작한다. 설리번 선생은 부임 다음날부터 헬렌에게 말을 가르치려고 시도한다. 하지만 헬렌은 번번이 거절한다. 그는 두 손을 씻고 스푼을 드는 것도 거부한다. 그는 때낀 손으로 밥을 퍼 먹는다.

그러던 어느 날 헬렌은 세수를 하다말고 쏟아지는 물을 향해 이 것이 무엇이냐고 묻는다. 설리번 선생은 ‘Water’라고 손바닥에 써 준다. 헬렌은 그간에 ‘Water’라는 말을 수없이 들어 알고 있었지 만, 그가 아는 물은 컵에 담긴 물이었지 수도꼭지에서 콸콸콸 쏟아 지는 물이 아니었다. 이에 생각이 미친 설리번 선생은 컵을 가지고 와 헬렌에게 주었다. 그리고 헬렌에게 쏟아지는 물을 컵으로 받게 했다. 차디찬 물이 컵을 가득 채우고는 흘러내렸다. 다시 설리번 선 생은 헬렌의 손바닥에 천천히 ‘Water’라고 다시 썼다. 순간 헬렌은 번개에 얻어맞은 듯이 놀란 표정을 지었다. 헬렌은 비로소 컵에 담 긴 물만 물이 아니라 수돗물 시냇물이 모두 같은 물이며 ‘물’이란 말은 사물의 원형 같은 것을 가리키고 있다는 것을 깨달은 것이다.

그 날 헬렌은 선생님의 손을 잡고 닥치는 대로 물건들을 만지며 이름을 물었다. 그들은 흥분에 싸여 나무, 의자, 풀, 양동이, 돌멩 이, 자전거 등을 만지고 묻고 대답하며 마당을 싸돌아다녔다. 헬렌 이 30여 분 동안에 깨우친 단어는 무려 39개였다. 뒤에 헬렌은 그 날의 경험을 다음과 같이 적었다.

“모든 일과 사물에는 제각기 이름이 있다는 것을 나는 그 날 비 로소 깨달았다. 내 손에 닿는 모든 것이 생명을 지녔다고 생각되었 고 또한 움직이고 있는 것처럼 느껴졌다. 방 안에 들어왔을 때 나는 마루를 발로 굴렸다. 며칠 전 망가뜨린 인형이 생각났다. 나는 난롯 가에서 망가진 인형을 찾았으나 원상태로 맞출 수는 없었다. 나는 인형이 불쌍한 생각이 들어 나도 모르는 새에 눈물을 흘렸다. 내가

한 짓이 잘못임을 깨닫고 난생 처음으로 뉘우침과 슬픔으로 가슴이
미어질 것 같았다."

다음날 아침 헬렌은 침대에서 일어나 설리번 선생에게 다가가
키스를 했다. 헬렌의 얼굴은 밝은 천사 같았다. 그는 비로소 사랑에
눈뜬 것이며, 사랑이 이후의 그의 길을 열어준 것이다.

헬렌이 우리나라에 왔을 때를 나는 기억한다. 그가 비행기 트랩
에서 꽃다발을 가지고 온 사람들에게 웃고 포옹하고 손을 흔드는
사진을 나는 보았다. 당달봉사가 무얼 보고 웃고 손을 흔든담 하고
어린 나는 불평했던 기억이 있다. 헬렌을 모르는 나는 불평할 만도
했다. 그때 나는 존재라는 것들에 대한 눈물겨운 사랑을 알지 못했
음으로 그의 제스처들이 평면적으로밖에 보이지 않았다. 나는 사랑
을 몰랐다. 그 사랑을 우리는 세계인식이라고 달리 표현할 수도 있
겠는데, 그 인식하는 일이야말로 가장 인간적인 것이라고 말할 수
있지 않을까. 그리고 그 인식행위야말로 말로써 이루어지며, 그 말
은 과거를 대상으로 하는 기억의 형태를 가지고 전해지는 것이 아
닐까. 과거를 기록하는 자서전도, 과거를 기록하는 역사책도 마찬
가지다. 그러고 보면 말은 흘러가버린 시간을 재생시켜 줄 뿐 아니
라 그것을 다른 형태로 발전시켜 주고, 나아가서는 인간의 삶을 훨
씬 더 풍부하게 해주고 행복하게 해준다. 어떤 인간의 삶도 기억 속
의 삶보다 달콤하고 축복스런 것은 없다. 기억은 그의 삶에 작용했
으나, 지나쳐 버렸던 풀잎 하나, 돌멩이 하나, 벌레 하나, 바람, 햇
빛, 어둠을 모두 떠올려 주고, 소유하게 하며 이전과는 다른 우리로

변모시킨다. 헬렌의 경우, 인형을 망가뜨렸다는 뉘우침으로 괴로워하게 하는 인간이게 한다. 그 뉘우침을 안두희의 백범 암살과 같은 역사적 사건으로 바꾸면 그 윤곽이 훨씬 더 뚜렷해지지만, 그렇게 뚜렷한 역사적 사건이 아니어도 된다. 어려서 어머니를 노엽게 했다든지 선생님께 거짓말을 했다는 등의 자질구레한 것이어도 된다. 그 뉘우침은 우리를 성숙시키고 뉘우침이 모여 산을 이룰 때 우리는 도덕적인 자리에 서게 된다.

'남'이 얼마나 나에게 눈물겨운 존재인가를 나는 카잔차키스의 『영혼의 자서전』을 읽으면서 깨달았다. 이 책을 나는 소설가 한승원과 윤흥길의 권유로 읽었다. 그 두 사람은 "내가 이 책을 읽지 않으면 안 된다고, 『영혼의 자서전』은 최형이 읽어야 하는 책"이라고 강조했다. 책을 손에 든 나는 이내 글줄에 끌려들어 갔다. 카잔차키스는 아테네대학 법학과에서 수석을 했던 보너스로 유럽여행길에 오르게 된다. 아직 볼에서 잔털이 사라지지도 않은 그는 기차로, 버스로 또 두 발로 걸어서 강을 건너고 산을 넘는다. 어느 산자락에서는 길을 잃고 몇 날 며칠 방황하다가 불켜진 집을 발견하고 대문을 두드린다. 할머니가 나와 문을 열어준다. 카잔차키스는 지친 어조로,

"하룻밤만 재워주십시오, 길을 잃었습니다."라고 말한다.

할머니는 말없이 길을 비켜서며 들어오라는 시늉을 한다. 한동안 불을 때지 않았던지 곰팡이 냄새가 나는 방으로 들어가 카잔차키스는 침대에 쓰러진다. 그가 눈을 떴을 때는 해가 중천에 떠 있었고, 밖에서는 할머니의 발걸음 소리가 들렸다. 그는 허겁지겁 옷을

주워 입고 밖으로 나왔다. 그는 할머니에게 지난 밤엔 고마웠다고 작별인사를 했다. 그러자 할머니의 말, "아니에요. 고마워할 사람은 당신이 아니라 나입니다. 나는 오랫동안 이 오두막에서 혼자 살아왔습니다. 당신이 찾아온 지난밤처럼 달고 행복하게 잔 밤이 없습니다."

『영혼의 자서전』에는 할머니의 고맙다는 말이 전편에 메이리 치고 있다고 해도 된다. 그는 그 고맙다는 말을 지고 알프스와 피레네 산맥을 넘어갔고 마침내는 소설가가 되었다. 그는 나이 들어 할머니처럼 머리가 백발이 된 뒤에도 그 외로움과 따뜻함으로 세계를 보았고 죽음을 맞아들였다.

아쿠타가와상을 받은 바 있는 교포소설가 이양지李良枝의 소설 『유희由熙』도 나는 자서전적인 소설로 읽었다.

유희는 교포여대생이다. 그는 자신이 일본인도 아니고 조선인도 아니라는 인식을 갖게 되면서 대학을 중퇴하고 서울로 와서 서울대 국문학과에 들어간다. 조선의 언어와 문학을 알기 위해서였다. 그는 캠퍼스를 오가며 강의에 귀기울이는 동안 조선인이 되려고 조선의 말과 사고와 풍습을 익히려 발버둥쳤으나 결코 조선인이 될 수 없었다. 일요일마다 북한산을 오르고 가나다라를 읽어도 다름이 없었다. 그 산과 말들은 그를 울려주지 않았다.

어느 날 그는 하숙집 언니에게 묻는다.

"언니, 언니는 아침에 눈을 떴을 때, 맨 먼저 무엇을 생각해?"

"……"

"생각이라고 했지만, 생각이라는 것하고도 달라요. 그걸 무어라고 해야 좋을까…… 목소리 같기도 하고…… 목소리라고 하기에는 불분명한 무엇이 들려와요. '아'인지 '아(あ)'인지, '아'라면 아야 어여가 돼야 하고 '아(あ)'라면 아이우에오가 돼야 하는데, 나는 아무래도 아이우에오인 것 같아요."

유희는 자신이 조선사람이며, 조선사람이 돼야 한다고 생각함에도 불구하고 그의 머리를 울리는 소리는 아이우에오였던 것이다. 엄마의 젖을 빨고 귀가 트이면서부터 들어왔던 아이우에오였던 것이다. 유희는 국문과를 다시 중퇴하고 일본으로 돌아간다. 그는 한 인간이 말과 피로 이루어졌으며 그것이 분리됐을 때 파멸할 수도 있다는 사실을 깨닫는다. 결국 유희의 실체인 이양지는 죽음을 선택하게 되고 그의 소설도 거기서 종지부를 찍는다.

인간의 사고는 '말'로서 표현되고 언어라는 껍질 안에 존재한다. 말이 없이 사고나 사상은 태어날 수 없으며 인지되지도 않고 이해되지도 않는다. 그 둘은 한쪽이 없이 다른 한쪽이 성립할 수 없는 상호보존적 존재이며 이중적 관계이다.

헬렌이 Water를 이해함으로 수돗물과 시냇물을 이해할 수 있었던 것도 그것이다. 그러나 말은, 헬렌이나 이양지의 경우에서 본 바와 같이 사랑을 바라고 사랑을 낳으면서도 사랑을 파괴하는 비극적인 요소를 지닌다. 왜일까? '왜'라는 이 물음 자체가 비극의 씨앗이라고 할 수 있다.

알렉산더와 카이사르, 그리고

세계사를 읽어보면 사건도 가지가지지만 사람도 가지가지고 영웅이나 황제의 유형도 가지가지다. 어떤 이는 정복전쟁을 벌이면서 자신의 이름이 역사에 길이 남기를 바라는가 하면 전쟁 틈틈이 철학서를 읽으면서 사념에 잠기지 못해 애달아하고, 또 어떤 이는 정복욕 때문에 적진 깊숙이 뚫고 들어갔다가 단기필마가 되어 만리길을 헤맨 끝에 반죽음이 되어 돌아오기도 한다. 또 머리가 뛰어나게 명민한 영웅이 있는가 하면 돌대가리들도 있다.

마케도니아의 알렉산더왕은 머리가 명민한 축에 속한다. 그는 아버지가 암살돼 스물도 못 되어 왕위에 올랐다. 그는 명예욕이 강하고 용감한 전사였으며 긴 곱슬머리를 가진 아름다운 젊은이였다. 그는 스물 이전에 왕이 되길 바랐다. 전해오는 이야기에 따르면 마케도니아가 그리스의 도시들을 점령할 때마다 "아버지는 내가 정복할 도시들을 남겨놓지 않으려는 모양이로구나" 하고 울었다 한다. 또한 알렉산더는 철학이며 정치학, 자연과학, 역사학을 배웠다.

그의 스승은 그리스철학의 완성자라고 하는 아리스토텔레스였다. 그는 올바른 사고(논리)와 바른 행동(윤리)에 대해서 글을 썼을 뿐 아니라 시의 아름다움, 우주를 떠돌고 있는 신에 대해서도 글을 남겼다. 알렉산더는 그 모든 것을 대스승으로부터 배웠다. 알렉산더는 사려 깊은 젊은이였을 뿐 아니라 용감한 스포츠맨이기도 했다. 승마에서는 누구도 그를 따를 자가 없었다. 한번은 아버지가 잘생겼으되 성질이 사나운 말을 한 필 구해왔다. 아무도 그 말을 올라타는 사람이 없었다. 부케팔루스라는 그 말은 올라타는 사람마다 내동댕이쳤다. 말의 하는 짓을 찬찬히 살피던 알렉산더는 말의 머리를 해를 향하게 하고 올라탄 뒤 엉덩이를 걷어찼다. 말은 기분 좋게 알렉산더를 태우고 달렸다. 그 말은 자기 그림자를 두려워하였던 것이다.

왕이 된 직후 페르시아 원정을 떠날 때, 알렉산더는 자기의 소유물을 모두 친구들에게 나누어주었다. 친구들이 "자네는 무얼 가지려고?" 물었다. 그러자 "희망이라네." 하고 그는 대답했다. 희망은 그를 실망시키지 않았다. 그는 서아시아를 정복하고 이집트를 정복했으며, 다시 바빌론과 메디아, 인더스강을 거쳐 바빌론으로 돌아왔다. 그는 이집트의 북쪽에 그의 이름을 붙인 알렉산드리아 도시를 건설하고 알렉산드리아 도서관을 세웠다. 당시 이 도서관은 서아시아의 모든 학자와 연구성과가 집결된 지혜의 전당이었다. 하지만 알렉산더는 그것만으로 마음에 차지 않았다. 더 큰 도시, 더 큰 도서관을 짓고 싶었다. 그래서 인류문명의 발상지라고 하는 바빌론에 새로운 도시를 세우고, 아테네에서 알렉산드리아, 바빌론으로 통하는 도로공사를 착수했다. 알렉산더는 그 공사도중 열병에 걸려 죽었다. 그는 희망이 너무 컸다.

대로마의 기초를 닦았다고 하는 가이우스 율리우스 카이사르도, 그의 용기나 학문숭상, 명민성에 있어서 알렉산더에 못지 않았다고 할 수 있다. 한번은 전쟁에 출정하고 나서 며칠도 못 되어 편지가 날아왔다. 거기에는 라틴어로 veni, vidi, vici라는 세 단어가 씌어 있을 뿐이었다. 왔노라, 보았노라, 이겼노라라는 뜻이었다. 그의 군대는 파죽지세로 적을 무찔렀다. 기원전 58년에서 51년까지 7년 동안 '헬베치엔'이라고 불리던 스위스 사람들과 갈리아족(프랑스인), 그리고 게르만족과 싸웠다. 두 번이나 라인강을 건넜고, 두 번이나 바다를 건너 영국까지 쳐들어갔다. 그가 그 모든 것을 해낸 것은 이민족들에게 로마인에 대한 경외심을 심어주기 위해서였다. 당시 막강한 힘을 가지고 있었으며 호전적이었던 갈리아족은 여러 해 동안 죽을힘을 다해 저항했으나 끝내 카이사르의 군대에 패해 로마의 속주가 되었으며, 이 지역의 농업경제력은 그 뒤 카이사르가 로마를 지배하는 데 큰 힘이 되어 주었다. 물쓰듯하는 로마장군들의 낭비벽을 그는 갈리아에서 나온 돈으로 뒷대주고 자신의 영향력 아래로 끌어들였다.

갈리아를 정복한 카이사르는 다시 군대를 이끌고 서아시아로 나아갔고 이집트를 정복하였다. 그는 알렉산더가 정복한 거의 모든 땅을 정복했다. 그런 다음 제국을 정돈하기 시작했다. 위에서도 언급했지만 그는 매우 명민한 사람이었다. 그는 두 통의 편지를 동시에 구술하면서도 생각이 흐트러지거나 엉켜들지 않았고, 토씨들도 틀리지 않았다. 사가들로부터 명민함에 있어서만은 최고라는 찬사를 들었다.

또한 카이사르는 로마제국의 질서뿐 아니라 시간의 질서까지도 확립하려 하였다. 그는 캘린더의 날짜들을 새로 배열했다. 우리가 지금 사용하고 있는 캘린더와 거의 흡사한, 1년을 열두달로 나누고 윤년을 둔 것이었다. 그래서 그 이름을 따 이 캘린더를 '율리우스력'이라고 부른다. 7월도 그의 이름에서 따붙인 것이었다. 알렉산더가 알렉산드리아를 세우고 아테네에서 바빌론의 길을 터서 동서 문화의 교류에 결정적 영향을 미쳤다면, 카이사르는 강한 의지와 명민한 두뇌로 로마의 질서(법)를 세우고 시간을 재배치(캘린더)하였다고 할 수 있다.

카이사르만이 아니고 로마황제들은 거의 모두 영웅들이었다고 과장해도 된다. 카이사르의 양자였던 옥타비아누스 아우구스투스도 영웅이라 하기에 충분했고 트라야누스도 그랬다. 특히 아우구스투스는 스스로를 제어할 줄 아는 드문 사람이었다. 그는 화가 나 있는 동안에는 절대로 명령을 내리거나 어떤 일을 결정하지 않았다. 화가 나면 머리가 다시 맑아질 때까지 혼자서 조용히 알파벳을 암송하거나 호숫가를 거닐었다. 마르크스 아우렐리우스도 사색적인 면에서는 아우구스투스와 비슷했다. 재임기간 그는 전쟁 때문에 거의 모두 도나우강변의 카르눈툼과 지금의 빈인 빈도보나에서 보냈지만 그는 전쟁을 좋아하는 사람은 아니었다. 그는 책 읽고 쓰는 것을 사랑하는 부드럽고 조용한 철학자였다. 그가 주로 출정 중에 쓴 일기는 아직도 남아 있다. 내용은 극기와 인내, 고통과 슬픔을 견디는 법, 그리고 철학자의 내밀한 사고와 행위에 관한 것이었다. '숲속의 철학자'인 솔로우가 좋아했음직한 내용들이었다. 하지만 아우렐리우스는 숲 속에서 명상하고 있을 수만은 없었다. 그는 통치자라서 어느 때보다 활발하게 움직이고 있던 게르만족을 퇴치하기 위하여 도나우강변이나 빈도보나 지역에서 싸워야 했다. 한 번은 게르만족이 사자들을 끌고 와서 적진으로 몰아넣었다. 그렇지만 사자를 한 번도 본 적이 없었던 로마군대는 그것을 커다란 개인 줄 알고 그냥 때려 죽였다. 아우렐리우스도 전쟁 중에 사망하였다.

전쟁중에 사망한 황제나 왕들은 많다. 그런 사례는, 왕이나 황제라면 전장에서 목숨을 거두어야 하거니 하는 생각을 낳게 했고, 현명한 용기건 맹목적인 용기건 간에 그것이 왕이나 황제의 덕목인 듯 여기게 되었다. 북구의 어느 황제는 전쟁에 재미를 붙인 나머지 단기필마로 얼마나 적진을 향해 달려 나갔던지 돌아보니 그 혼자뿐이었다. 그가 적을 피해 만리길을 돌아 조국땅에 발을 들였을 때는 발이 퉁퉁 부어 군화를 찢어내야 할 정도였다. 우리는 그런 왕들을 영웅이라 부르지 않는다. 영웅이란 세계사의 흐름을 바꾸었을 뿐 아니라 문화적인 변혁을 가져온 사람들을 이른다. 동양에서도 당태종이나 청의 강희제가 그 범주에 든다. 그들은 '정관의 치'와 '건륭의 치'를 이루었다. 그런 뜻에서 영웅이란 개인적으로 용기와 덕,

슬기를 갖추었을 뿐만이 아니고 당대문화를 수용하고 그것을 새롭게 열어갈 비전을 지녀야 한다. 미국의 한 시사평론가(D.퓰러)는 영웅을 오케스트라의 지휘자에 비유하였다. 영웅이란 지위자와 같이 각자 자기가 택한 악기를 능숙하게 연주하면서 전체에 조화를 이루어, 거기에 생명을 불어넣는 감격을 불러 일으켜야 한다는 것이다.

현대는 영웅을 가지고 있지 않다고 하지만, 그런 의미에서라면 정보혁명의 선두주자라고 말할 수 있는 빌 게이츠라든가 실리콘 밸리의 눈이 뻘건 젊은 과학도들을 우리는 영웅이라고 부를 수 있다. 그들은 분명히 우리가 경험한 산업사회와는 다른 새로운 사회를 열어가고 있다. 지금 그가 하고 있는 말 한마디 행동거지 하나 하나는 무서운 속도로 세계를 바꾸고 있다. 인터넷은 국경도 언어도 없애고 세대차까지도 없애버렸다. 미국주도의 WTO체제가 반강제적으로 경제의 국경을 없앴다면 인터넷은 요술상자처럼 각 나라 네티즌들의 의식과 관행을 바꾸어 버렸다. 네티즌들은 낯선 바다의 한 가운데 있다고 해도 된다. 그들은 컴퓨터가 지시한 이상의 것을 믿으려고 하지 않는다. 컴퓨터라는 바람과 물결이 몰아치는 대로 이리저리 달려간다. 르네상스인들처럼 고상한 품격을 갖추려는 마음도 없고 문명에 대한 책임감이나 관대한 마음씨도 없다.

그들은 이름이 없다. 김수영식으로 말하자면 풀과 같은 존재일 뿐이다.

그들은 전시대와는 분명히 다른 존재로서 새로운 세계를 향해

가고 있다. 그렇다면 그들을 우리는 새시대의 영웅이라고 부르기에
는 아직 이르다. 어쩌면 새길을 예비하고 있는, 요한과 같은 사람들
인지도 모른다. 지미 카터나 만델라나, 최장집이나 김지하가 그런
사람들인지도 모른다.

5

한 화가는
난초 앞에서 어젯밤 빗소리를 듣는다고 했다
그쯤 되면 빗소리는 열흘도 스무날도 사라지지 않고
우리 근처에 있는 셈이다

벽과 그림, 그리고 외로움

우리 집은 서울에 있고 일자리는 광주에 있으므로, 나는 많은 시간을 무등산 기슭의 아파트에서 홀로 보낸다. 나는 안방에서 건넌방으로, 큰 거울이 붙어 있는 화장실로 어슬렁어슬렁 다닌다. 베란다로 나가 심정향의 둔한 이파리들을 들여다보기도 한다. 그것들의 세세함을 나는 내 몸과 마음속에 집어넣을 듯이 본다. 이와 같은 단조로운 동작이 연속되고 있는 나날이므로 나는 내 방의 가구들과 그림들에 대해서도 각별할 수밖에 없다.

안방엔 박수근의 판화가 있고, 서재엔 족자로 된 상원사종의 탁본이 있으며 마루에는 로댕의 「청동시대」 사진이 있다. 나는 그 그림들을 보고 또 보았으므로 고성능 필름으로 인화하듯이 세밀한 부분까지도 머릿속으로 떠올릴 수 있는 반면에 미적 충동 같은 것은 거의 맛보지 못한다. 충동이란 면에서는 세 그림은 없는 듯이 있다. 적막하게 '거기' 있다고 해도 된다. 그럼에도 내가 이 그림들에 이토록 마음끌리는 것은 '무엇' 때문일까. 그것이 품고 있는 가치 때문일까. 가치의 문제는 까다로운 것이므로 여기서는 덮어두기로 하고 구입과정을 말하기로 하자. 나는 그 그림들을 정말 아무 욕심 없이 구하게 되었으며 그 점이 더욱 내가 이 그림을 좋아하게 되는 까닭으로 작용하였다.

먼저 서재에 걸려 있는, 스위치만 누르면 모습이 보이는 족자(서재는 한낮에도 어두워 스위치를 눌러야 방 안이 보인다)는 어느 세밑에 귀한 분으로부터 선물 받은 것으로, 그림 값어치보다는 거기 담긴 마음이 보배로운 그림이다. 선덕대왕 신종과 더불어 신라 명종인 상원사종의 천인문양을 탁본한 이 족자는, 국립박물관장을 지내셨던 고 최순우 선생이 오대산으로 가 정성껏 탁본하여 족자를 만들어가지고, G선생에게 신년 선물로 보냈다는 내력이, 칼끝 같은 G선생의 육필로 새겨져 있다. 그런 족자가 어느 해 몇몇 경로를 거쳐 새해선물로 다시 내게로 왔고, 지금 내가 보고 있는 것이다. 그러니 어떻게 귀하지 않을 수 있겠는가.

그 족자에는 마음과 마음들이 만나고 있다. 그 마음들이 앞서거니 뒤서거니 하면서 저 천인이 옷자락을 날리며 하늘로 오르는 모습을 보고 있다. 그 마음들이 보고 있는 풍경의 뒤로 가을잎들이 져 내리고, 그 위로 눈 내리고, 새잎들이 파릇파릇 돋아나는 양이 보인다. 아마도 이를 가장 고요히 담아낸 그림이 예운림의 풍경이며 추사의 침묵의 화법일 것이다. 그러나 이 화법이 본질적으로 보는 것이고, 보는 세계라는 것을 나는 이 족자를 통하여 다시 배운다.

다음으로 내 눈이 늘상 가 붙어 있는 박수근의 판화, 시장거리를 그리고 있는 이 판화도 마음이 늘 너그러운 여운呂運 화백으로부터 선물받았다. 처음에 그는 「기름장수 여인네」 그림을 주겠노라고 했는데 어느 날 「시장의 여인들」로 바꿔가지고 왔다. 처음엔 「기름장수 여인네」에 대한 기대 때문에 실망스러웠지만, 결국 그 그림이 내 것으로 되었고 「기름장수 여인네」는 여러 곳에서 볼 수 있는 데 반해, 이 그림은 희소하다는 사실을 알고 나서는 기름장수를 가지고 와 바꾸자고 해도 나는 단연 거절할 판이 되었다.

참으로 나는 이 그림을 아침에도, 저녁에도, 한밤에도 본다. 하릴없이 무료해서도 본다. 그런 과정을 거쳐서 나는 이 그림의 인물들이 오랜 역사에서 억압당해 삶의 기본자세나 순간동작들이 수동적으로 굳어져 있음을 그림의 선과 색(검은색뿐이지만)들을 통해 해석해 내게 되었다. 시장풍경이 앉아 있는 사람들뿐이어서 그런 것만은 아니다. 시장은 지나가는 사람들도, 일어서는 사람들도, 흥정하려고 엉거주춤한 사람들도 있게 마련이다. 그럼에도 박수근이 그것을 앉아 있는 세상으로 본 것은 우리 문화가 너무나 오랫동안 주저앉고 있었고, 주저앉아야 편안하게끔 길들여져 버렸기 때문이다. 나는 '주저앉아 버린 문화'의 성격을 중얼중얼할 필요를 느끼지는 않는다. 그것은 역사가들이 뒤에 해야 될 것이고, 적어도 아시아의 정태성으로 그것이 어느 만큼 윤곽잡혀 있기도 할 것이다.

내가 두려워하는 것은 그보다도 저 그림의 문화가 지금 내 사고체계에 침입하여 나를 주저앉히지 않을까 하는 저어함이다. 최근 나는 홀로, 거의 순응적으로 산다. 거부하지 않는다. 세상은 그렇고 그런 것 같다. 이것도 옳고 저것도 옳은 것 같다. 그저 좋다고 말하는 것이 좋은 것 같다. 오십이 넘으면 남자도 개가(자리바꿈)하기 어렵다는 말이 있지만 그 말이 전혀 씨알머리 없는 것은 아닌 모양이다. 막 50이 되던 때에 광주로 내려온 나는 풍경도 낯설고 거리도 낯설고 사람들도 낯설다. 그 낯설음이 나를 주눅들게 한다. 그런 생각이 일어날 때면 나는 한밤에도 벌떡 일어나 서재로 가 책상 옆에 걸린 로댕의 「청동시대」 사진 앞으로 가 선다. 사내가 얼굴을 들고 견딜 수 없는 표정을 짓고 있다. 그는 자신의 괴로움 때문에 나를 보지 않는다. 보려는 의식도 없다. 그림 속에는 그의 괴로움만이 있다.

나는 이 사진을 처음 파리에 갔을 때 택시를 타고, 발음이 정확한지도 모르면서 '로댕뮤지움' 하고 로댕미술관으로 가서 샀었다. 나는 그 유명한 「생각하는 사람」도 「칼레의 시민」도 보지 않고 전시관 안으로 들어가 「다나이드」를 찾았다. 나는 그 조각이 비누냄새 풍기는 너무도 청결한 등허리가 아름다워서 그의 「보자기 쓴 여인」과 함께 매료된 적이 있었다. 나는 등허리의 아름다움을 확인하고 싶었다. 오래잖아 나는 그 「다나이드」를 찾을 수 있었고, 실제로 머리감는 행위나 의미가 시적임을 보았다. 물은 우리를 태어나게 하고 우리 죄를 씻어내주기도 하되 우리의 존재 터전을 깡그리 무너뜨려버리는 재앙을 몰고 오기도 한다. 물은 신성한 존재이자 재앙의 재료이다. 작품에서는 여인이 재앙을 면하기 위해 머리칼을 풀고 때를 씻는 깨끗함을 지향하고 있다. 그 깨끗함을 저 등허리가 보여주고 있다. 오, 저 등허리는 조각이면서도 얼마나 회화적인가. 얼마나 아름답고 정결한가. 로댕은 저 정결을 만들어내기 위해 얼마나 땀을 흘렸을까. 얼마나 모델의 등허리를 만지고 머리를 더듬었을까. 이사도라 던컨의 자서전을 보면 로댕은 이사도라를 보자마자 감동에 겨워 이사도라의 몸을 장님처럼 더듬어 내려갔다고 한다. 그 동작을 몇 번이고 되풀이했다고 한다. 그리하여 그 몸의 더듬음이 실감을 가지고 두 손으로 흘러들어왔을 때, 미친 듯 공방으로 가 돌을 쪼겠다고 한다.

여기서 우리는 로댕의 예술이 얼마나 사실적인가를 알 수 있지만, 나아가서 인간이 몸을 가진 존재이며 영혼이 그 몸에 실린다는 사실도 그 만짐을 통해 터득했다는 것을 읽어낼 수 있다. 인간은 육체를 가진 존재이다. 우리는 우리의 고통을, 우리 몸을 꼬집어 확인한다. 그 아픔으로, 아픔의 무게와 아름다움을 알아낸다. 이 무게의 아픔이라는 것, 그것은 아픔의 즐거움, 또는 아픔의 새로움이 아닐까. 아픔이 새롭다는 것은 아픔이 낯선 미지에 있으므로 우리에게 그것을 찾아갈 수 있는 길을 열어준다는 뜻으로도 풀이할 수 있다. 유행하는 말로 하자면, 높이 날고 멀리 나는 새는 아프며, 아프므로 멀리 세계를 보고 높이 세계를 내려다볼 수 있다는 뜻도 된다.

나는 로댕에게서 그것을 보았다. 아니 그때 그런 생각을 했다는 것이 아니고, 무의식 속에서 그런 생각을 굴리고 있었으리라는 느낌이 든다. 사실 나는 그때 「칼레의 시민」이나 「빅토르 위고상」을 별로 보고 싶지 않았다. 그 작품들은 1982년의 내게는 광주 충격이 채 가시지 않은 때여서 소름끼칠 것 같았다. 그래서 차라리 나는 우리나라 텔레비전 연속극에 나오는 부잣집 정원만큼이나 작고 적막한 마당을 걸었다. 십여 분은 족히 걸었을 것이다. 많은 것을 생각했을 것이다. 느꼈을 것이다. 또 한참 뒤 나는 로댕의 조각사진을 몇 장 사가지고 가야겠다고 생각했다. 건물 속으로 들어가「다나이드」를 사고,「청동시대」를 한 장 더 샀다.「두건 쓴 여인」도 사려고 했으나 없었다.

그때 내가 구한 두 장의 사진 중 하나가 저 사진이다. 따라서 저 사진 속에는 그때의 이중체험이 아로새겨져 있고 내 광주 충격이 로댕의 괴로움 속에 버물어져 있다. 고통을 행복으로 바꾸는 것이 예술가의 일이라고 누가 말했던가. 그때 나는 행복을 고통으로 바꾸는 것이 예술가의 일이라고 역으로 쓰지 않았던가. 누구나 행복이 행복하다는 것을 안다. 그 앎이 우리를 눈물겹게 한다는 것도 안다. 그리고 시간이 갈수록 행복을 추구하는 일이 행복의 역사가 되며 고통을 촉구하는 것이 고통의 역사가 된다는 쪽으로 생각이 달려가려고 한다. 로댕을 그의 미술관에 가서 만났을 때와는 다른 방향으로 생각이 나아가고 있는 것이다. 이 같은 사고의 변화와 무관하지 않게 요즘 나는 마티스의 화집을 종종 펼쳐 본다. 그의 그림들은 회화공간을 무한하게 확대하고 업체화하려는 20세기 화가들의 노력과는 달리 회화를 회화의 일차적 공간에 충실하게 하려는 기도가 있는 듯하다.

이 기도는 필연적으로 회화공간에서 거리와 시간을 배제하고 색과 선만으로 평면회화를 추구하게 되며, 그것은 칸딘스키나 몬드리앙과는 다른 길로 회화의 순수성을 추구하는 일로 보인다. 회화가 벽지의 디자인이나 식탁보의 무늬 같은 장식예술로 떨어져 간다는 비판에도 불구하고, 그것이 오늘의 우리가 보는 팝아트의 길이 아닌가. 나는 이것이 회화의 타락이라고 생각하기보다는 생활의 예술화라고 보고 싶다. 한순간이라도 세련된 멋을 포기하지 않으려는 마티스의 노력이 그의 그림을 현란하게 함은 물론 나와 주변을 찬란하게 해준다. 나는 그의 그림에서 행복을 맛본다.

자, 오늘은 이만 사설을 늘어놓기로 하자. 유리창을 한참 들여다보고, 침대속으로 조용히 들어가기로 하자. 그리고 깊은 잠을 자고 내일은 이웃에 사는 한승원에게 돈을 마련해 가지고, 수채화물감에 화이트를 섞어 불투명화면을 만들어내는, 손장섭의 '어촌풍경'을 구하러 가기로 하자. 그러니까 내일 아침에는 잠에서 깨어나는 즉시, 손장섭이 술집으로 출근하기 전에 전화를 걸고, 홍은동 그의 화실로 달려가야 한다. 그러기 위해서 오늘 밤 나는 어촌풍경을 꿈꾸면서 깊은 잠을! 잠을! 자야 한다.

의재毅齋에 대하여

의재毅齋 허백련許百鍊 화백을 처음 찾은 것은 1964년이 저물어 가는 겨울이었다. 신춘문예에 시 한 편이 당선되어 문단에 발을 디딘 나는 남농南農 허건許鍵 화백을 따라 광주 호남동에 있는 의재 댁에 들어섰었다. 노화백은 검붉은 얼굴로 우리를 맞아주었다. 문하생인 듯한 청년이 창 곁에 서 있었고, 그 옆 화로 위 주전자에서는 물이 끓고 있었으며, 내가 서 있는 왼편 벽엔 수묵색 모란화가 벽을 장식하고 있었다. 언뜻 나는 소치小癡의 모란을 생각했다. 이 집안에서는 대대로 모란을 사랑하는 모양이라고 내심 생각했다. 그때 수인사를 끝낸 남농이 나를 소개했다. 흐린 말씨로 노화백이 무어라곤지 이야기했으나 나는 그 말을 알아들을 수 없었다. 그 말을 놓친 대신에 나는 이 노화백이 매우 고집스럽고 남을 쉽사리 용납하지 않을 뿐 이니라, 예술세계에서도 그런 면이 반영되리라고 섣불리 단정하고 있었다. 솔직하게 이야기하자면 센시티브한 것을 예술가적인 기질이라고 이해하고 있었던 나에게 무뚝무뚝한 노인의 인상은 비예술가적으로 보였다. 그때의 나에게는, 그 분의 인상도 그의 그림도 그다지 마음에 들지 않았다. 다 같이 부자연스럽고 딱딱해 보였다. 노인은 창 곁의 청년에게 차를 부탁했다. 청년이 한 손으로 주전자 손잡이를 잡고 한 손으로 뚜껑을 누르면서 천천히 차를 잔에 따랐다. 맛이 덤덤하고 약간 씁쓰름했다.

두 번째 의재 댁을 찾은 것은 어느 주간 신문의 기자로 있었던 1971년 12월이었다. 신년특집으로 선생의 말씀을 담기 위해 사진기자와 더불어 갔었는데, 그 자리엔 문하생들이 몇 명 동석했었다. 나는 여러 가지 질문을 던졌다. 노화백은 촌노인의 무뚝뚝한 말씨로 더듬더듬 대답해 주었다. 바로 그 더듬거림이 한국인의 옛 모습이며 생각이며 얼굴이라고 생각했으나, 그것을 어떻게 정리할까라는 '일거리' 앞에서 머리가 어지러웠다. 이미 나의 생활권 밖에 있는 저 더듬거림, 저 촌스러움을 나로서는 생생하게 살려내기가 벅찼다.

세 번째로 찾은 것은 1974년 가을이었다. 가사家事가 시끄러워 머리를 쉴 겸 밤차를 타고 내려가 아산댁(雅山宅, 越邦元)에 들러 (그때 그 분은 외출중이었다) 무등산으로 올라갔었는데, 선생은 시내로 내려가시고 안 계셨다. 그냥 돌아서기가 섭섭하여 춘설헌(春雪軒, 의재가 칩거하는 무등산 기슭에 있는 집) 뒤 언덕에 주저앉았다. 새삼스럽게 춘설헌을 싸고 있는 갖가지 색으로 물든 단풍잎들이 눈에 들어왔고, 그 가운데 홀로 푸른 대숲이 보였다. 저녁 바람에 대숲이 흔들리는 소리가 스산하게 귀를 울렸다. 문득 「노죽도露竹圖」에 쓴 의재의 제발題跋이 떠올랐다.

잎사귀마다 들리는 듯한 소리에
속세 티끌이 다 사라지고 맑은 생각이 떠오른다.
葉葉如聞以有聲
盡消塵俗思全淸

의재의 대나무 그림에는 거개 '빗소리'와 '가을생각'이 스며 있다. '빗소리'나 '가을생각'이 의재 특유의 발상이 아니라는 것은 두말할 필요도 없는 일이다. 그러나, 그럼에도 불구하고 이조인李朝人들이 극진히 사랑하였던 풍죽風竹이나 설죽雪竹을 두고 우죽雨竹을 즐겨 그린 데는 그 나름의 까닭이 있는 것으로 보인다. 그 하나는 노화백의 철학적이며 시인적인 기질에서 연유한 듯싶고, 다른 하나는 풍죽이나 설죽이 조선 사회의 선비적인 지조와 연관된 것이라면 우죽은 '20년대의 우수'와 맞닿은 것이 아닌가 추측된다. 예술가가 어느 시대의 사회조건 속에 발딛고 사는 자라면 그의 예술 역시 그 사회 특성을 반영하지 않을 수 없으니 말이다. 물론 예술과 사회를 등식화하는 데는 문제가 없는 것은 아니다. 예술가란 체험자이기보다 체험을 통해서 미와 진실을 추구하는 자이고, 그 미와 진실을 모든 사람들의 것이 되게 하는 자이며, 나아가 그 체험과는 역방향에서 자기완성을 거둘 수도 있는 자이다. 의재의 저 맑고 조용하고 겸

허한 생활, 많은 것을 누릴 수 있는데도 거부하고 조촐하게 사는 도인적道人的인 삶이 그것을 증명해 준다. 개인적인 삶의 방식이 거의 허용되지 않는 사회에서도, 그는 실로 자본의 그물을 벗어버리고 고요히 산기슭에서 맑은 소리를 듣고 소찬으로 배를 채우며 사색에 잠겨 살고 있다. 그리하여 많은 사람들이 그를 찾아오고 있다. 그를 찾아간 기록 중에서 가장 나에게 감동을 준 것은 성공회 신부로 우리나라에서 오랫동안 살다가 돌아간 리차드 러트의 글이다.

그가 산길을 걸어 암자 비슷한 춘설헌에 찾아들어 갔을 때는 가랑비가 내리는 날이었는데, 조그마한 방으로 들어가 인사를 올리고 나자 노인은 조용히 봉창문을 열더라고 한다. 그러자 방 안엔 댓잎에 부딪치는 빗소리가 쏴하게 들어차더라고 한다.

그 글을 읽으면서 나는 별 표정 없이 문을 열고 있는 노인의 모습이 환히 떠올랐고, 그런 조용한 행위 속에서 노인의 친절과 예지를 본 벽안의 사나이의 안복眼福에 잠시 고마운 마음까지 일었다. 아마도 의재는 그 벽안의 사나이에게 자연을 통해서 그의 마음을 보여주었으리라. 자연에서 사람의 마음을 보는 법을 가르쳐 주었으리라.

의재를 찾는 사람들의 마음과 연관이 될 수 있을지도 모르지만—의재의 사진에 대해서 한마디 덧붙이고 싶다. 노화백의 사진을 본 것은 모 주간지의 신년호 사진과 전람회의 카탈로그에 실린 것이었는데, 그 두 사진 다 나에겐 마음에 들지 않았다. 주간지의 신년호 사진은 오른손을 뒷머리에 대고 눈을 부릅뜨고 있는 모습이 마치 카메라 플래시에 저항하고 있는 듯하였을뿐더러 천연색이기까지 하여서, 수묵으로 인생을 산 그에게는 전혀 어울리지 않았다. 카탈로그의 사진도 마찬가지였다. 어둠을 기대와 불안이 뒤섞인 눈빛으로 보고 있는 그 사진은 아름다운 수염이나 옷매무새에도 불구하고 청년다운 느낌을 주고 있었다. 노인들은 어둠에 대해서 불안을 갖지 않는 법이다. 노인들은 어둠을 모두 통과해 버린 것이다. 그런 점은 노화백이 나에게 들려준 이야기에 의해서도 드러난다. 내 식으로 표현하자면, 노인들은 희망을 다시 만들고 키울 수 있는 시간이 없어서 슬픈 반면에 그 모든 희노애락에서 손을 떼고 그것을 다시 다 읽은 책장처럼 넘길 수 있어서 아름답다고 했다. 사진작가는 그 적요의 아름다움을 렌즈에 담으려고 노력해야 한다. 그 아름다움은 의재의 정신미이자 노인으로 표상되는 한국인의 참모습이다. 그런데 그 적요미와 전혀 다른 불안과 희망이 뒤섞인 긴장미를 노화백에게서 붙잡으려 했으니 그 사진이 어떻게 어색해 보이지 않을 수 있겠는가. 바로 그 점이 의재와 우리의 거리인지도 모르지만 의재에 대한 예의는 못된다. 그렇다고 할지라도, 우리가 의재의 은자적이며 관조적인 세계—어느 시인의 말마따나 소멸에 기여하는 듯한 그의 세계를 보려고 해도 우리의 시각과 사고가 노화백과는 전혀 다른 쪽으로 향해 있는 한, 우리에게 보인 노화백의 상은 불안과 희망 그것 이상일 수는 없을 것이다. 그것을 뛰어넘는다는 일은 우리가 시대를 뛰어넘는 일과 진배없는 일일 것이다. 그 거리가 의재와 우리 사이에 있는 '것'일 터이다.

박수근朴壽根과 김홍도金弘道

박수근의 그림을 좋아하는 사람들이 요즘 부쩍 늘어나고 있다. 그 까닭은 그의 그림이 우리가 늘상 주위에서 보는 인물과 풍경들을 꾸밈없이 그렸을 뿐 아니라, 그 주위 풍경을 한국적 정조로 표출한 데 있지 않나 생각된다. 인사동의 화랑가畵廊街를 둘러보면 그의 그림은 손바닥만한 스케치 조각이라도 불티나듯이 팔린다. '그런 현상이 반드시 바람직한 것인가'라는 물음 앞에서 우리는 무어라고 단정하기가 어렵지만, 그러나 일단 그의 그림이 일반의 사랑을 한몸에 받고 있으며, 그리하여 투기의 대상이 될 정도로 깊은 관심이 모아지고 있다는 사실만은 인정해야 될 것 같다. 이때의 '인정'이라는 말 속에는 '인간의 선함과 진실함을 그려야 한다'는 예술에 대한 그의 매우 평범한 견해가 대중들에게 받아들여지고 있다는 점을 강조하는 뜻도 더불어 내포된다.

확실히 박수근의 그림에 대한 일반의 애호는 반시류적反時流的인

면이 있다.

그의 그림은 드넓은 응접실을 눈이 번쩍 뜨이도록 빛내주지 않으며, 그(수요자)들의 풍요한 생활감정을 표현해주지도 않는다. 그의 그림은 그와는 전혀 다른 편에 속한다. 그의 그림은 단조롭고 무미건조하다. 아무리 좋은 위치에 걸어놓아도 빛을 내지 않는다. 화면에 나타난 대상들도 그것이 늘 그것이다. 한복을 입은 노인과 아이들, 아이를 업은 소녀, 달구지를 끌고 가는 일꾼들, 기름장수, 행상, 절구질하는 아낙, 촌로村老, 시골풍경, 고목, 초가 등등 어느 것 하나 가난하지 않은 것이 없고, 어는 것 하나 비도회적이지 않은 것이 없다. 1920~30년대의 농촌을 배경으로 한 소설의 주인공들처럼(『토지』의 용이와 월선을 상기해 주기 바란다) 박수근의 인물들은 한恨을 지니고 있으되 보이지 않게 안으로 삭이며, 어깨가 내려앉을 듯이 피곤하되 잠시간의 휴식을 통해 그것을 풀고 있다. 그의 인물들의 앉음새는 그러한 고통과 슬픔을 참고 견디는 인욕의 자세를 보여준다. 그들에게는 희망도 절망도 없는 듯이 보인다. 따라서 그의 그림에는 소리나 빛이 보이지 않는다. 그는 붓과 나이프로 화강암질과도 같은 바탕을 만들고 나서, 그 위에 굵고 우직한 선으로 정지되어 있는 듯한 인물들의 동작을 부조한다. 그리하여 그의 그림은 가난의 정체성停滯性과 가난의 청렴성을 한 화폭에서 동시에 적출하는 성과를 거둔다. 그리하여 그의 그림은 이중섭李仲燮보다 훨씬 리얼하고 가식없이 우리 시대의 가난을 작품화했으나 가난을 구조적 모순 위에서 이해하지 못함으로써 이중섭이 갖는 불안과 초조와 절망과 파멸의 근대적 미감을 성취하지 못했다. 되풀이하자면 그에게는 아직도 20세기적인 감성이 싹트지 못하고, 정태적이며 순응주의적인 사고를 배양시킨 이조李朝적 정서가 계속 작용하고 있는 것이다. 박수근의 그림에서 거의 언제나 내가 김홍도金弘道의 그림을 떠올리고, 그 둘을 비교평가하고자 하는 욕망을 가지는 것도 그 양자에 내재한 이조적 정서에 기인하리라 생각된다.

틀림없이 박수근에게는 새로운 시대를 능동적으로 맞아들이지 못하는 가운데서 일어나는 소외감이 도시를 외면하고 농촌으로 들어가고자 하는 면이 있으며, 그리하여 농촌 사회의 보수성이 그의 그림 속으로 흘러 들어와 의식적이든 무의식적이든 간에 그의 그림에 이조적 잔재를 끼게 하는 듯하다. 이 점은 박수근의 「겨울나무」와 김홍도의 「소림명월도疎林明月圖」를 비교하여 보면 뚜렷한 모습을 띠고 나타난다. 이파리 하나 없는 박수근의 앙상한 나무는, 김홍도의 스산한 가을나무들이 겨울을 맞고 있는 정경처럼 보인다.

김홍도의 「소림명월도」를 보자. 이 그림은 낙엽진 나무 사이로 떠오르는 달을 그린 것으로서, 고향의 들길에서나 도시의 교외에서, 또 여행길에서 우리가 종종 만날 수 있는 것 중의 하나이다. 여기에서 주목을 요하는 것은 이 신선한 정경이, 화면에는 나타나 있지 않으나 화면 밖에 자리해 있는 어떤 사나이의 시점視點으로 그려지고 있다는 점이며, 그에게 이 정경은 소유의 충만함으로서가 아니라 상실의 애잔함으로 비쳐지고 있다는 점이다. 삶의 색태色態를 나타내는 잎사귀들이 모두 다 떨어진 앙상한 가지를 백색의 달이

적막하게 떠올리는 것도, 그것을 존재하게 하는 그의 감정이 현재
적인 것이 아니라 과거적인 것이기 때문일 터이다. 그런 면에서 달
이나 가지들은 잃어버린 시간에 대한 기억의 장치에 불과하다.

　김홍도가 산 시대에서 달은 선비의 맑고 깨끗한 마음을 담은 것
이자, 그 시대인들의 ‘임’으로 상징되었다. 따라서 선비의 시나 그
림에는 달이 매번 등장하여 그들의 마음과 자세를 적막한 빛으로
비춰주고 있는데, 이 쓸쓸한 조명은 청빈한 삶에 대한 이 시대인들
의 갈구에서 온다고 나는 생각한다. 일화逸話에서 보면 김홍도는 끼
니를 잇기 어려운 때가 많았으나, 그림값이 생기면 그 돈으로 마음
맞는 벗들과 술을 마시고 매화나무를 사다 관상하며 써버렸다고 한
다. 그는 가난의 굴레를 벗어버리려 한 것이다. 실제로 그 시대의
지식인들은 거의 누구나 가난의 굴레를 쓰려고 하지 않았다. 그런
사고가 가능했던 것은 18세기의 지식인들이란 일해서 먹고 사는 사
람들이 아니라, 일하는 사람들을 부려서 먹고 사는 사람들이었기
때문이었을 것이다. 따라서 그들의 가난이란 대개의 경우 관념적인
것일 때가 허다하다. 하긴 그들의 ‘가난’을 뜻하는 ‘청빈淸貧’이란
문자에는 배를 쫄쫄 곯는 비참함보다도 ‘맑고 욕심없이 사는 군자
적인 삶’의 뜻이 더 많이 내포된다. 「소림명월도」의 달은 가을나무
의 앙상한 가지들을 적막하게 비추고 있다. 그것은 이조사李朝史에
서 제2의 황금기로 기록되는 정조대正祖代의 정채를 담아 ‘청빈’의
빛과 소리들을 풍부하고 예민하게 담아내고 있다고 해도 된다.

　이에 비하면 박수근의 생애와 작품들은 몹시 어둡고 불운해 보

인다. 박수근이 산 시대는 일제 암흑기와 분단시대로서 어느 면에서도 그에게 빛과 '기쁨의' 소리들을 던져줄 수가 없었다. 그의 작품활동은 1932년(그의 나이 18세 때) 「봄이 오다」가 선전鮮展에 입선됨으로써 비롯되는데, 선전이란 총독부가 우리나라 화가들을 반민족적인 데로 유도하기 위한 미술행사였다. 박수근이 그린 「봄이 오다」라든지 「일하는 여인」, 「농가의 여인」과 같은 작품 속에 나타나는 가난은, 가난의 구조적인 면을 밝히고 그에 저항하려는 능동적인 면보다 그것을 숙명으로 받아들이고 감내하려는 성향을 띠고 있으며, 그런 점에서 그의 가난은 가난이 신분으로 주어졌던 이조 사회의 계급성과도 연결된다. 따라서 박수근이 김홍도적인 감성을 지니고 있다고 하는 것은 그의 정관주의적이며 수동적인 시점을 뜻함과 동시에 그의 그림이 서양화의 재료와 기법을 따르고 있으되 전통적인 회화요소를 지니고 있다는 뜻도 된다.

그는 암흑기이며 또 전환기이기도 했던 우리의 현대를 선도자로서 또 승리자로서 살지는 못했다. 그러나 그렇게 살았노라고 자찬 타찬하는 이 시대의 어떤 예술가보다도 그는 진실하고 빛난다. 나는 그에 대해서 친구들과 이야기하고 또 그에 대한 회상기들을 읽기를 즐거워한다. 특히, 다음과 같은 대문—

하루는 아침밥을 지을 쌀도 돈도 없어 부엌에서 멍하니 서 있는데 옆방 학생이 나를 보고 나오라고 손짓을 하였다. 왜 그러나 하고 나가서 물었더니 학생은 "아주머니 쌀이 없어서 우두커니 서 계시죠"

하면서 "내가 책 살 돈이 여기 있는데 이걸로 쌀을 사다가 밥을 지어 잡수세요" 하고 내주었다. 그 돈으로 쌀을 사다가 우리는 비지 밥을 해서 먹고 쌀을 조금 남겼다가 낮에 점심밥을 차려서 들여가니까 "아니 밥이 어디서 났나. 당신이 아침밥을 안 먹었지 않아…… 돈도 못 버는 나를 무엇 때문에 이렇게 해주나" 하였다. 나는 "당신같이 진실한 예술가를 내가 안 아끼면 누가 아끼겠어요" 했더니 밥을 들다말고 두 눈에서 눈물이 주르르 흘러내렸다. 얼마 못 살고 돌아가려고 그랬는지 그이는 잘 울었다. 그이가 세상을 떠난 것은 그 다음해 5월 6일이었다.

미망인 김복순金福順 여사가 울며 쓴 회상기이다. 너무나 아름다운 이야기여서 읽는 우리들의 가슴도 뭉클해진다. 진실이 넘쳐나기 때문일 터이다.

가엾어하는 마음

예술가란 특이한 종자들이라고 우리는 종종 말한다. 그들은 세 끼 밥을 먹고 밤에 잠자고 이발소에 가서 이발사에게 목을 내미는 우리와 조금도 다를 것이 없는 일반적인 사람이라는 생각을 하지 못하고, 깊은 밤에 날카로운 눈빛으로 그 무엇인가를 응시하는 이상한 사람이라고 여긴다. 이러한 선입견에 많은 작용을 가한 것이 고흐나 모딜리아니, 수틴, 피카소 등이다.

여러분도 알다시피 고흐는 자화상 속의 귀와 자신의 실체의 귀가 동일한지 어떤지의 여부를 가리기 위하여 귀를 잘라버렸으며, 모딜리아니는 흑인 창녀들 가운데서 살았다. 또 수틴은 파리 빈민가를 헤매는 거지 중에서도 상거지였다. 20세기의 최대 화가이고 대부호이기도 하였던 피카소는 밤에 잠자고 낮에 일한다는 인간의 수천 년 관습을 무너뜨리고, 자고 싶을 때 자고, 먹고 싶을 때 먹고, 일하고 싶을 때 일했다. 그는 층계참에서 벌거벗고 잠잘 때도 있었고, 부엌에서 빵을 씹으며 그림을 그리는 경우도 있었다. 이러한 기이한 삶은 서양예술가들에게만 있었던 것이 아니다. 동양에도 많았다. 열두어 살때부터 죽을 때까지 말을 하지 않고 살았다는 팔대산인八大山人, 일목요연하게 사물을 본다고 한 눈을 파버린 최북崔北, 고관대작 집에 붙어 살면서도 술에 취해 고래 고래 소리 질렀다는 장승업. 동서고금의 별처럼 많은 예술가들은 이처럼 이상한 방식으로 그들의 삶을 살았고, 그것을 그들의 작품과 함께 후세에 전해 줌으로써 예술가들이란 그렇게 이상하게 사는 사람들이로구나 하는 생각을 일반인들에게 심어주었다.

그러나, 과연 예술가가 이상하게만 산 사람들일까, 그들에게도 일반인과 조금도 다를 바 없는 삶의 시간이, 다른 삶의 시간보다 몇 배 많았던 것이 아닐까. 적어도 그들은 아침에 일어나 세수하고 밥 먹고 변을 보고 아이들을 사랑했다. 또 술을 마시고 싸우기도 했다. 그들도 우리와 같은 사람들이었다. 그럼에도 우리가 그들을 이상한 사람들로 보는 것은, 그들이 빛이나 소리나 말에 민감하고 상처받기 쉬운, 우리와는 조금 다른 감성을 가지고 이 세상에 와서, 우리와는 조금 다른 길로 들어간 '차이' 때문일 터이다. 길은 사람들을 돌아서 가게 하지 않는다. 내처 그 길로 가게 한다. 그래서 그 사람들은 그 '길'에서 달인이 된다. 예술가들은 그들의 삶을 아파하는 길로 들어선 사람들이다. 그들은 그들의 삶을 아파하는 것만이 아니고 남의 삶도 아파한다. 그래서 수틴은 빈민가를 벗어나지 못하고 그 골목을 걸어다녔으며 모딜리아니는 흑인창녀들을 보고 있었다. 또 최북은 한쪽만 남은 눈으로 그의 마을과 산들을 똑똑히 보고

자 했다. 그들은 그런 자신들을 가엾게 여기고 남들도 가엾게 여겼다.

　생전에 불우했던 화가 박수근은 비오는 날이면 우산을 쓰고 다리를 지나가다가, 다리 양쪽에서 사과를 파는 아주머니들의 좌판을 보면, 그냥 지나치지 못했다. 그는 이 좌판에서 하나, 저 좌판에서 하나, 가장 찌그러지고 볼품없는 사과들을 골라 사들고 왔다. 모두 다 가엾은 아주머니들이고, 그가 산 사과들도 가엾은 것이어서, 그는 가슴이 울먹이는 가운데 사과를 베어먹었고, 그것을 갠버스에 옮겼다. 그의 훌륭한 유화나 판화들은 그 가엾은 마음에서 이루어졌다. 그 가엾은 마음이 이 땅에 사는 우리가 마지막으로 의지할 수 있는 곳이고, 우리가 서로 손잡고 나눌 수 있는 사람의 연대감이다. 예술가들은 결코 이상한 사람들이 아니다. 박수근 화백과 같이 가엾고 뜨거운 마음으로 사물과 세계를 보고 있는 사람들이다.

김환기의 푸른 그림

남불의 아름다운 도시 니스에서 전람회를 열고 있을 때였다. 김환기金煥基는 방송국으로부터 그림 이야기를 해달라는 초청을 받았다. 프랑스 말을 모른 김환기는 동반자이자 아내인 김향안金鄕岸 여사가 도와주겠다고 해서(통역을 말함) 마이크 앞으로 주춤주춤 나갔다. 아나운서의 소개가 끝나자 그는 나지막하고 굵은 목소리로 니스 시민들에게 인사를 한 다음 아래와 같은 말을 했다.

"우리 한국의 하늘은 지독히 푸릅니다. 하늘뿐만 아니라 동해바다 또한 푸르고 맑아서, 흰 수건을 적시면 푸른 물이 들 것 같은 그런 바다입니다. 나도 이번 니스에 와서 지중해를 보고 어제는 배도 타봤습니다만 우리 동해바다처럼 그렇게 푸르고 맑지가 못했습니다. 우리나라 사람들은 순결을 좋아합니다. 깨끗하고 단순한 것을 좋아합니다. 그러기에 백의 민족이라 부르도록 흰빛을 사랑하고 흰옷을 많이 입습니다. 푸른 하늘, 푸른 바다에 사는 우리 민족은 푸른 자기 청자를 만들었고, 간결을 사랑하고 흰옷을 입는 우리는 흰

자기 저 아름다운 백자를 만들었습니다……"

대개 이런 요지로 그는 한국의 자연과 문화를 설명했다. 그런데 의외로 그의 이야기가 설득력이 있었던 모양이었다. 그들 부부가 그날 오후 해변으로 나갔을 때, 수영복을 입은 젊은이들이 몰려와 그들을 둘러쌌다. 김환기는 뒷 설명을 하고 'Whanki—Kim' 이라고 사인을 했다.

김환기의 이야기는 니스의 젊은이들만이 아니고 오늘 우리 마음 또한 사로잡는다. 동해바다에 흰 수건을 적시면 푸른 물이 들 것처럼 물빛이 푸르다는 표현은, 동해바다에 대한 우리의 인식을 새롭게 해줄 뿐만 아니라 어떻게 우리 자연을 사랑하고, 그 사랑을 표현해야 되는가를 새삼 깨닫게 해 준다. 우리는 우리나라와 우리 자연을 사랑해야 된다는 명분논리에 의해서 우리나라를 금수강산이라 하고 백두대간을 신비롭게 그리고 예찬한다. 그리하여 그림과 시들은 운동 차원으로 번져서 많은 그림과 시를 낳았으며, 그 그림과 시들은 본래의 뜻을 잃어버리고 함몰된다. 그런데 김환기는 아무 예찬도 슬로건도 없이 바닷물에 흰 수건을 대입함으로써 우리의 동해가 얼마나 아름다운가를 떠올려 주고, 그 아름다움은 그의 그림에로 전이된다. 아마도 그의 선線들이 굵고 두터운 묵선墨線으로 화면을 가르면서 어느 때는 섬을, 어느 때는 수평선을, 어느 때는 달을, 어느 때는 새를 효과적으로 창출하는 것도 푸른 물과 흰 수건의 관계와 다른 것이 아닐 것이다.

확실히 김환기의 선은 동시대의 어떤 화가와도 다른 점이 있다.

서양화가로 윤곽선을 사용한 사람은 김환기만이 아니다. 이중섭과 박수근도 그를 독자의 윤곽선으로 나무, 여인, 새 등 한국적 소재들을 그렸다. 그러나 이 세 사람이 다른 것은, 이중섭에게 있어서 한국적 소재는 현실적 파탄을 보이고 있는 데 반하여 김환기에게는 고향에 대한 그리움의 시로 승화되고 있으며 박수근에게는 순응 형태로 나타나고 있다는 점이다. 이때의 승화나 순응은 다른 차원의 세계로 보이지만 그 실은 근거리의 세계이다. 박수근의 인물들은 화면에 정좌하고 있거나 시골길을 걸어가고, 김환기의 달이나 새들은 화면에 눈부신 후광을 뿜어 내면서 서천으로 이동하고 있음에도 불구하고 그 날아감은 운동의 모습이 아니고 정지의 모습이다. 그 새들은 과거 속에서 날고 있다. —그런 면에서 그 세계는, 현실을 대립과 갈등의 운동의 장으로 보지 않고 과거라는 시간 속에 갇혀 있다고 할 수 있으며, 그 면에서 그들의 정조는 전근대적이라 할 수 있다. 이 전근대적 사고는 그들 각자의 삶을, 그것이 고통이든 비애든 그리움이든 내면화한다. 김환기나 박수근의 그림이 김소월이나 김영랑처럼 피울음을 배앝지 않고 새나 달, 산, 여인 같은 정적 대상을 통하여 표출되는 것은, 그림이라는 예술양식이 보다 정적일 뿐 아니라 그들의 예술 정신이 수동적이기 때문일 것이다.

　김환기의 고향은 목포에서 똑딱선을 타고 두 시간쯤 가면 닿는 기좌도箕佐島이다. 사방이 호수 같은 푸른 바다로 둘러싸이고 섬 가운데는 바다빛에 더욱 선명해진 산이, 하늘이 보이지 않게 빽빽이

들어찬 청솔나무에 싸여 있다. 다도해의 중심에 자리한 그 아름다운 섬에서 지주의 아들로 태어난 김환기는 1924년에 동경유학을 떠나 동경 니시끼시중학을 거쳐 니혼대학 미술학부에 들어가고, 1934년에는 학우들과 아카데미 아방가르드를 조직하며 1935년에는 니까까이〔二科〕展에 「종달새가 울 때」라는 작품을 출품, 입선된다. 니혼대학 교문에는 '입선축하 김환기'라는 대형 플래카드가 걸린다. 이렇듯 그는 동경유학 시절 초기부터 왕성한 작품활동을 벌였으며 촉망받은 예술가였다. 이 시기의 작품인 「종달새 울 때」나 「론도」, 「메아리」, 「꽃」 등을 보면 색조가 매우 밝고 따뜻하다. 그런데 태평양 전쟁과 6·25라는 전대미문의 참극을 겪게 되면서 조금씩 조금씩 음영이 끼기 시작하고, 추상세계가 구상세계로 바뀌고, 1950년대에 이르면 소재도 달보다 바다, 섬, 새, 나무들로 전환된다. 김환기 미술의 기본 주제가 되는 달밤의 섬은 어떤 화면의 한쪽이나 중심에 언덕처럼 나타나기도 하고 산처럼 솟아오르기도 한다. 실제로 섬이란 바다 가운데 떠 있는 한 산이다. 그 산 위에 새들이 있고, 하늘이 있고, 산 아래 나무들이 있다.

그 섬에는 언제나 달이 떠오른다는 사실을 우리는 잊지 말아야 한다. 달에 대한 이 화가의 경도傾度는 고흐의 태양에 비견할 만한 것으로, 수평선이나 산마루에 어떤 때는 하나 또는 둘, 또 어떤 때는 셋이 동시에 걸린다. 이것은 비현실적인 것이 아니다. 예술가의 경도된 사고는 달이 넷이나 다섯이 충분히 보일 수 있다. 예술가는 수많은 달을 원하고 있는 것이다. 따라서 화가가 달을 두세 개 그리고 있다는 것은 그의 달에의 관심도를 보여줌과 동시에 달이 그에게 미친 영향을 과시하고 있는 셈이다. 새나 나무들 또한 마찬가지다. 고향 사랑이 지극했던 이 화가가 1956년 파리로 건너가 베네지 화랑과 하우스만 화랑에서 동시에 작품전을 열고 있을 때, 매우 동양적인 그 그림들을 보고 놀란 미술전문기자가 고향이 어디냐고 묻자 고요한 나라의 작은 섬 기좌도라고 했다. 그렇듯 그는 기좌도를 사랑했다. 기좌도의 나무와 새들은 그로부터 분리할래야 분리될 수 없는 것이었다. 때문에 그곳의 사물들은 그의 가슴에서 무한히 확대될 수 있고 축소될 수 있으며, 보석처럼 눈부시게 반짝이고 백자의 질감처럼 꽃이 젖어들고 배어나올 수 있었다. 50년대 후반에 집중적으로 그려지는 항아리들도, 나는 우리 전통문화에 대한 재인식에서 비롯된 것이라기보다 고향의 다른 모습(재형상화)이라고 본다. 그 점은 「달밤의 화실」(1958년 작)을 보면 약여하게 드러난다. 푸르고 큰 창가에 세워놓은 이젤에는 김환기 그림의 전형이라 할 수 있는 나무와 달이 그려져 있다. 그런데 이 「달밤의 화실」에서 '나무와 달'의 그림은 소도구에 불과하다. 화가가 주목하고 있는 것은, 고향으로 열려져 있는 그의 마음의 푸른 공간이다. 동해바다와 같이 푸른 색조이며 수건을 적시면 푸른 물이 들고도 남을 만한 것이다.

나는 이 시기의 그림들을 볼 때마다 화가가 달과 항아리의 매너리즘에 빠져 들어가는 위기감을 느끼고 있지 않았을까 하는 생각을 한다. 60년 선후에 그려진 「정물」(1958), 「달빛」(1959), 「새」(1962), 「산과 달」(1966) 들을 보면 고향 그리움을 극단으로 밀고 간 자들만이 얻을 수 있는 광휘와 정채가 화면 가득 배어나온다.「정물」의 가운데 배치된 자기들이나「달빛」의 산과 달은 화면에 있다고 해서 있는 것이 아니다. 그것들은 배면 색조에 녹아들어, 그것이 거기 있다고 인정될 수 없을 정도다. 그럼에도 불구하고 이 몇몇 작품을 제외한 이 시기의 수많은 작품들은 독자성을 별로 갖지 못한다. 조금씩 조금씩 구도를 바꾸어 그리고 있을 뿐이다. 독자성을 발휘하지 못한다는 그 위기감이 마침내 그를 다시 상파울로로 떠나게 하고, 상파울로에서 뉴욕으로 건너가 허드슨 강이 내려다보이는 리버사이드 14층 꼭대기 방에 자리를 잡게 한다. 리버사이드 꼭대기 방은 조막만한 방이었다. 그는 그 방에서 '예술은 절박한 상태에서 만들어진다'고 스스로를 달래며 캔버스와 싸움을 벌인다. 신문지 위에 그리기도 하고 벽지에 그리기도 한다. 한국현대미술의 중심적 존재였던 김환기는 무명작가가 되어, 무명작가라는 처지에 보복이라도 하듯 그리고 또 그린다. 그리면서 생각하고 그리면서 이미지를 변화시킨다. 때때로 그는 자신이 종신수같이도 느껴지고 때로는 세상이 너무 멀고 막막하다고 절망감에 빠지기도 한다. 그러나 그 종신수와도 같은 절망감이 놀랍게도 그의 캔버스에 일대혁명을 일으켜 달과 새와 항아리들이 점點과 선線으로 부서지고 해체되면서 김환기적 대우주를 새롭게 창조해낸다.

　　김환기적 대우주를 우리는 1970년 제1회《한국일보》대상전에「어디서 무엇이 되어 다시 만나랴」가 출품되면서 비로소 접하게 되고 1971년 신세계화랑에서 김환기의 〈하늘을 주제로 한 근작전〉이 열림으로써 거듭 확인하게 된다. 그런데 그 '근작전'을 통해서 우리가 본 바로는, 김환기가 표현방법의 대변화를 가져왔음에도 불구하고, 점과 선들을 통한 공간 구성에는 여전히 동양적 정조가 흐르고 있다는 사실이다. 극도로 단순화된 선과 점의 반복적 질서 속에서 이루어지는 저 넓은 공간세계는 대립과 갈등을 통한 것이 아니고 조화롭고 절조 있는 자연을 그리던 이전의 미학에서 한 걸음도 벗어나지 않았으면서도 또한 놀라운 변화를 이룩하고 있는 것이다.

여기서 우리는 김환기의 대변화가, 산이나 달, 새라는 한국적 선조성을 거대한 아메리카 문화가 흡수해 버린 데서 오는 것(해체)인가, 아니면 파괴를 통한 창조인가, 물어볼 필요가 있다. 왜냐하면 그 해체와 창조는 바로 우리 자신의 화두이기도 한 까닭이다.

나는, 이 두 질문은 다같이 김환기의 그림 속에 (애매하기는 하지만) 답이 담겨 있다고 본다. 첫째로 아메리카 문화에의 흡수·해체는 1969~1970년 사이에 그려지는, 뉴욕의 불빛들이 전조前兆 형태를 취하고 있는 데서 해답의 실마리를 얻을 수 있으리라 생각되며, 두 번째 파괴를 통한 창조는 이 작가가 성구聖句처럼 여겼던 피카소의 '발견하고 표현하면 파괴해버린다'에서 답변의 자료를 찾을 수 있을 것 같다. 즉 김환기의 뉴욕 그림들은 해체를 통해 얻었다거나 파괴를 통해 창조했다기보다 흡수해체와 파괴창조가 안팎에서 작용했다고 보는 편이 설득력이 있을 것 같다. 물론 파괴를 통한 창조는 앞에서도 말한 바 있지만 의례적인 수사에 그치는 감이 있다. 파괴란 20세기 미술사에서는 세계이성에 대한 불신과 환멸에서 비롯되는 것인데, 김환기에게 있어서는 불신과 환멸이 역할하지 못한다. 그에게는 기성관념을 파괴하려는 추-악의 감정이 없다. 그에게는, 그 자신의 표현을 빌자면 성가족聖家族, 원동석의 표현을 빌자면 고향 친구들이 유有와 무無가 상생하는 동양화의 화폭처럼 무한히 펼쳐지고 있을 뿐이다. 다시 말하면 묵시록적 세계 속에서 몸부림치고 있는 현대미술과는 달리 김환기의 작품은 매우 평화롭고 질서정연한 우주이자 그 우주와의 통화通話가 된다고 할 수 있다.

뉴욕시대 이후, 김환기는 성가족들을 별로서 승화시켜 점點으로 우주 속에 살게 한다. 이제 그는 산과 달, 새의 조형화에 애를 먹을 필요가 없으며, 새가 되어 고향을 찾아갈 필요가 없으며, 고향으로 향한 창을 열 필요도 없다. 그의 우주는 검푸른 점들로 통일을 성취했다.

작품 「5―Ⅳ―71」을 보자. 이 작품은 1970년에 그린 「어디서 무엇이 되어 다시 만나랴」를 승화 발전시킨 것이라고 할 수 있다. 「어디서……」가 '단색조의 작은 점을 찍고 그 점을 사각형으로 싸가며 전체 화면을 꽉 메운 이른바 올 오버all over의 점화點畫' 라면 「5―Ⅳ―71」은 그 점들을 하나의 축을 중심으로 대회전시키고 있다. 점들은 사각 안에 각각 독자로 존재하고 있으면서도 우주의 대회전에 참여하고 있다.

그러나 이 참여가 능동적으로 역사를 움직여가는 것이 아니라

더없이 수동적인 과정, 자기 자신을 우주의 티끌과 같은 점으로 분해하여 이룩하였다는 사실을 우리는 잊지 말아야 한다. 그는 그의 캔버스에서 일찍이 현실을 배제하고, 현실의 먼 뒤에 있는 과거(고향)를 그리움의 대상으로 떠올리는 데 주력하여 왔으므로, 해체는 그에게 고통을 수반하는 작업이 되지는 않았다. 해체는 '무슨 음악'처럼 '꽃바람'처럼 그에게 왔다. 그런 의미에서 그는 변하지 않았다. 그는 그 자리에 그대로 있었다.

그러나 그 해체는 우리에게 여러 가지 의미에서 생각할 바를 남겨준다. 그의 첫 파리전시회가 열렸을 때 어느 프랑스 비평가가 '동서 문화의 가교'라고 평한 적이 있었는데, 그는 말년에 자신을 해체함으로써 그 가교 역할을 완수하였다. 기쁜 의미에서나 슬픈 의미에서 우리는 가교로서의 그를 잊지 말아야 할 것이고 또한 잊을 수도 없을 것이다. 왜냐하면 자기를 해체함으로써 세계미술에 동참하게 된 그의 업적에서 우리는 놀랍게도 서구 문화를 받아들인 이래로 한국 문화가 보여준 자기 상실성의 완결형태를 보기 때문이다.

1950년대 김환기는 파리로 유학간 김중업金重業에게 보낸 편지에서 다음과 같이 쓴 적이 있다.

사람이란 그의 조국 땅에만 살아야 되오? 그저 살기 좋은 곳이면, 마음에 든 곳이면 어디서나 사는 게 아니겠소? 외국에서 아들도 낳고 딸도 낳고 죽으면 기기 묻고 또 교육도 시키고 우리는 좀 자유스럽게 살아야 할 것 같아요.

　이 글은 타국에서 가족과 친지를 그리워하는 벗을 위로하는 형식으로 씌어졌다고 보아야 할 것이다. 김환기의 경력이나 작품내용으로 볼 때 그는 인간이 어디서나 살 수 있고 살아가야 되며 자유스럽게 살면 된다고 생각할 수 있는 인물이 아니다. 그는 평생 고향의 산과 바다를 잊지 못한 사람이었으며 뉴욕 시절에는 고향 친구들을 잊지 못해서 그들에 대한 그리움을 그림 속에 새겨넣고, 또 민족애와 동일 차원에서 그의 마음을 끌었던 둥근 자기를 종이를 이겨 만들었다. 그렇게 고향과 민족을 사랑했고, 민족문화 속에서 숨쉬고자 했으면서도, 그의 내면에는 1930년대를 풍미했던 지식인의 코스모폴리탄적 사고를 씻어내지는 못했던 것 같다. '자유롭게 살아야 할 것 같아요'라는 말 속에는 그 그림자가 깃들어 있는 것 같다. 이때의 자유는 식민지 지식인이 만나지 않으면 안 되는 주체적인 삶의 요구가 아니고 민족 운동이라는 무거운 짐과 일제의 탄압을 동시에 벗어나고자 한 도피의 길이었다. 허나 자유란 일면으로서 가질 수 있는 것은 아니다. 예술의 자유는 정치적 자유 아래서 가능한 것이며 정치적 자유는 경제적 자유를 동반한다. 따라서 김환기가 자유롭게 살아야 한다고 했을 때의 자유는 모든 부면에서 자유를 요구하는 위험을 내포하지 않으면 안 되는 난제가 스며 있다. 그런데 김환기는 그 난제와 씨름하려고 하지 않았다. 그는 그런 난제를 예술 바깥의 문제로 돌리고, 예술이라는 특권세계에 안주하려 함으로써 한국사에서 가장 비극적 시기인 일제 암흑기와 분단기를 슬픔과 그리움으로 보냈다. 그리하여 김환기는 우리에게 한없이 따뜻한 눈짓을 던져주었으며 한없이 높고 귀한 꽃밭을 가져다주었으나 '나'를 비춰볼 수 있는 거울이 되어 주지는 못한 것이다.

멀리 보이는 마을

2002년 4월 7일 초판 1쇄 인쇄
2002년 4월 18일 초판 1쇄 발행

지은이 | 최하림
펴낸이 | 孫貞順
펴낸곳 | 도서출판 작가
　　　　서울 서대문구 북아현3동 180-22 (우120-193)
　　　　전화 | 365-8111~2 팩스 | 365-8110
　　　　이메일 | morebook@korea.com
　　　　홈페이지 | www.morebook.co.kr
　　　　등록번호 | 제13-630호(2000. 2. 9.)

기획 | 설규철 손순희
편집 | 이양훈 유재형
미술 | 오경은
영업 | 유수권
관리 | 이용승 안정석
사진 | 남종역

ISBN 89-89251-11-7

값 9,800원